Scandaleuse union

Une liaison avec son patron

NAIMA SIMONE

Scandaleuse union

Traduction française de
MORGANE FROGERE

PASSIONS

HARLEQUIN

Collection : PASSIONS

Titre original :
VOWS IN NAME ONLY

HARPERCOLLINS FRANCE
83-85, boulevard Vincent-Auriol, 75646 PARIS CEDEX 13
Service Lectrices — Tél. : 01 45 82 47 47 - www.harlequin.fr
ISBN 978-2-2804-8249-3 — ISSN 1950-2761

Composé et édité par HarperCollins France.
Imprimé en mai 2023 par CPI Black Print (Barcelone)
en utilisant 100% d'électricité renouvelable.
Dépôt légal : juin 2023.

FSC
www.fsc.org
MIXTE
Papier issu de sources responsables
FSC® C159065

Pour limiter l'empreinte environnementale de ses livres, HarperCollins France s'engage à n'utiliser que du papier fabriqué à partir de bois provenant de forêts gérées durablement et de manière responsable.

- 1 -

— Vous vous fichez de moi ? rugit Cain Farrell en bondissant de la chaise où il était assis, dans la bibliothèque de son père.

La bibliothèque de son père décédé.

Il fallait que Barron Farrell soit mort pour que Cain accepte de remettre les pieds dans le mausolée où il avait vécu une enfance infernale. Il avait quitté la demeure paternelle à vingt et un ans, aussitôt ses études terminées, et n'était jamais revenu. Pas même pour Noël, Pâques, un anniversaire ou un simple dîner. C'était déjà suffisamment éprouvant d'avoir dû travailler douze heures par jour auprès de son père dans les bureaux de la Farrell International – l'entreprise familiale depuis quatre générations – mais il s'était juré onze ans auparavant de ne plus jamais honorer les couloirs sacrés et les sols en marbre du manoir Beacon Hill.

Il aurait dû se douter que le vieux finirait par pousser le vice jusqu'à faire une crise cardiaque et mourir pour qu'il rompe sa promesse, songea-t-il avec sarcasme.

Cet homme avait toujours été un bâtard sans scrupule.

Et en parlant de bâtard…

Cain s'avança sur le parquet de bois brillant en ignorant les meubles en cuir sombre, l'immense cheminée, l'escalier en colimaçon menant à l'étage supérieur, et les étagères qui allaient du sol au plafond cathédrale, remplies de premières éditions que son père ne s'était jamais donné la peine de lire. S'il prenait le risque de s'y attarder, les souvenirs tapis au fond de sa mémoire saisiraient l'occasion de se frayer un chemin à travers son esprit pour le tourmenter, et lui faire revivre les punitions qu'il recevait devant ce même bureau derrière lequel était assis Daryl Holleran, l'avocat de son père.

Comme il détestait cette pièce, et même toute cette fichue maison.

Furieux, il se tint devant la grande baie vitrée, mais la vue du jardin ne réussit pas à le distraire, car deux hommes silencieux, assis dans la pièce, réclamaient son attention.

Deux personnes qu'il n'avait encore jamais vues avant cet après-midi. Deux étrangers dont la présence avait été exigée pour la lecture du testament de Barron.

Deux inconnus qui, selon Daryl, étaient les frères de Cain.

Ses demi-frères.

— Cain, dit Daryl de son doux ton de baryton, comme s'il ne venait pas d'annoncer que l'entreprise multimilliardaire que Cain avait été préparé à diriger n'était plus la sienne. Je sais que c'est surprenant…

Cain se retourna, les poings enfoncés dans les poches de son pantalon de costume noir.

— Surprenant ? Non, surprenant serait que Big Papi revienne de sa retraite et retourne jouer chez les Sox. Surprenant serait qu'on trouve enfin le corps de Jimmy Hoffa, ou que les Quatre Cavaliers de l'Apocalypse chevauchent à travers le Commonwealth. Ça, Daryl, ça, c'est du n'importe quoi !

L'homme ne broncha pas face au ton mordant de Cain. Mais il fallait dire que Daryl avait été l'avocat de Barron Farrell durant trente ans. Il avait la peau aussi épaisse que celle d'un éléphant.

— Quoi qu'il en soit, reprit Daryl en s'emparant de la

petite pile de papiers sur le bureau, c'était la décision de ton père. Barron a été catégorique et très clair à ce sujet. La participation majoritaire de Farrell International va à ses héritiers en vie. Mais seulement si toi et tes frères acceptez de rester à Boston et de diriger l'entreprise ensemble, pendant un an, à compter de la date de lecture de ce testament. À la fin de l'année, soit vous décidez de la diriger ensemble, soit Cain pourra racheter les parts de ses frères, et Farrell International sera à lui. Si l'un d'entre vous refuse d'adhérer à ces conditions, la société et toutes ses filiales seront liquidées et vendues aux plus offrants.

Cela n'avait pas plus de sens la deuxième fois.

— Il y a une autre stipulation, ajouta Daryl.

— Évidemment, grogna Cain.

— Elle te concerne, Cain.

Daryl marqua une pause, et pour la première fois, Cain perçut un éclair de malaise dans ses yeux marron. Il en ressentit une inquiétude immédiate. Que cet homme imperturbable soit déconcerté ne signifiait rien de bon pour lui.

— Tu devras passer l'année ici. Dans cette maison.

Cain se figea. Il ne pouvait plus bouger. Il avait peur d'exploser s'il ne faisait ne serait-ce que respirer, et que la fureur qui hurlait en lui consume cette pièce et les personnes qui s'y trouvaient. Barron ne s'était pas contenté de prendre en otage l'avenir de Cain, il avait voulu faire de la vie de son fils un véritable cauchemar.

L'ordure.

— Donc, juste parce que cet enfoiré qui a mis ma mère en cloque l'exige, je dois abandonner ma vie à Washington et emménager ici ?

Le géant barbu en T-shirt noir, jean délavé et bottes marron usées que Daryl avait appelé Achille secoua la tête avant d'ajouter :

— Son nom de famille, c'est la seule chose qu'il m'ait laissée. Je ne lui dois rien.

Ni à toi.

Achille ne prononça pas la dernière phrase, mais il la pensa si fort qu'elle en fit trembler la pièce. Cain serra les dents. Bien sûr que le possible démantèlement de l'entreprise pour laquelle il avait travaillé durant la majeure partie de sa vie n'affectait pas cet homme. Que Cain perde l'entreprise pour laquelle il avait dû supporter l'impitoyable Barron n'était pas non plus son problème.

Il n'avait pas souffert pour cette entreprise. Il n'avait pas fait de sacrifices.

Mais Cain si.

C'était son héritage et son dû pour avoir survécu à Barron Farrell.

— Je dois admettre que quand j'ai été contacté pour assister à ce mystérieux rendez-vous, je ne m'attendais pas à une réunion de famille.

Ce commentaire nonchalant venait du deuxième homme, Kenan Rhodes, qui les observait de ses yeux bleu-gris qu'ils avaient tous en commun.

Les yeux des Farrell.

— Mais je suis d'accord avec Achille… c'est bien ça, n'est-ce pas ? ajouta-t-il.

Le géant acquiesça et Kenan poursuivit.

— J'ai un poste dans l'entreprise familiale. Un bon poste. Partir serait comme leur tourner le dos. Quelle serait ma motivation à faire ça ? Je ne connaissais pas personnellement Barron Farrell, mais je sais quelle réputation il avait. Et sans vouloir vous offenser, je n'ai aucune raison de lui accorder ma loyauté.

Cain regarda les deux étrangers. D'après le testament, c'étaient ses frères, mais il ne ressentait aucune sympathie pour eux… aucun lien familial. À l'exception de leurs yeux, rien ne disait qu'ils étaient frères.

Kenan, avec sa peau brun clair, ses cheveux noirs coupés court et son bouc soigné, était métis. Tous trois étaient certes grands et musclés, mais Cain et Kenan étaient minces et larges d'épaules, tandis qu'Achille possédait une carrure impressionnante qui n'aurait pas été déplacée sur une ligne défensive au football américain. Si on y ajoutait ses cheveux bouclés mi-longs presque noirs, la barbe, ainsi que la peau cuivrée, ils formaient à eux trois l'arbre généalogique le plus diversifié depuis les enfants de Brad et Angelina.

Le fait que son père ait trompé sa mère ne le choquait pas : son infidélité n'était un secret pour personne. Ce qui l'étonnait, c'était que Barron ait engendré non pas un mais deux enfants illégitimes. Qu'il ait eu de multiples aventures était une chose, mais qu'il laisse le sort de l'entreprise entre les mains d'inconnus en était une autre ! Cain n'arrivait pas à imaginer cela de la part de cette ordure obsédée du contrôle qu'avait été son père.

Mais d'un autre côté, Barron avait apparemment suivi ses fils de loin. S'il n'avait pas pris la peine de se faire connaître auprès d'eux, c'était parce que cela ne présentait pas d'intérêt pour lui… jusqu'à ce qu'il puisse les déplacer tous les trois comme des pions sur un échiquier.

Voilà qui correspondait mieux au Barron que Cain Farrell connaissait.

— Je n'attends pas votre loyauté, et je ne la demande pas non plus, répondit Cain.

Son ton plat ne laissait rien trahir de la colère et de la peur – il le reconnaissait – qui bouillonnaient en lui.

— Effectivement, vous avez tous les deux votre vie. Mais aujourd'hui, la mienne vient de changer à jamais. Non seulement j'ai découvert que j'avais deux frères dont j'ignorais l'existence, mais tout ce pour quoi j'ai travaillé n'est soudain plus en mon contrôle, mais entre les mains d'étrangers qui, comme vous le dites, ne me doivent rien. Oui, vous pouvez partir sans que ça change votre vie. Mais pour moi, ça change tout. Je n'ai pas la possibilité de refuser.

La panique montait en lui.

— Je n'ai pas…

D'héritage, de contrôle, de pouvoir, de droit à la parole.

Sa bouche se referma et ses dents s'entrechoquèrent, empêchant ces mots traîtres de sortir, et bloquant la supplication qui suivrait inévitablement.

Son père le détestait-il donc à ce point pour avoir savouré l'idée de l'humilier depuis sa tombe ?

Oui, sans aucun doute.

Cette certitude résonna dans sa tête, et tout ce qu'il ressentait pour son père – rage, chagrin, confusion, amertume et que Dieu lui vienne en aide, amour – tourbillonna en lui telle une tornade.

— Et puis merde, grogna-t-il en traversant la pièce et en ouvrant la lourde porte de la bibliothèque pour sortir à toute vitesse.

De l'air. Il avait besoin d'air frais qui ne soit pas entaché de son désespoir et de son impuissance… de sa faiblesse.

En pénétrant dans le couloir, des sons incongrus de joie et de gaieté le frappèrent. Ah oui, la réception. N'était-ce pas perturbant que cette mascarade dans la bibliothèque lui ait temporairement fait oublier qu'une centaine de personnes étaient rassemblées dans la grande salle à manger pour pleurer son père ? Il renifla avec dédain. « Pleurer » ! Vu les bavardages bruyants, les éclats de rire et le tintement des verres, il n'aurait su dire si ces gens étaient là pour célébrer sa vie… ou sa mort.

Poussant un soupir, Cain changea brusquement d'avis

et prit la direction opposée aux « invités ». Dans son humeur actuelle, il n'était pas de bonne compagnie et il n'avait vraiment pas envie d'accepter des condoléances.

Au moins, Barron était dans un meilleur endroit… si on pouvait appeler l'enfer un meilleur endroit.

- 2 -

Devon Cole fronça les sourcils en se trouvant face à un mur de buisson, et deux questions lui vinrent à l'esprit.

Premièrement : comment faisait le jardinier pour avoir des feuilles si vertes et luxuriantes en plein mois d'octobre ? Un engrais spécial ? Un nouveau pesticide ? Le sang des vierges ?

Deuxièmement : si elle attendait quelques secondes de plus, est-ce qu'elle verrait apparaître David Bowie en culottes, habillé en roi gobelin, sourcils froncés et arborant les cheveux de Tina Turner ?

C'étaient deux bonnes questions étant donné qu'elle se trouvait dans un jardin comportant de hautes haies labyrinthiques qui formaient des recoins douillets et des cachettes commodes et romantiques. Qui aurait cru qu'il pouvait exister un endroit aussi beau et magique derrière cette grande demeure semblable à un mausolée ? À moins que ce ne soit le lieu où le propriétaire envoyait ceux qui lui déplaisaient pour qu'ils soient dévorés par un Minotaure affamé ?

Oh ! et troisième question…, se dit-elle en considérant le verre de vin rouge qu'elle serrait dans sa main. Ce troisième verre de cabernet sauvignon devait-il être son dernier ? Lorsqu'on commençait à s'interroger sur les secrets de jardinage, la braguette de David Bowie et la mythologie grecque en l'espace de dix secondes, il était peut-être temps d'arrêter l'alcool.

Elle poussa un soupir en regardant son verre. Elle n'avait rencontré Barron Farrell que brièvement et à quelques reprises, lors d'événements mondains auxquels son père l'obligeait à assister, mais tout de même… Les morts méritaient le respect. Si ce n'était pour Barron, au moins pour le fils qu'il avait laissé derrière lui.

Son ventre se noua alors que l'image de Cain Farrell faisait irruption dans son esprit. Elle n'avait encore jamais rencontré le fils et héritier de Barron Farrell avant aujourd'hui, ce qui n'avait rien de surprenant étant donné qu'elle essayait d'éviter les galas, événements caritatifs et dîners que son père affectionnait tant.

Fermant les yeux, elle se laissa tomber sur l'un des bancs en marbre disposés dans les coins frais et ombragés du jardin. Elle n'avait vu Cain Farrell qu'à la cérémonie d'inhumation, mais même en étant à plusieurs rangées en arrière, il n'avait pas été difficile de le repérer tant il dominait la plupart des personnes présentes.

Malgré son expression stoïque et sévère, elle l'avait trouvé… beau. Un visage mince et anguleux avec des pommettes saillantes, une bouche sensuelle mais sévère, et des mâchoires dures et inflexibles. Son costume noir sur mesure moulait de larges épaules, un torse puissant, une taille fine et de longues jambes musclées. Il la faisait penser à un roi avec cet air d'autorité qui semblait inné. Il donnait l'impression de pouvoir enfiler une armure, soulever une épée et un bouclier pour combattre aux côtés de ses hommes. Un commandant, redoutable et impitoyable lorsque cela était justifié. En fait, la seule chose douce en lui étaient ses boucles épaisses et sombres coiffées en arrière qui ondulaient autour de ses oreilles et du col de sa veste. Pourtant, au lieu d'adoucir sa beauté imposante et arrogante, ces mèches d'une douceur incongrue ne faisaient que souligner la force brutale des traits de son visage, en particulier le soupçon de cruauté dans les courbes sensuelles de sa bouche…

Elle fut emplie de honte.

Pendant qu'il pleurait son père, elle le lorgnait comme le Monsieur Décembre d'un calendrier de milliardaires. Peut-être que son père avait raison et qu'elle n'était pas sortable.

Un sentiment de tristesse lui poignarda le cœur, et elle pressa une main sur sa poitrine afin de chasser la douleur. Dix ans qu'elle évoluait dans ce monde d'opulence, et elle ne s'intégrait toujours pas. Aucune quantité de cours d'étiquette ou de vêtements de grands couturiers ne pouvaient remédier à cela.

Qu'est-ce qu'elle ne donnerait pas pour quitter cette demeure à Beacon Hill, et même Boston, et retourner à Plainfield dans le New Jersey. À l'époque, ils vivaient dans un duplex ; elle et ses parents d'un côté, son oncle, sa tante et ses trois cousins de l'autre. La famille passait souvent d'un appartement à l'autre en claquant les portes, riant et parlant fort. Ils étaient heureux alors.

C'était avant que sa mère décède d'une toux persistante pour laquelle elle n'avait pas consulté et qui avait dégénéré en pneumonie. C'était avant que son père canalise son chagrin, sa colère et son ambition dans l'expansion de sa chaîne de magasins d'électronique et la revende. Avant qu'il investisse les bénéfices de la vente dans une entreprise high-tech leader dans l'industrie de la sécurité et de la défense, et qu'il passe d'une fortune respectable à démesurément riche.

C'était avant qu'il décide que Plainfield était trop « rustre » pour lui et sa fille – c'étaient ses mots à lui, pas à elle. Elle aimait sa ville natale et sa famille, mais il avait coupé tous les liens en déménageant à Boston, où il ne pensait plus qu'à évoluer parmi la classe sociale la plus snob : la haute société au sang bleu. Mais même toute sa fortune de nouveau riche ne pouvait acheter cela.

Cela ne l'empêchait pas d'essayer obstinément.

C'était même la raison de leur présence aux funérailles de Barron Farrell. Son père ne pouvait pas laisser passer l'occasion de côtoyer ce cercle d'hommes d'affaires aisés, de mondains et de célébrités. Mais pour être juste, il n'était pas le seul à confondre les funérailles du milliardaire avec une invitation à un cocktail.

Devon se leva du banc en poussant un autre soupir. Elle ferait mieux de retourner à l'intérieur avant que son père vienne la chercher avec son air déçu et désapprobateur. Ses doigts se serrèrent autour de son verre, et elle ferma brièvement les yeux, luttant contre l'étau qui enserrait son cœur. Seigneur, elle se souvenait d'une époque où seuls l'affection, l'amour et la fierté illuminaient les yeux sombres de son père. Une époque où il était mari et père, et où il se contentait de quelques magasins. C'était avant que la mort détruise leurs vies.

Les yeux fixés sur les bouts pointus de ses chaussures Louis Vuitton, elle s'avança à contrecœur sur l'allée pavée du jardin.

— Va au diable.

Le grondement bas lui parvint quelques secondes avant qu'une silhouette grande et puissante contourne la rangée de haies, et s'arrête à quelques centimètres d'elle. Elle profita du fait que le coin du bosquet lui offrait une légère couverture, et observa, bouche bée, l'homme qui faisait les cent pas entre le banc qu'elle venait de quitter et le mur en travers du chemin étroit.

Pas n'importe quel homme, mais Cain Farrell.

Des vagues de colère semblaient émaner de son puissant corps. Non, pas de la colère, mais de la fureur. Avec ses cheveux noirs, son costume sombre et sa démarche dangereuse, il ressemblait à un prédateur : élégant, menaçant, mortel et attendant qu'une proie croise son chemin pour se jeter sur elle… et la dévorer.

Est-ce que cela faisait d'elle une idiote d'hésiter entre ne pas vouloir être sa proie et… vouloir céder au besoin insensé de l'apaiser, de caresser ses cheveux et d'étreindre ses larges épaules ? Oui, ça faisait sûrement d'elle une idiote, car personne n'essayait de consoler une bête en chasse.

Même s'il faisait une bête incroyablement séduisante…

Cain s'arrêta brusquement et la fixa d'un regard étréci mais étincelant, qui lui coupa totalement le souffle.

Zut.

— Qui êtes-vous ? demanda-t-il.

Sa voix lui fit penser à un mélange de nuit, de scotch onéreux… et de chocolat noir. Un délice.

— Moi ? demanda-t-elle d'une voix rauque.

Oh ! mon Dieu. Elle se morigéna intérieurement et commit alors l'erreur de plonger dans ses yeux magnifiques. Waouh. Avec la distance qui les séparait au cimetière, elle n'avait pas vu leur couleur. Mais à présent…

— Je me demandais…, souffla-t-elle.

Ses sourcils sombres et arrogants s'inclinaient vers ses yeux d'un bleu-gris saisissant ; les yeux d'un loup. Le sentiment d'être en présence d'un prédateur s'intensifia en elle, mais au lieu de la peur, ce fut une excitation teintée de nervosité qui bourdonna à la surface de sa peau.

Ne sois pas bête.

— Vous vous demandiez quoi ? demanda Cain d'un ton sec qui trahissait son agacement.

— Vos yeux, lâcha-t-elle en grimaçant intérieurement et se maudissant d'avoir pris ce troisième verre de vin. Je ne voyais pas leur couleur lors du service funéraire. Mais maintenant, je… euh, sais, conclut-elle maladroitement.

Elle força un sourire, et s'avança vers lui.

— Devon, dit-elle en tendant la main qui ne serrait pas le verre de vin comme si sa vie en dépendait.

Il la regarda fixement durant plusieurs secondes tendues, puis tendit lentement le bras, et ses longs doigts élégants engloutirent les siens. Elle sentit le feu lécher sa paume, enflammer son bras et tourbillonner dans sa poitrine comme une étoile à quelques secondes d'imploser. Il leva alors le regard de leurs mains jointes et parcourut le chemin que les flammes venaient d'emprunter, avant de descendre plus bas pour admirer sa petite silhouette et remonter à nouveau vers son visage.

Devon retira sa main et lutta contre le besoin de frotter sa paume qui la picotait contre sa cuisse. Elle redressa alors le menton pour croiser son regard de loup. Elle savait ce qu'il devait se dire : la même chose que tout le monde, petite avec des traits quelconques. Elle avait même entendu un « gentleman » la qualifier de peu mémorable. Dotée d'une poitrine et de hanches trop rondes pour être à la mode, elle possédait comme plus grand atout ses épaisses boucles caramel. En ce moment elles étaient enroulées à l'arrière de sa tête, mais une fois libérées, elles lui retombaient jusqu'au milieu du dos. Les cheveux de sa mère…

Non, Devon n'était pas une grande beauté, et Cain sortait sans aucun doute avec des femmes dont le visage s'affichait sur grand écran et le corps dans des catalogues de maillots de bain, mais tant pis. L'une des premières leçons qu'elle avait apprises en déménageant à Boston, c'était de ne jamais montrer à ces gens qu'elle pouvait être intimidée. À la première trace de faiblesse, ils tourbillonnaient comme des vautours autour d'une carcasse. Ayant été souvent victime de ce genre d'attaques, sa devise était désormais : *Donne le change le temps de te barricader dans ta chambre avec des frites, du ketchup et Netflix.*

Ça marchait très bien pour elle.

Cain la fixa, silencieux et maussade. Et même si elle tremblait à l'intérieur, elle ne vacilla pas. Mais bon sang, ces yeux... sinistres dans leur beauté, comme s'il pouvait voir au-delà de la chair et des os, jusqu'à son âme.

— Oui, maintenant vous le savez, dit-il d'une voix traînante.

Les flammes qui s'étaient changées en cendres reprirent aussitôt vie... sur son visage.

Oh ! mon Dieu.

Il prenait probablement cela pour une pathétique tentative de flirt de sa part.

— Que faites-vous ici, Devon ? La fête se déroule à l'intérieur, dit-il avec un petit sourire de mépris. Dans le salon et la salle à manger pour être plus précis. Cette partie de la propriété est interdite aux invités.

— Oh ! je suis désolée. J'ai dû louper les panneaux, s'excusa-t-elle.

Elle réalisa aussitôt combien ses mots pouvaient sembler désinvoltes.

— Je veux dire, bien sûr qu'il n'y a pas de panneaux, mais il en faudrait peut-être dans une maison de cette taille. Ou du moins des petites plaques signalétiques discrètes, comme sur les portes des toilettes...

Oh ! zut.

— Pardon ? grogna Cain en fronçant davantage les sourcils.

Devon secoua la tête, et leva un doigt dans le signe universel de « attendez une minute ». Elle profita de cette pause pour prendre une grande gorgée de vin. Puis une autre.

— Honnêtement, je suis plutôt du genre à siroter mon vin, et deux verres, c'est ma limite. Je ne sais pas ce qui m'a fait croire que je pourrais en gérer trois. Tenez.

Elle lui tendit le verre, qu'il accepta.

— D'ailleurs, étant donné que vous venez de maudire quelqu'un, vous en avez probablement plus besoin que moi.

À nouveau, il la fixa. Et pouvait-elle vraiment lui en vouloir ? Elle se comportait comme une cinglée : une folle éméchée qui parlait sans relâche et qui envahissait son jardin.

Lentement, sans rompre le contact visuel, il leva le verre vers sa belle et cruelle bouche.

Les genoux de Devon ne cédèrent peut-être pas, mais vacillèrent à tout le moins. Pourquoi le regarder prendre cette gorgée l'excitait autant ? Elle ne comprenait pas, mais la chaleur qui s'enroula dans son ventre et se diffusa vers les points nord et sud lui assura que c'était pourtant le cas.

— Vous avez raison, dit-il. J'en avais besoin. Merci.

Le vin ! Il avait besoin de vin ! Pas d'elle, comme son corps voulait le croire.

— De rien.

Incapable de continuer à fixer son étrange regard, elle épousseta des peluches invisibles sur sa robe fourreau grise. Et tandis qu'elle remettait de la distance entre eux, le sentiment de gêne et de désir déconcertant s'évapora.

— Mon Dieu, j'étais tellement concentrée sur le fait de devoir retourner en enfer que j'ai complètement oublié.

Elle posa alors une main sur l'avant-bras de Cain. Ses muscles se tendirent sous ses doigts, mais elle ne se laissa pas distraire.

— Je suis désolée pour la perte de votre père. Malheureusement, je connais votre douleur, et je ne la souhaite à personne.

Le regard minutieux de Cain descendit sur son bras, où ses doigts délicats étaient toujours posés. Il ne fit aucun geste pour se dégager, et même si cela aurait été l'option la plus intelligente, elle ne retira pas sa main.

— Retourner en enfer ? répéta-t-il sans répondre à ses condoléances.

Mais elle comprenait ; après la mort de sa mère, elle préférait parler de tout sauf de ça.

— Hormis l'évidence, de quel endroit est-ce que vous parlez ?

— Vous promettez de ne pas être offensé ? demanda-t-elle en grimaçant.

Il haussa un sourcil sombre mais hocha la tête.

— Je parle de cette réception. Les grands événements mondains sont une véritable punition pour moi, mais là-dedans…

Elle secoua la tête avant de poursuivre :

— Je viens d'une grande famille italienne bruyante, donc je ne suis pas étrangère aux repas animés avec rire et abondance de nourriture. Mais pas comme ça. Personne n'évoque votre père. Il n'y a aucun sentiment de tristesse comme lorsqu'on perd un être aimé. Il n'y a pas de larmes mêlées aux rires, aucun réconfort de la part de la famille et des amis. Ce que j'ai fui là-dedans est… morbide.

Elle retira sa main de son bras et se prépara aux réprimandes, comme avec son père quand elle lui avait exprimé les mêmes pensées avant de se chercher un endroit tranquille où faire une pause dans toute cette cupidité et cette hypocrisie.

Mais la moquerie ne vint pas.

Au lieu de cela, Cain l'étudia avec un regard indéchiffrable. Ça devait être une compétence pratique.

Elle s'efforça de ne pas s'agiter sous son regard, mais juste au moment où elle entrouvrit les lèvres pour s'excuser de ses paroles insensibles, il murmura :

— Merci, Devon.

— Pourquoi ?

D'avoir été injustement brutale ? Intrusive ? Lui avoir tendu un verre à moitié bu ? Il fallait qu'il soit plus précis.

— D'avoir eu le courage d'être honnête quand la vérité n'est pas belle à dire, précisa-t-il avec l'ébauche d'un sourire. Et pour m'avoir donné quelques minutes de répit dans l'enfer que je vis.

Il lui rendit le verre de vin, et, choquée, elle le vit lever son autre main et lui caresser la joue.

— J'apprécie plus que vous ne le pensez.

Puis il s'éloigna en la laissant là, la peau brûlée par sa caresse. Incapable de bouger, elle le regarda s'éloigner à grands pas et disparaître aussi rapidement et silencieusement qu'il était apparu.

Elle effleura alors de ses doigts tremblants l'endroit qu'il venait de toucher si tendrement. Elle avait sûrement imaginé l'éclair de chaleur dans ses yeux : un vœu pieux face au désir insensé qui l'avait saisie.

Oui, ce n'était que cela.

Pourtant, quel mal y avait-il à fantasmer un peu ? Ce n'était pas comme si elle reverrait un jour Cain Farrell.

Non. Il n'y avait aucun mal à cela.

- 3 -

Une année. C'était le délai qui lui était demandé et il y arriverait. Il avait enduré son père durant trente-deux ans. Douze mois de plus serait un jeu d'enfant.

Il en était parfaitement capable.

Le mantra tournait en boucle dans la tête de Cain, comme un régiment de soldats en campagne. Il serrait les mâchoires si fort qu'il en avait mal, mais c'était soit ça, soit lâcher la série de jurons qui lui écorchait la gorge. Et il était hors de question qu'il donne cette satisfaction à son père, mort ou vif.

— Monsieur Farrell, vous avez reçu plusieurs messages pendant votre réunion. Je les ai posés sur votre bureau et je vous les ai également envoyés par mail, l'informa Charlene Gregg, son assistante de direction, alors qu'il passait devant son bureau.

La jeune femme brune et élégante qui travaillait pour lui depuis cinq ans était une perle rare, et cet avis était partagé par son malabar de mari d'un mètre quatre-vingt-dix, ainsi que ses deux adorables enfants.

— Merci, Charlene, grogna-t-il.

L'autre avantage d'avoir une assistante de longue date, c'était qu'elle était insensible à sa mauvaise humeur.

— Mettez en attente tous les appels pendant les vingt prochaines minutes.

— Très bien.

Il entra dans son bureau en s'obligeant à ne pas claquer

la porte derrière lui. Il fallait qu'il retrouve son contrôle. Ayant grandi dans un foyer chaotique où la moindre désobéissance, réelle ou imaginaire, pouvait lui valoir des commentaires cinglants et cruels ou une punition corporelle, il avait rapidement appris à maîtriser ses émotions et ses réactions.

Mais après cette réunion avec ses… Bon sang, il ne pouvait toujours pas les appeler ses frères. Achille Farrell, le géant maussade qui partageait son nom de famille, et Kenan Rhodes, le charmeur au grand sourire et aux yeux d'acier, étaient des étrangers. Des étrangers qui, à peine une semaine après leur première rencontre aux funérailles, se taillaient une part importante dans son entreprise.

Il détestait cette intrusion.

Un sentiment de culpabilité monta en lui, mais la colère bouillonnante qui était devenue sa compagne l'empêcha d'y céder. Il comprenait que sa rage était dirigée contre un homme mort qui s'était joué de lui, mais Barron n'était plus là, alors que ses descendants illégitimes, si.

Passant une main dans ses cheveux, Cain fit le tour de son bureau et se laissa tomber sur sa chaise. Son regard se posa sur l'épais dossier qu'il étudiait depuis une semaine. Immédiatement après la lecture du testament, Cain avait contacté le détective privé de Farrell International et lui avait fait ouvrir une enquête au sujet d'Achille et de Kenan.

Achille Farrell. Né à Boston, mais élevé par une mère célibataire près de Seattle à Washington. Développeur de logiciels et pas loin d'un génie. Et également ex-détenu qui avait passé deux ans en prison pour voies de fait ; son père tout craché.

Kenan Rhodes. Né et élevé à Boston par la riche famille qui l'avait adopté. Brillant vice-président du service marketing dans l'entreprise familiale. Un homme à femmes si on en croyait le nombre de fois où il apparaissait dans la presse people. Également son père tout craché.

Après avoir accepté les conditions de Barron, les deux hommes avaient informé Cain qu'ils ne comptaient pas jouer les figurants durant l'année à venir. Chacun avait l'intention d'imprimer sa marque sur l'entreprise. Achille au service informatique et Kenan au marketing. Tout en Cain hurlait à l'idée de confier les rênes de n'importe quelle partie de son entreprise à des étrangers, mais il ne pouvait s'y opposer. Il ne pouvait rien faire d'autre que rester assis là, furieux, et impuissant. C'était ce qui l'irritait le plus. En quittant la demeure de son père, il s'était juré de ne plus jamais être faible et vulnérable. Et pourtant…

Il leva le bras, le poing serré, et le dirigea vers son bureau. Mais au dernier moment, il arrêta son mouvement et s'abstint de frapper la surface en bois.

Le contrôle. Il ne pouvait pas se permettre de le perdre.

Poussant un soupir, il ferma les yeux et se pinça l'arête du nez. Immédiatement, et de manière inexplicable, une image de Devon – il ne lui avait jamais demandé son nom de famille – vacilla puis se solidifia sur l'écran de son esprit.

Ce n'était pas la première fois que la jeune femme, apparue dans les jardins de sa mère telle la version pin-up d'une fée, faisait irruption dans ses pensées. Petite, avec des seins qu'il soupçonnait de déborder de ses paumes, une taille si fine que ses mains pourraient facilement l'encercler, et un délicieux évasement des hanches, le tout formant une diabolique silhouette en sablier.

Oui, Devon possédait un corps à réveiller un homme en sursaut en plein milieu de la nuit, en proie à un désir violent. Mais son corps n'était rien en comparaison de ses beaux yeux émeraude innocents qui semblaient pourtant renfermer tant de secrets dans leurs profondeurs. Ou de ses élégantes pommettes qu'il n'avait pu s'empêcher de toucher. Ou de la courbe de sa bouche aux lèvres pleines, qui même maintenant lui causait une douleur sourde et palpitante dans son entrejambe. Ces lèvres pleines qui démentaient l'impression de pureté qui se dégageait d'elle.

Quel homme pourrait la regarder et ne pas vouloir la corrompre ?

Pas lui en tout cas.

Objectivement, il savait que certains hommes pourraient la trouver d'une beauté simple et ordinaire. Mais ces hommes étaient aveugles.

Pourtant… en dehors de tout cela, c'était surtout son humour, son sens de l'autodérision, sa sympathie et le réconfort désintéressé qu'elle lui avait offert par ses paroles innocentes et son vin qui l'avaient apaisé. Ce jour-là, elle lui avait inconsciemment donné la force de retourner dans cette bibliothèque et d'affronter la situation.

Cain, qui se targuait de n'avoir jamais besoin de personne, s'accrochait au souvenir d'une femme rencontrée une seule fois, et qu'il ne reverrait probablement pas. L'ironie de la situation ne lui échappa pas.

— Monsieur Farrell, retentit la voix de Charlene du haut-parleur de son téléphone. Je sais que vous m'avez demandé de ne pas vous déranger, mais il y a un certain Gregory Cole ici qui demande à vous voir. Il n'a pas de rendez-vous, mais il prétend que c'est une affaire personnelle en rapport avec votre père.

La tension le gagna et, pendant un instant, un « non » laconique lui brûla la langue. Qui se pointait sans invitation dans les bureaux de direction d'une entreprise valant un milliard de dollars pour demander une rencontre non prévue avec le P-DG ? Ça pouvait parfaitement être l'un des nombreux journalistes qu'il avait mis à la porte sans même chercher à faire preuve de politesse. Bon sang, ça pouvait même être un autre frère.

De plus en plus irrité, il appuya sur le bouton afin de répondre. Qui que ce soit, il pouvait faire demi-tour et repartir par où il était arrivé. Et si c'était si important, il n'avait qu'à fixer un rendez-vous avant de partir.

— Faites-le entrer, Charlene.

Relâchant le bouton, il se leva de derrière son bureau.

— Eh merde, grommela-t-il.

Son « père » et « personnelle » dans une même phrase. Il aurait voulu pouvoir résister à l'attrait de cet appât, mais c'était impossible.

Quelques instants plus tard, Charlene entra, suivie d'un homme d'âge mûr. Grand et distingué avec des cheveux poivre et sel coupés court, et vêtu d'un costume sur mesure que Cain savait coûter au moins trois mille dollars, il s'avança à grands pas, la main tendue.

— Monsieur Farrell. Gregory Cole. Je suis heureux de vous rencontrer, bien que j'eusse aimé que ce soit dans d'autres circonstances. J'ai été très attristé par le décès de votre père.

Des paroles appropriées, mais ses yeux verts, quelque peu familiers, n'avaient pas la solennité requise. L'inquiétude gagna Cain alors qu'il serrait rapidement la main de l'homme.

— Merci, monsieur Cole.

Il fit signe à Charlene, qui referma doucement la porte derrière elle.

— Mon assistante m'a dit que c'était en rapport avec mon père.

Il n'invita pas Gregory Cole à prendre place dans l'un des fauteuils visiteurs ou sur le canapé en cuir marron de son coin salon. Peut-être était-ce son intuition ou de la simple superstition, mais quelque chose chez cet homme l'irritait.

— Je vous en prie, appelez-moi Gregory. Je peux ?

Sans attendre la réponse de Cain, il s'installa dans le fauteuil face au bureau. Croisant les jambes, l'homme afficha un grand sourire qui fit frissonner Cain.

— J'ai un problème concernant ma… relation avec votre père, mais par déférence pour votre deuil, j'ai décidé d'attendre avant de vous approcher.

Une semaine entière. Quel acte de sainteté, songea Cain avec ironie. Mais étant donné que la plupart des journalistes avaient campé devant sa porte dès la mort de Barron, peut-être que Gregory avait été magnanime ?

— Étiez-vous en affaires avec lui, monsieur Cole ? l'interrogea Cain en utilisant délibérément le nom de famille de l'homme.

Si le léger camouflet irrita Gregory, il n'en laissa rien paraître. Au contraire, son sourire s'élargit et une lueur éclaira son regard.

— J'appellerais plutôt cela un arrangement, dit-il d'une voix traînante, en ôtant une poussière imaginaire de son costume immaculé.

Le geste était artificiel, délibéré et agaçant. L'impatience de Cain montait en flèche tandis que Gregory poursuivait :

— Monsieur Farrell, ou Cain. Puis-je vous appeler Cain ?

— Non.

Cette fois, l'homme ne put contrôler la brève contraction autour de sa bouche ou l'éclat de colère dans ses yeux. Les signes révélateurs disparurent aussitôt, mais Cain les avait vus. À en croire la façon dont cet homme avait fait irruption dans son bureau comme si tout lui était dû, il n'aimait probablement pas entendre le mot « non ». Dommage pour lui.

— Comme je le disais… je suis un autodidacte. J'ai monté à moi tout seul une chaîne de magasins d'électronique prospère, avant de la revendre et d'investir les bénéfices dans des projets encore plus lucratifs. À présent je possède une société dans le secteur de la finance et de l'investissement, qui a rapporté à mes clients et à moi-même des millions durant ces dernières années, se vanta-t-il.

— Votre travail acharné et votre détermination sont admirables, mais je ne vois pas le rapport avec moi ou mon père. Monsieur Cole, je ne veux pas paraître grossier et vous presser, mais j'ai des réunions, donc si vous pouviez aller à l'essentiel…

En vérité, il se fichait d'être impoli ou de le brusquer.

Encore une fois, il remarqua une lueur d'irritation avant qu'une autre émotion la remplace : la satisfaction.

L'estomac de Cain se noua, et même si cela défiait toute logique, il se raidit. Car quelque chose se tramait. Tout ce qui pouvait mettre cet éclat de jubilation dans les yeux de Gregory Cole ne présageait rien de bon pour lui.

— Bien sûr, ronronna Gregory en entrelaçant ses doigts sur son torse. Avant sa mort, votre père a signé un contrat avec moi. À présent qu'il est décédé, il est de votre responsabilité de l'honorer.

Cain fronça les sourcils.

— C'est à ça que sert notre service juridique, dit-il. Si vous voulez bien laisser le contrat à mon assistante, elle le transmettra aux personnes compétentes…

— Je pourrais très bien le faire, Cain, continua l'homme en mettant l'accent sur son prénom avec une joie non dissimulée. J'ai pensé que vous voudriez peut-être que cette affaire reste privée. Mais si ça ne vous dérange pas que vos avocats examinent un contrat de mariage, moi non plus.

Cain cligna des yeux en fixant l'homme au sourire

moqueur. Un instant paralysé par le choc, il resta bloqué sur ces derniers mots : *contrat de mariage*.

Quoi ?

Le sentiment de malaise se changea aussitôt en panique. Ses poings se serrèrent dans sa poche, mais son entraînement au contrôle, enseigné à la dure, le maintint immobile et lui permit de garder un calme stoïque, sans rien laisser paraître de la peur qui faisait des ricochets dans sa poitrine.

— De quoi parlez-vous ? demanda-t-il d'une voix calme.

— Je parle de vous, Cain Farrell, qui allez épouser ma fille. Votre père vous a promis à moi. Il vous a donné par signature.

Gregory gloussa comme si l'idée d'un père vendant son fils tel qu'à l'époque médiévale l'amusait. Bon sang, puisque ce salaud faisait subir le même sort à sa propre fille, il trouvait probablement cela drôle. Il ouvrit sa veste et mit sa main à l'intérieur pour en sortir des feuilles pliées. Puis il se leva et les tendit à Cain.

— J'ai pris la précaution d'apporter une copie du contrat. Je vous en prie, prenez votre temps et examinez-le. Je vous assure que tout est en règle.

Engourdi, Cain récupéra les feuilles et fit le tour de son bureau. Il déplia le contrat, l'étala et l'étudia. Le silence s'écoulait en pulsations tonitruantes, faisant écho aux martèlements de son cœur. Plus il lisait, plus sa fureur grandissait. En tournant la dernière page du contrat de trois pages et en voyant le gribouillis audacieux de son père à côté de la signature plus élégante de Gregory, son corps était déjà douloureux tant il essayait de se retenir. Se retenir afin de ne pas rugir son indignation et retourner son satané bureau. Afin de ne pas se précipiter vers ce bâtard souriant et enrouler ses mains autour de son cou malfaisant.

— Vous vous qualifiez d'homme d'affaires, déclara Cain d'une voix semblable à du gravier. Vous avez oublié d'ajouter quelques noms supplémentaires : escroc et maître-chanteur.

Gregory n'eut même pas la décence de paraître honteux. Tout en haussant une épaule avec nonchalance, il arqua un sourcil.

— Inutile d'être insultant, Cain. S'il y a bien une chose que j'ai apprise au cours de mon ascension dans ce monde, c'est que personne ne fera de cadeaux à un pauvre homme qui n'a pas suivi d'études supérieures. Je suis à l'origine de mon propre succès. J'ai forgé mon propre chemin quand les gens de votre monde tentaient de m'en empêcher. Et je l'ai fait par tous les moyens nécessaires. Donc, si vous espérez que je m'excuse ou que j'aie honte de la façon dont je suis arrivé ici, vous pouvez toujours attendre, mais vous risquez d'être déçu.

— Épargnez-moi vos délires cupides, aboya Cain en ignorant le regard noir de Gregory. De nombreuses personnes partent de rien, se démènent et font des sacrifices pour se frayer un chemin vers les sommets sans pour autant tomber dans des comportements criminels. Vous n'êtes pas né avec un fonds en fiducie ? La belle affaire. Plus de quatre-vingt-dix pour cent des gens sont dans votre cas. Mais vous dénigrez leurs efforts et leur faites honte en justifiant ça – il pointa un doigt sur le contrat offensant – par l'endroit d'où vous venez.

— Voilà qui est parlé comme un homme qui n'a jamais eu à se priver de quoi que ce soit, répondit Gregory en ricanant, tandis que ses pommettes saillantes se couvraient d'une teinte rougeâtre.

Ses yeux verts brillaient d'une rage froide, et Cain y déchiffra un sentiment de dégoût ; pour lui.

— Vous ne savez rien de moi, Cole, grogna Cain en

posant ses poings sur le bureau et se penchant vers lui. Parce que si c'était le cas, vous n'auriez jamais mis les pieds ici. Ne l'oubliez pas.

Il donna une chiquenaude aux trois feuilles de papier qui glissèrent sur le bureau et vacillèrent au bord avant de tomber au sol.

— Foutez le camp.

Gregory ne se pencha pas pour ramasser le contrat et ne détourna pas le regard.

— C'est là que vous vous trompez, voyez-vous. Je sais tout ce que j'ai besoin de savoir à votre sujet, Cain, murmura-t-il avec un petit sourire narquois que Cain mourait d'envie d'effacer de son visage. Quand votre père a conclu cet arrangement, il m'a assuré que vous vous soumettriez par loyauté envers votre mère. L'amour pour une mère est quelque chose de puissant, continua-t-il d'un ton mielleux. Et je ne doute pas que vous feriez n'importe quoi plutôt que de voir le nom d'Emelia Farrell faire la une des journaux à scandale, et traîné dans la boue par des journalistes sans scrupule. Ils seraient implacables s'ils découvraient qu'elle a eu une liaison alors qu'elle était encore mariée à votre père. Et ils seraient absolument enragés s'ils recevaient les preuves de cette liaison en photo, mail, SMS… et vidéo.

La bile jaillit de l'estomac de Cain comme un torrent d'acide. Pendant un instant, il céda à la douleur et ferma brièvement les yeux. Mais immédiatement, le visage de sa mère, si cette nouvelle devenait publique, apparut derrière ses paupières closes : dévastée, humiliée, brisée.

Sa mère, si belle, fière, douce et forte. Elle avait été la seule constante stable et aimante de sa vie – douce là où son père avait été dur. Affectueuse là où il avait été froid. Protectrice quand il avait été l'agresseur. Elle avait souffert de ce mariage. Il fut un temps où elle avait probablement aimé son père, mais ses agressions verbales, ses dénigrements et ses infidélités constantes avaient détruit ce sentiment.

Sa mère avait enduré toutes ces années de mariage par amour pour Cain, et cela le rongeait de culpabilité. Elle aurait pu quitter Barron à tout moment, mais il aurait tout fait pour avoir la garde de son fils et, entre son pouvoir, son argent et son influence, il aurait sûrement gagné. Elle était donc restée jusqu'à ce qu'il puisse se débrouiller financièrement et physiquement.

Emelia Farrell avait suffisamment souffert.

Donc non, il ne lui reprochait pas de s'être évadée de sa parodie de mariage et d'avoir cherché du réconfort comme elle le pouvait. C'était juste que… Bon sang. Elle avait fait une erreur en choisissant cet homme.

— Un autre crime à mettre à votre compte, Cole, gronda Cain, dégoûté au plus haut point. Il est illégal de diffuser ce genre de documents sans le consentement de l'autre partie.

— Attaquez-moi en justice.

Cain recula. Mieux valait mettre le plus de distance possible entre eux.

— Et votre fille ? Elle se fiche de s'enchaîner à un homme contraint par chantage qui ne veut pas d'elle ? Ou est-elle comme vous, et tout ce qui l'intéresse, c'est d'enfoncer ses griffes dans un homme riche pour pouvoir le saigner à blanc ?

— Ma fille fera ce qu'il faut pour sa famille, répondit-il doucement. Et je n'ai pas besoin de votre argent, Cain. J'en ai plus qu'assez. Mais si ma fille se marie à un Farrell, toutes les portes lui seront ouvertes. Même celles que l'argent ne peut pas ouvrir.

— À vous, vous voulez dire, cracha Cain.

— La société de Boston est fermée et méprisante envers

ceux qui ne sont pas nés dans votre cercle restreint. Vous savez aussi bien que moi que la richesse ne propulsera une personne que jusqu'à un certain point. Ça ne lui accordera que l'entrée de l'immeuble, mais pas une place à table. Vous qui êtes né avec une chaise et une carte de visite à cette même table, ne me parlez pas de la façon d'y gagner ma place.

Ses paroles étaient emplies d'amertume, et bien qu'il déteste l'homme pour ses méthodes, Cain ne pouvait le contredire sur ce point.

Il avait conscience du monde fermé, snob et élitiste dans lequel il évoluait. Il savait que le plus souvent, c'était le nom Farrell et tout ce qu'il signifiait – histoire, héritage, pouvoir et richesse – qui lui ouvrait les portes et lui donnait des passe-droits que d'autres n'avaient pas.

Mais rien, absolument rien, n'excusait Gregory Cole.

Il avait menacé la seule personne qui comptait pour Cain. C'était impardonnable, que ce soit de sa part ou de celle de sa fille.

— Si je comprends bien, vous et votre traînée de fille êtes prêts à tout par ambition, déclara Cain d'une voix aussi froide que la couche de glace qui se répandait dans ses veines.

— Les affaires, les relations, le pouvoir et l'influence. Votre père le comprenait mieux que quiconque.

Soudain le sourire de Gregory s'effaça et son regard joyeux se fit sérieux.

— Assez bavardé. Comme vous l'avez si bien dit, vous avez des réunions et j'ai des rendez-vous. Alors, quelle est votre réponse, Cain ? Est-ce que vous allez épouser ma fille ou est-ce que je vais devoir divulguer mes preuves sur la liaison de votre mère ?

Pendant un instant, Cain se transforma en ce petit garçon de dix ans apeuré face à son père dans cette maudite bibliothèque. Cet enfant qui voulait se défendre et être assez fort pour affronter son père, mais qui en était incapable à l'époque. C'est la même chose à ce moment-là. Une fois de plus, il était aussi impuissant et sans défense.

À cause de Gregory Cole, il était revenu sur sa promesse de ne plus jamais être faible et vulnérable.

Ils payeraient pour cela, lui et sa fille.

— J'accepte de l'épouser, déclara Cain en fixant les yeux verts triomphants. Mais c'est la seule chose à laquelle je m'engage. Vous avez voué votre fille à une union infernale. Je m'en assurerai. Elle aura mon nom et rien de plus. C'est vous qui avez fomenté cette parodie de mariage, mais c'est elle qui en souffrira. Je vous en fais la promesse.

- 4 -

— C'est toi, Devon ?

Devon referma la porte d'entrée derrière elle et s'accrocha un instant à la poignée de porte.

Seigneur, donnez-moi la force, priait-elle silencieusement, avant de culpabiliser.

Peu importe à quel point son père était exigeant, il restait son père. Et même s'il avait radicalement changé par rapport à l'homme protecteur, affectueux et rieur qu'il avait été du vivant de sa mère, il ne l'avait jamais abandonnée. Il avait subvenu à ses besoins, lui avait donné tout ce qu'une fille pouvait souhaiter… tout ce que l'argent pouvait acheter.

— Oui, papa, c'est moi, cria-t-elle en posant son sac à main sur une chaise.

Elle traversa à grands pas le hall spacieux de la majestueuse maison en brique située au cœur de Back Bay.

Son père avait déboursé sept millions pour cet endroit – et il adorait s'en vanter partout. Il fallait reconnaître que la demeure était magnifique. De grandes pièces lumineuses, un plafond cathédrale, d'immenses baies vitrées qui donnaient sur une rue calme bordée d'arbres, un patio privé, de vastes cheminées, de belles chambres et des salles de bains luxueuses ; c'était un endroit où Devon n'aurait jamais imaginé vivre quand elle était enfant. Un deux-pièces élégamment aménagé situé au rez-de-jardin faisait même office de bureau pour son père. Si on y ajoutait les œuvres d'art hors de prix, les meubles somptueux et les équipements ultramodernes, l'endroit était un vrai bijou.

Et pourtant cela ne semblait toujours pas suffire à Gregory Cole. Son père avait un trou béant et insatiable à l'intérieur de lui qu'il essayait de combler avec de l'argent et des objets. Un trou qui aurait dû être comblé par la famille.

Étouffant un soupir, elle pénétra dans le salon informel. Son père se tenait devant une cheminée assez grande pour contenir deux hommes adultes. Ou peut-être un et demi si c'étaient des hommes de la stature de Cain Farrell. Bon, il fallait qu'elle arrête de penser à lui.

Cela faisait un peu plus d'une semaine depuis qu'elle l'avait rencontré de façon impromptue dans les jardins, et elle n'arrivait toujours pas à le chasser de son esprit. Elle repensait un peu trop souvent à ces moments volés pour que ce soit un comportement sain.

— Salut, papa. Tout va bien ? Ton message semblait urgent.

— Oui, tout va bien. Mieux que bien même, dit-il en agitant la main.

Puis il l'examina de haut en bas et ses sourcils se froncèrent.

— Bon Dieu, Devon. Qu'est-ce que tu portes ? Je ne peux pas croire que tu sois sortie comme ça. Et si l'un de mes associés ou quelqu'un d'important t'avait vue ?

Il secoua la tête et émit un petit son de déception.

Il se trouvait que quelqu'un d'important l'avait vue. Plusieurs personnes même : la centaine d'enfants pour lesquels elle exerçait la fonction de coordinatrice jeunesse dans une maison de quartier située à East Boston.

— La plupart des écoles sont fermées pour le jour de Columbus, alors nous avons organisé une journée de jeu. Un jean et un T-shirt étaient plus appropriés pour le lancer de ballons, la course à trois jambes et le kickball qu'un tailleur.

Très consciente de la piètre opinion que son père avait de son travail – un travail qu'il considérait comme indigne d'elle –, elle repoussa la douleur que ses paroles condescendantes éveillaient en elle, et changea de sujet.

— Alors que se passe-t-il ? Pourquoi a-t-il fallu que je me précipite à la maison ?

Avant de répondre, il traversa la pièce jusqu'au bar encastré et se prépara un verre. Après en avoir pris une gorgée, il se tourna vers elle.

— J'ai une merveilleuse nouvelle, Devon, dit-il en faisant légèrement tourner l'alcool dans son verre. Nous recevons un invité très spécial à dîner. Ce qui signifie que tu vas devoir monter à l'étage, quitter ces haillons et te mettre sur ton trente et un.

— C'est ça, l'urgence ?

Elle s'abstint d'ajouter « sérieusement ? », mais le mot résonna dans la pièce.

— Tu reçois des gens à dîner au moins trois fois par semaine. Pourquoi est-ce si important ?

— Parce que…, commença-t-il avant de marquer une pause et de prendre une autre gorgée tout en l'étudiant par-dessus son verre, l'invité est ton futur mari.

Devon recula sous le choc. Les mots résonnaient dans sa tête, mais n'avaient aucun sens. Son mari ? De quoi parlait-il ? Elle ne fréquentait personne, et songeait encore moins au mariage.

Elle déglutit avec effort, et réussit à ajouter :

— Quoi ?

— Je t'ai arrangé un mariage avec l'un des célibataires les plus recherchés de cette ville. Peut-être même du pays.

Il vient d'une des meilleures familles de Boston. Il est riche et il a réussi : on ne peut pas faire mieux.

— Je..., fit-elle en secouant la tête.

L'effroi se mêla à l'étonnement... parce qu'il ne plaisantait pas.

Oh ! mon Dieu, il ne plaisante pas !

— Papa, tu ne peux pas arranger des mariages comme si on était au Moyen Âge. Je suis une femme adulte tout à fait capable de choisir qui je veux fréquenter et éventuellement épouser. Et quand ce jour viendra, je ne me contenterai pas de regarder le nombre de zéros sur son compte en banque ou de savoir jusqu'où remontent ses origines, expliqua-t-elle en se demandant pourquoi elle avait cette discussion.

— En tant que père, j'ai le droit de savoir qui tu épouses et fais entrer dans notre famille. Il ne s'agit pas seulement de toi, insista-t-il avec une note d'acier dans la voix qui emplit la jeune femme d'horreur.

— Puisque c'est moi qui vais devoir promettre mon avenir à quelqu'un, vivre avec, dormir avec et avoir des enfants, je dirais qu'il s'agit très certainement de moi, lança-t-elle, incapable de contenir son irritation et son sentiment de panique grandissant.

Il la fixa avec attention, puis retourna à la cheminée où il posa calmement son verre sur le manteau de pierre.

— J'ai pris soin de toi, j'ai pourvu à tes besoins, j'ai travaillé dur et je me suis sacrifié pour toi. Il n'y a pas meilleur juge que moi pour savoir qui tu dois épouser.

Tu as fait tout ça pour toi : pour ta fierté, ton ego et ton besoin insatiable d'avoir plus.

Le cri résonna dans sa tête, et seuls sa volonté et son profond respect pour son père l'empêchèrent de l'exprimer.

— Après tout ce que j'ai dû endurer pour obtenir cet arrangement, tu vas donner le meilleur de toi-même, continua-t-il. Tu l'impressionneras ce soir. Il a des relations qui dépassent de loin celles des affaires. Grâce à moi, tu seras accueillie à bras ouverts dans la haute société bostonienne, et toutes les portes te seront ouvertes… nous seront ouvertes ! Je ne te laisserai pas gâcher ça.

— Et la gentillesse alors ? L'affection ? L'amour ? Je ne mérite pas ce genre de mariage, comme toi et maman ? chuchota-t-elle.

— Pour ce que ça m'a apporté ! Je te rends service, Devon. Choisis une union raisonnable basée sur des avantages mutuels, et si par malheur tu finis veuve, tu ne seras pas dévastée et brisée. Souviens-toi de ça, Devon. Ne mêle pas ton cœur au mariage, et tu auras la meilleure vie que je puisse t'offrir.

— Papa, est-ce que tu t'entends parler ? s'écria-t-elle avec incrédulité et rongée de douleur. Tu ne peux pas penser une chose pareille !

Oui, la mort de sa mère l'avait changé. Mais à ce point ? Depuis quand était-il devenu si froid ? Si dur ?

— Désolée, papa, mais je ne peux pas faire ça. Tu vois sans doute le mariage arrangé comme une bénédiction, mais pour moi, c'est un enfer. Je n'épouserai pas un étranger.

Et quel genre d'homme accepterait une telle aberration archaïque et matérialiste ? Qu'attendrait-il d'elle ? Plus précisément, qu'est-ce que son père lui avait promis pour qu'il accepte cette farce ? Si c'était vraiment l'un des célibataires les plus en vue du pays, il avait forcément le choix d'épouser qui il voulait. Devon était réaliste : elle était gentille, intelligente et travailleuse, mais elle n'était pas la plus branchée, la plus riche ou la plus belle. Pourquoi elle ?

— Tu le feras, Devon, gronda-t-il. Parce que je t'ai élevée, je me suis sacrifié pour toi.

— Tu as fait ces choses parce que tu es mon père,

répondit-elle, furieuse de sa tentative de chantage affectif. C'est ce que font les pères.

— Et les filles font passer leur famille en premier.

Il se tut, redressa les épaules, et recouvra visiblement son calme. Puis il se retourna et reprit son verre pour en prendre une gorgée. Lorsqu'il lui fit à nouveau face, il glissa sa main libre dans la poche de son pantalon et l'étudia calmement.

— Devon, tu vas le faire…

— Non, désolée. Je refuse.

Mais il continua à parler comme si elle ne l'avait pas interrompu.

— Parce que dans le cas contraire, je m'assurerai que cette précieuse maison de quartier que tu aimes tant n'obtienne plus aucun financement. Et je ferai le tour de tous les autres donateurs pour les convaincre que ce centre est un mauvais investissement, et de mettre leur argent ailleurs. Tu sais aussi bien que moi que les organismes de bienfaisance ne manquent pas.

Une colère si brûlante et palpable qu'elle pouvait presque la toucher l'envahit. Elle fut prise de tremblements, et à cet instant, elle le détesta.

Mais ce sentiment fut aussitôt remplacé par la culpabilité et la honte. Quel genre de fille nourrissait ce genre de pensées pour l'homme qui l'avait mise au monde ? Avant de mourir, sa mère l'avait serrée dans ses bras et lui avait fait promettre de prendre soin de son père. Logiquement, Devon comprenait que sa mère n'avait pas voulu imposer un tel fardeau à une enfant de dix ans. Mais ce vœu l'avait enchaînée à son père durant toutes ces années. À vingt-six ans, elle vivait toujours avec lui, inquiète de le voir poussé par des démons invisibles et se surmener ainsi.

— Tu veux vraiment m'enlever mon travail ? L'endroit que j'aime le plus au monde ? demanda-t-elle doucement.

Il ricana et balaya sa question d'un revers de la main, comme pour repousser un moucheron ennuyeux.

— Je t'ai dit à maintes reprises que tu n'as pas besoin de ce travail. Tu pourrais œuvrer dans des comités de bienfaisance et changer réellement les choses en collectant des fonds et en nouant des relations avec des personnes influentes. Mais tu insistes pour occuper un emploi subalterne à la portée du premier venu avec un minimum d'études. Alors oui, je te l'enlèverai si tu m'y forces. Et avec joie, même. Parce que c'est pour ton bien et que tu es trop têtue pour le voir.

Son père avait raison – il ne s'agissait pas seulement d'elle : c'était l'avenir de la maison de quartier qui était en jeu. Depuis quatre ans, ce n'était pas uniquement un lieu où elle mettait en pratique sa licence en urbanisme et sa maîtrise en travail social. C'était aussi un havre de paix. L'équipe avec qui elle travaillait, les enfants, les personnes âgées et leurs proches étaient devenus les substituts de la famille qu'elle avait laissée dans le New Jersey. Alors, ne serait-ce pas égoïste de sa part de leur couper les fonds ? Les employés seraient licenciés et ce centre, si utile à toutes les tranches démographiques de la communauté, disparaîtrait.

Non, elle ne laisserait pas son père nuire à tous ces gens. Elle ne le laisserait pas non plus décider de son avenir. Elle allait jouer à son propre jeu, comme il le lui avait appris, mais elle finirait par trouver un moyen de se sortir de ce mauvais pas. Comment ? Elle l'ignorait encore.

— Bien, papa, dit-elle en serrant le dossier du canapé pour ne pas s'effondrer face à l'appréhension qui l'envahissait. Tu as gagné. Je me plierai à ce chantage si tu laisses la maison de quartier.

— Un mariage, Devon, dit-il d'un ton d'acier. Non seulement tu épouseras l'homme que je t'ai choisi, mais tu lui feras croire que c'est ce que tu veux. Tu le convaincras que c'est ton rêve d'être sa femme. Cette discussion restera entre nous, Devon. Je suis sérieux. Tu comprends ?

— Bien sûr, papa, murmura-t-elle d'un ton plat tout en s'accrochant avec force au meuble. Tu veux que je commence mon avenir sur un mensonge. J'ai compris.

— Devon ! aboya-t-il.

La sonnette retentit juste à ce moment, interrompant ce qui aurait sans aucun doute été une cinglante réprimande. Gregory fronça les sourcils.

— Qui est-ce ? Tu attends quelqu'un ?

Avant qu'elle puisse répondre, la gouvernante apparut à l'entrée de la pièce.

— Monsieur, je suis désolée de vous interrompre, mais il y a un monsieur à la porte. Il prétend que vous l'attendez. Je l'ai conduit au salon des invités…

— Puisque je suis pratiquement de la famille, j'ai décidé de ne pas m'embarrasser de formalités, déclara avec nonchalance une voix sombre et doucereuse.

Elle connaissait cette voix. Elle l'entendait dans ses rêves.

Devon se retourna avec lenteur, comme pour retarder le moment de céder aux supplications de son cœur, et aux soupçons de ses entrailles à en croire la chaleur qui s'était éveillée dans son ventre.

Mais ni ses oreilles, ni son cœur, ni le désir qui l'illuminait tel l'horizon de Boston ne lui mentaient. Un seul homme était capable de provoquer une telle tension en elle, et il se trouvait dans sa maison.

Cain Farrell.

La joie explosa en elle, et l'amorce d'un sourire tremblant releva les coins de sa bouche. Elle fit un petit pas en avant, juste au moment où ses paroles la pénétrèrent.

Puisque je suis pratiquement de la famille…

Elle s'arrêta brusquement.

Il ne voulait quand même pas dire que…

Elle se tourna vers son père, et le sourire suffisant de celui-ci créa un trou béant de terreur dans sa poitrine. Dans son âme.

Elle reporta son attention sur l'homme silencieux et maussade qui se tenait à quelques pas d'elle. L'instinct l'avertit qu'entre lui et son père, c'était lui le plus dangereux. Pas physiquement car, même si sa grande stature aux larges épaules semblait réduire cette pièce spacieuse à un cagibi, elle ne craignait pas qu'il fasse usage de sa force contre elle.

Non, le danger qu'il représentait était bien plus nébuleux et intangible.

Elle déglutit et se dirigea vers lui, son nom sur le bout de la langue. Mais quand il tourna à nouveau son regard vers elle, elle s'arrêta net.

Ses yeux de loup ne brillaient pas d'humour, d'admiration ou même de perplexité, mais de répugnance.

Il la dévisageait avec une expression de pur dégoût ; Cain Farrell la détestait et elle ne pouvait pas lui en vouloir.

Pas le moins du monde.

- 5 -

Elle !

Un sentiment de trahison, aussi tranchant qu'une lame de rasoir, le pénétra. Sa douleur et son amertume étaient inexplicables. Il lui avait parlé durant dix bonnes minutes sans même connaître son nom de famille…

Pourtant, il avait rêvé d'elle. Il l'avait reconstituée dans son esprit en un modèle de gentillesse, d'innocence et de décence. Un modèle de toutes les choses qu'il croyait disparues de ce bas monde.

Quel idiot il avait été.

Il pensait ne jamais pouvoir être aussi furieux que tout à l'heure en présence de Gregory, mais il avait eu tort.

Si, avant, il était furieux, à présent il était carrément fou de rage.

Elle s'était jouée de lui, et elle méritait un prix pour sa performance d'actrice. Il était tombé dans le panneau. Est-ce qu'elle et son père avaient ri de lui ? S'étaient-ils félicités d'avoir si bien réussi ?

La colère, nourrie par le désenchantement et l'humiliation, se répandit en lui comme de l'essence, tandis que l'expression choquée et triste des yeux émeraude de la jeune femme lui fit l'effet d'allumettes, menaçant de le faire exploser et perdre tout contrôle. Pas étonnant que le regard de Gregory Cole lui ait paru familier.

Plus jamais il ne croirait les reflets de ses beaux yeux

traîtres ni ce qui sortirait de ses lèvres sensuelles et mensongères.

— Cain, quelle surprise. Nous vous attendions justement pour dîner, le salua Gregory tout sourire en traversant la pièce, le bras tendu pour lui serrer la main.

Était-ce une plaisanterie ?

Cain fixa la main de Gregory jusqu'à ce que celui-ci baisse le bras. Les pommettes de l'homme se colorèrent de rouge et des rides encadrèrent sa bouche.

— Vous pouvez me faire chanter pour que j'épouse votre fille, mais ne croyez pas une seconde que ça fera de nous des amis, ou que nous aurons des rapports cordiaux. Je vous avais prévenu que vous n'obtiendriez rien de moi à part mon nom. Il n'y aura ni discussions, ni plaisanteries, ni invitations à dîner. Je suis venu rencontrer la femme qui a si désespérément besoin d'un homme et d'une place dans la société au point de laisser son père enfreindre la loi.

Il tourna à nouveau son attention vers Devon, heureux de voir qu'elle avait effacé cette imitation d'émotion authentique de son visage.

— Et maintenant que je l'ai rencontrée, je veux un moment en tête à tête avec ma fiancée. Puisque vous vous êtes donné autant de mal, ça ne vous dérange pas, n'est-ce pas, Devon ?

Gregory lança un regard tranchant à sa fille, qui fit un effort digne d'applaudissements pour paraître coupable. Bien essayé, mais pas besoin de jouer l'innocente. Le simple fait qu'elle soit dans la même pièce que son père confirmait sa complicité.

— Devon ? aboya Gregory.

Même si Cain n'éprouvait aucune sympathie pour elle, il serra les mâchoires contre le besoin impulsif d'ordonner à Gregory de surveiller son ton.

— Ça ne me dérange pas de vous parler, murmura-t-elle en s'adressant directement à Cain.

Elle leva ses yeux bordés d'une lourde frange de cils, et il entrevit la détermination dans son regard. Tant mieux, car elle en aurait besoin ; il n'aurait aucune pitié envers ce père et cette fille.

— Ça me pose un problème, cracha Gregory.

— Et je m'en fous, rétorqua Cain sans prendre la peine de cacher son impatience et son dégoût pour l'homme. C'est soit ça, soit je m'en vais.

Gregory se raidit, et l'expression de son visage se durcit. Cain vit la fureur dans ses yeux et s'en délecta.

— Très bien, grogna finalement Gregory. Vingt minutes.

Sur ce, il sortit de la pièce. Si c'était censé être une démonstration d'inquiétude parentale, c'était raté. Un homme tel que Gregory ne s'encombrait pas de choses aussi tendres que les sentiments ou le bien-être de sa fille, si cela pouvait lui permettre d'amasser plus d'argent ou de forcer des portes qui lui avaient été jusque-là fermées. Non, il s'inquiétait probablement de ne pas contrôler la situation.

Bienvenue au club !

Quand il fut parti, Cain se tourna vers Devon… et applaudit lentement d'un geste condescendant.

— Bravo, dit-il avec flegme. Félicitations pour ta performance exceptionnelle. J'imagine qu'on peut se tutoyer ? Ton père doit être fier de son élève.

— Cain, je suis désolée, murmura-t-elle.

— Il va falloir être plus précise, rétorqua-t-il avec dédain. Désolée pour quoi ? De t'être jetée sur moi aux funérailles ? D'être la complice de ton père pour me faire chanter ?

De m'avoir ridiculisé ? De m'avoir fait croire qu'il y avait de la douceur en toi ? Pour toutes ces nuits où je me suis réveillé empli de désir pour une femme qui n'existait pas ?

Alors que ces questions douloureuses tourbillonnaient dans son esprit, il serra les mâchoires et se dirigea à grands pas vers le bar qu'il avait aperçu en entrant. Une part de lui détestait toucher à tout ce qui pouvait appartenir à Gregory Cole, mais il avait besoin d'un verre. Et surtout de garder ses mains occupées, par peur qu'elles ne soient tentées de se poser sur certaines courbes dangereuses mises en valeur par ce simple T-shirt et ce jean moulant.

Elle était comme du muguet : élégante, douce et virginale, mais toxique si ingérée.

Arrachant son regard du visage de Devon, il se versa un doigt de scotch et l'avala d'un trait. L'alcool le réchauffa en se propageant vers son estomac. Il aurait donné n'importe quoi pour cesser de se demander si ces beaux seins déborderaient de ses mains s'il les prenait en coupe. Est-ce que ses mamelons étaient plus clairs que ses cheveux couleur caramel, ou d'un rose profond ?

Il se servit un autre verre pour essayer de se convaincre qu'il s'en fichait.

Non. Il n'y avait pas assez de scotch au monde pour cela.

— Cain, je sais que tu ne me croiras pas, mais je suis désolée que tu aies été entraîné dans ce…

Comme elle ne réussit pas à terminer sa phrase, il vida son deuxième verre de scotch.

— Dans cette mascarade ridicule ? compléta-t-il en haussant un sourcil. Tu me présentes ces jolies excuses comme si tu n'y étais pour rien. Comme si tes exigences égoïstes ne bousillaient pas ma vie. Moi, je n'ai pas le choix, mais toi ? Tu n'as qu'à dire non à ton père et refuser. Mais tu n'en feras rien, n'est-ce pas, Devon ? Pas quand tu vois tous ces dollars clignoter devant tes yeux.

Devon passa ses mains dans ses cheveux et repoussa

les quelques mèches qui s'étaient échappées de sa queue-de-cheval. Il contempla alors son profil : un front haut, un nez impertinent, une bouche aux courbes marquées. À une autre époque, les artistes se seraient battus pour peindre ses traits raffinés et son corps généreux aux courbes capables d'entraîner un homme vers sa chute, comme les courants qui envoyaient les navires s'écraser contre les rochers.

— Non, dit-elle en se tournant à nouveau vers lui, la respiration haletante. Je ne peux pas refuser.

Il ne fut pas surpris par sa réponse, mais elle lui fit néanmoins l'effet d'une gifle. Une petite part de lui s'était accrochée à l'espoir que tout cela n'était qu'un malentendu et qu'il ne s'était pas trompé sur son compte.

Combien de fois encore allait-il se ridiculiser pour cette femme ?

— Même si l'idée de me retrouver enchaîné à une traînée croqueuse de diamant et à son charognard de père me donne la chair de poule, je suis heureux de t'entendre dire ça, murmura-t-il.

Ignorant le menton tremblant de Devon et son léger tressaillement, il s'avança vers elle. La jeune femme recula, mais le canapé l'empêcha d'aller plus loin. Cain s'arrêta juste avant que son torse touche sa poitrine, mais suffisamment près pour que son parfum – un mélange sensuel de miel et d'agrumes – taquine ses sens et le fige contre elle. Il pencha alors la tête sur le côté et l'étudia ouvertement, sans se soucier de paraître impoli et inconvenant. Il n'y avait rien de convenable dans toute cette histoire.

— Parce qu'à partir de maintenant, quand je ferai tout ce qui est en mon pouvoir pour faire de ta vie un enfer, tu sauras pourquoi. J'espère que tu as bien profité de ce moment de délectation quand ton père t'a annoncé qu'il m'avait piégé, parce que c'est la dernière fois que tu ressentiras ça.

— Ça te fait du bien de me menacer ? demanda-t-elle.

Il lui en voulut de son calme et de son ton égal. C'était comme s'il était le seul à se noyer dans cette mer d'émotions : il voulait – non, il avait besoin – qu'elle coule avec lui.

— Oui, répondit-il, satisfait de la voir battre des cils devant sa brutale franchise. Mais tu n'as pas besoin de t'embêter à faire semblant d'être la femme douce, soucieuse et honnête qui est venue me parler dans les jardins, chérie. Ça a dû être fatigant de jouer cette mascarade. Pas besoin de continuer ce petit jeu quand je lis si clairement en toi.

Il leva une main et lui caressa doucement la joue, rejouant avec ironie le geste qu'il avait eu ce jour-là, avant qu'il découvre que ce cœur tendre était en réalité fait de pierre.

— Cette liberté de ne pas avoir à faire semblant, c'est peut-être la seule chose que tu apprécieras dans notre mariage. Pour ma part, je sais déjà que tu es une arriviste cupide au cœur froid qui ferait n'importe quoi pour obtenir ce qu'elle désire.

En voyant un feu s'allumer dans le regard de Devon, un sentiment d'excitation mêlée à de la colère se répandit dans les veines de Cain, le conduisant tout droit vers le désir. Cain méprisait peut-être tout ce que Devon représentait, mais cela ne l'empêchait pas d'être en proie à la luxure et de sentir son corps réagir avec force.

— Gentille fille, ronronna-t-il en passant son pouce sur sa lèvre supérieure.

Il appuya doucement, comme pour en éprouver la texture. Devon répondit par un petit halètement, et sans qu'il puisse l'éviter, il inclina la tête et toucha presque son front du sien.

— Le voilà, ce feu que tu caches derrière une apparente pureté qui ne te sied pas.

Devon posa ses mains sur son torse et le repoussa.

— Tu ne me connais pas, lança-t-elle en croisant les bras sur sa poitrine. Dix minutes en ma compagnie ne font pas de toi un expert de ma personne. Et ne te flatte pas. Tu crois peut-être que tu es un si beau parti que j'ai dû comploter pour parvenir à te piéger ? Mais tu n'es pas le seul à faire des sacrifices. Contrairement à ce que tu crois, il ne s'agit pas uniquement de toi.

— Prouve-le, dit-il. Appelle ton père et mets fin à tout ça.

Comme elle ne répondit pas et ne fit aucun geste vers la porte, les lèvres de Cain se recourbèrent et prirent une expression moqueuse et cynique.

— C'est bien ce que je pensais. L'indignation vertueuse ne te sied pas, ma chérie.

Devon soupira en se pinçant l'arête du nez.

— Cain, écoute. Je…

— Non, l'interrompit-il.

Sans même en avoir conscience, il la parcourut à nouveau du regard, le sang battant à ses tempes et au niveau de son entrejambe. Devon était une menteuse indigne de confiance, et il détestait que son corps puisse le trahir et l'affaiblir face à elle.

— C'est toi qui vas m'écouter, dit-il d'une voix de glace en soutenant son regard écarquillé. Tu dois savoir clairement dans quoi tu t'engages, si toi et ton père persistez à me faire chanter. Comme je le lui ai dit, tu auras mon nom, mais tu n'auras ni paix, ni bonheur, ni fidélité. Je refuse de changer mon style de vie pour toi. Ton père profitera peut-être de notre union, mais tu seras la seule à en payer le prix. Jour après jour. Penses-y, Devon, et décide si ça en vaut la peine, mais je peux t'assurer que ce n'est pas le cas.

Il quitta alors la pièce à grands pas, incapable de rester un instant de plus à regarder ses yeux verts sans fond. Des yeux qui s'étaient assombris sous l'effet d'une émotion qu'il refusait de reconnaître : le remords.

Non, elle n'en était pas capable.

Il ne tomberait plus dans son piège. Elle l'avait dupé et s'était jouée de lui une fois, mais ça ne se reproduirait plus.

- 6 -

Devon prit l'ascenseur, et se rendit à l'étage de la direction de Farrell International. À l'exception de doux murmures et du claquement assourdi des doigts sur des claviers, un silence religieux régnait dans cette vaste zone. Ses talons s'enfoncèrent dans le somptueux tapis bleu foncé. Les murs en bois sombre étaient ornés d'œuvres d'art qui n'auraient pas détonné dans un musée. L'étage était occupé par de larges bureaux circulaires où travaillaient des hommes et des femmes en costume derrière des doubles portes ornées de plaques dorées.

Elle ignorait avant aujourd'hui que le pouvoir et l'opulence avaient une odeur : verveine citronnée, cèdre frais et quelque chose de plus insaisissable… d'indéfinissable.

Quelque chose qui rappelait Cain.

Elle avait senti son parfum quand il s'était pressé contre elle chez son père. Quand il l'avait emprisonnée contre son corps et l'avait touchée. Après son départ, elle avait passé sa langue sur sa lèvre et sentit la présence fantôme de son pouce sur sa chair. Elle arrivait encore à le sentir, et c'était ce même parfum, sombre et sensuel.

Seigneur. Elle s'empêcha de passer la main sur son ventre. Comment expliquer qu'il l'ait acculée, l'ait fixée de ses yeux de loup et l'ait menacée, mais qu'elle n'ait ressenti aucune peur ? Non, ce n'était pas la peur qui circulait dans son sang, lui picotait les mamelons, et tourbillonnait dans son ventre… jusqu'à la rendre folle de désir.

C'était du désir pur et simple. Si tant est que quelque chose d'aussi violent qui vous griffait de l'intérieur puisse être pur.

À vingt-six ans, elle avait déjà eu des aventures et connu plusieurs hommes. Elle appréciait même l'acte sexuel, la connexion, l'intimité et le lien physique. Elle n'avait pas honte d'admettre qu'elle y prenait du plaisir, surtout quand il y avait de l'amour. Mais c'était l'amour qui l'avait plongée dans un désert sexuel depuis plus d'un an.

Donald Harrison était un associé qui avait rapidement gravi les échelons de l'entreprise de son père. Lorsqu'il l'avait courtisée lors d'une soirée professionnelle, elle avait été flattée et attirée par lui. Avec ses cheveux blond foncé, ses yeux bruns et sa carrure athlétique, il attirait le regard des femmes comme celui des hommes. Mais c'était uniquement elle qu'il considérait. Il l'avait comblée de compliments, de cadeaux et d'attentions. Son père n'avait pas été ravi de sa liaison avec un « simple associé », mais Devon n'en avait cure. Elle aimait Donald et s'imaginait déjà partager sa vie avec lui.

C'était ce qui avait rendu sa découverte si bouleversante, quand elle avait compris qu'il ne faisait que l'utiliser pour gravir les échelons de l'entreprise.

Un an auparavant, son père avait glissé vers elle un dossier, sur la table de la salle à manger. Il avait choisi le petit déjeuner pour lui annoncer la nouvelle, comme une tâche dont il fallait se débarrasser avant de commencer sa journée. Il avait nonchalamment mangé son omelette parfaitement cuite pendant qu'elle lisait des rapports sur la fiancée de Donald, la maison qu'ils venaient d'acheter à Charlestown, et même une photo de la bague de fiançailles. Et alors que son cœur s'était brisé, son père l'avait sermonnée sur son manque de discernement et son incapacité à reconnaître un « coureur de jupons » intéressé uniquement par sa richesse et ses relations.

L'ironie de la situation ne lui échappa pas.

Si elle avait été utilisée par le passé, à présent, c'était elle qui se servait d'un autre. Pas volontairement bien sûr, mais est-ce que ça avait de l'importance en fin de compte ?

Pas pour son père en tout cas. Et certainement pas pour Cain Farrell.

Au moins cette fois, elle ne serait pas aveuglée par l'amour et la loyauté. Cain, quant à lui, ressentait une seule émotion vis-à-vis d'elle, et c'était de la haine.

Pour le moment, elle n'avait trouvé aucun moyen de se soustraire aux plans de son père. Ce qui signifiait qu'elle était temporairement piégée ; incapable de reculer ou d'avouer la vérité à Cain.

Étant donné son désir importun pour Cain, le dédain dont celui-ci faisait preuve pourrait la sauver d'elle-même et de son traître de cœur. Elle avait déjà confondu attirance physique et amour. Mais il avait suffi d'une simple caresse moqueuse de la part de Cain sur sa joue pour éveiller en elle un désir bien plus torride que tout ce qu'elle avait connu jusque-là. Donc, si elle ne se protégeait pas de Cain…

— Puis-je vous aider ? lui demanda une brune sculpturale derrière un grand bureau étincelant.

Devon jeta un coup d'œil aux doubles portes fermées derrière le bureau. Pendant un instant, la panique la saisit. Cain lui avait envoyé un SMS concis pour lui demander de venir, mais il n'avait pas précisé pourquoi. Qu'est-ce qui l'attendait ? Était-ce la première étape de son plan pour faire de sa vie un « enfer » ?

Elle aurait dû se sentir anxieuse, mais surtout pas impatiente, et encore moins excitée, bon sang !

Peut-être qu'elle était aussi tordue que Cain le pensait ?

— Bonjour, dit-elle en souriant à l'assistante de direction

dont le badge indiquait « Charlene Gregg ». Cain Farrell m'attend. Je suis Devon Cole.

Charlene hocha la tête.

— Oui, il m'a dit de vous faire entrer dès votre arrivée. C'est juste derrière ces portes.

— Merci, répondit Devon en continuant à sourire afin de masquer, comme elle l'espérait, sa nervosité.

Inspirant profondément, elle s'avança en redressant les épaules et ouvrit la porte avant de pénétrer dans le sanctuaire de Cain. Hésitante, elle inspecta le spacieux bureau : deux murs en verre, et un élégant coin salon aménagé avec des meubles en bois et en cuir. Au lieu des tableaux exposés à l'extérieur, d'énormes photographies en noir et blanc de la ville historique de Boston ornaient les murs : le Faneuil Hall, la statue « Appeal to the Great Spirit » devant le musée des Beaux-Arts, le monument de Bunker Hill, la Old North Church. Les photos étaient époustouflantes et semblaient déplacées dans le bureau d'un milliardaire insensible.

Son regard se tourna alors vers Cain… et elle le regretta aussitôt.

Son début de curiosité vacilla avant de s'éteindre rapidement. Cain la fixait d'un air froid et calculateur. En moins de deux minutes, elle venait d'enfreindre une règle qu'elle s'était fixée : se garder de toute émotion envers lui, et cela incluait la curiosité, car c'était la porte ouverte à d'autres émotions telles que l'intérêt, l'émerveillement, la compassion, le désir…

Fais un effort, se morigéna-t-elle.

Elle se remémora délibérément le chagrin qui l'avait dévastée quand elle avait découvert les mensonges de Donald, et s'y accrocha désespérément pour ne plus déraper.

— Tu m'as convoquée, dit-elle en imitant un calme nonchalant qu'elle était loin de ressentir.

Elle savait, depuis leur rencontre la semaine dernière, qu'elle ne devait montrer aucune faiblesse face à cet homme.

— Pourrais-je toujours m'attendre à une telle malléabilité pendant notre mariage ? la railla-t-il. La soumission chez une femme n'est pas quelque chose qui m'attire habituellement, mais pour toi, je pourrais faire une exception.

— Faire des concessions pour moi ?

Elle secoua la tête en claquant la langue et, malgré la voix intérieure qui la suppliait de ne pas le provoquer, continua :

— Tu crées un mauvais précédent, et tu sais que les femmes comme moi ne peuvent pas s'empêcher d'en profiter.

Il ne répondit pas, mais la caressa du regard en l'inspectant minutieusement, depuis ses cheveux tirés en arrière jusqu'à ses talons aiguilles vert foncé. Lorsqu'elle avait enfilé une chemise à rayures blanches et vertes et une jupe crayon émeraude, la tenue lui avait paru à la fois professionnelle et flatteuse. Mais ce regard bleu-gris posé sur elle lui donnait envie de vérifier si elle n'avait pas laissé des boutons ouverts ou si sa jupe n'était pas trop moulante.

Il leva alors les yeux vers les siens, et ses mots – « en profiter » – semblèrent résonner dans le bureau. Soudain, on aurait dit qu'elle lui offrait son corps.

Une sourde pulsation lui réchauffa le ventre avant de s'installer à la jonction de ses jambes. Elle pesta intérieurement du choix de ses mots, et son esprit exigea qu'elle éclaircisse ses propos. Mais son corps – principalement le point situé entre ses jambes – était ravi de la situation.

Elle était dans un terrible pétrin.

— Bien que j'apprécie cette soudaine honnêteté, ce n'est pas la raison pour laquelle je t'ai demandé de venir.

Il prit une tablette, tapota l'écran plusieurs fois puis contourna son bureau en lui tendant l'appareil.

L'instinct de survie lui criait de reculer et de prendre la fuite face à ce prédateur, mais l'orgueil – un orgueil insensé et autodestructeur – l'empêcha de bouger. Elle n'avait peut-être aucunement l'intention de s'engager dans ce mariage désastreux, mais elle n'avait pas non plus celle d'entamer une relation, aussi courte soit-elle, en se recroquevillant devant lui.

Elle avait perdu sa mère lorsqu'elle était enfant, et son père aussi d'une certaine manière. Pourtant elle avait survécu, et était devenue une femme capable d'affronter des tempêtes et d'en sortir plus forte.

Jamais elle ne permettrait à Cain Farrell d'accomplir ce que le destin n'avait pas réussi à faire.

Elle s'avança et lui prit la tablette. Ses doigts frôlèrent les siens, mais elle garda le regard rivé sur l'écran en tentant d'ignorer le picotement de sa peau. Si elle ne pouvait empêcher la réaction de son corps face à cet homme, elle pouvait au moins lui cacher l'effet qu'il lui faisait.

Concentrant son attention sur l'écran, elle parcourut le site Internet en question, et vit qu'il s'agissait d'une rubrique célèbre et populaire sur la haute société de Boston. Il ne lui avait pourtant pas semblé être le genre d'homme à s'inquiéter des commérages ? Elle fronça les sourcils, mais continua à lire. Quelques instants plus tard, elle inspira brutalement.

Comment est-ce… Il n'avait quand même pas…

Bon sang, si ! Il l'avait fait.

— Je…, bégaya-t-elle, brûlante d'humiliation et de colère. Je n'ai pas…

— Tu n'as pas quoi ? l'interrompit Cain d'un ton glacial. Tu n'as pas divulgué la nouvelle de nos fiançailles inexistantes à la presse ? Tu n'as pas donné l'exclusivité à ce petit torchon à potins ?

— Ce n'est pas moi ! insista-t-elle en serrant la tablette

si fort qu'elle eut peur de la casser. Je n'aurais jamais fait ça sans ton accord.

— Tu veux donc me faire croire que tu as retrouvé ton sens moral du jour au lendemain ? demanda-t-il en haussant un sourcil. Si tu n'as rien divulgué, alors c'est ton père. De toute façon, ça ne fait aucune différence. La seule chose qui compte, c'est que je n'avais pas encore trouvé le temps de parler à ma mère de notre…

Il s'arrêta et sa bouche se tordit en un rictus cruel.

— … arrangement. Au lieu de l'entendre de la bouche de son fils, elle l'a lu dans cette chronique stupide. Sais-tu ce que c'est de regarder sa mère dans les yeux et de lui mentir, Devon ? Sais-tu à quel point on se sent mal ?

— Non, murmura-t-elle. Je ne sais pas ce que c'est. Ma mère est morte quand j'avais dix ans.

Cain se raidit et un silence lourd de tension et de douleur résonna dans la pièce. Du moins de sa part à elle. Que penserait sa mère de cette situation ? En seraient-ils même là si elle était en vie ? Son père serait-il l'homme qu'il était devenu ?

Tant d'hypothèses…

— Tu as dit que tu comprenais ma peine dans le jardin, continua-t-il en l'étudiant à nouveau.

Elle aurait voulu se cacher de cet examen incisif. Elle ne voulait pas partager ses souvenirs ou sa peine avec lui.

— Je suis désolé pour ta mère, Devon. Les mères…

Le regard de Cain brilla alors d'une émotion si dure et sombre que Devon en eut le souffle coupé. L'instant d'après, ça avait disparu, mais elle ne l'avait pas imaginé, elle en était certaine.

— Les mères sont spéciales. Et je suis désolé que tu aies perdu la tienne.

— Ça fait seize ans.

— Elle te manque toujours ?

— Oui, avoua-t-elle d'une voix rauque.

Elle cligna des yeux face au picotement des larmes. Pas de faiblesse. Mon Dieu, comment allait-elle survivre à tout cela si elle ne cessait d'enfreindre ses propres règles ?

Elle se racla la gorge, et lui rendit la tablette.

— Tiens.

Cette fois, elle fit attention à ce qu'ils ne se touchent plus. Elle passa ensuite ses paumes humides sur ses hanches, et se dirigea vers l'une des baies vitrées afin d'admirer la vue sur le centre-ville de Boston.

Cain lui faisait penser à un roi régnant au dernier étage de ce grand immeuble. Est-ce que ça faisait d'eux tous des paysans à ses yeux ? Ou cela le rendait-il distant et solitaire, tel un prince dans une tour dorée de sa propre fabrication ?

— Cet article ne vient pas de moi, mais je veux bien m'excuser pour les actions de mon père. Même si ça ne change rien.

— Non, en effet, acquiesça-t-il d'un ton à nouveau glacé. Je n'avais pas encore décidé de ce que j'allais raconter à ma mère au sujet de ce mariage imminent, ni pourquoi je ne lui ai pas encore présenté la femme que je fréquente depuis assez longtemps pour vouloir l'épouser.

Son odeur boisée et fraîche lui parvint et lui taquina les sens, la narguant avec son désir, mais son esprit et son cœur savaient qu'elle ne devait pas se laisser aller.

— Je préfère m'arracher le cœur plutôt que de briser celui de ma mère. Et lui avouer que j'entre dans la même prison sans amour que celle qu'elle a endurée avec mon père serait exactement cela. Alors j'ai dû mentir et la convaincre que j'étais tombé amoureux, dit-il.

Son ton sarcastique lui indiqua ce qu'il pensait du fait de tomber amoureux d'elle.

— Ça veut donc dire que même si tu me vois comme un

billet de banque ambulant, tu ferais mieux de rassembler tes talents d'actrice et de lui faire croire que tu ne peux pas vivre sans moi. Nous devons être convaincants aux yeux de tous afin qu'elle ne sache jamais la vérité.

La conséquence des machinations de son père la frappa durement en pleine poitrine. Elle n'arrivait plus à respirer, comme si tous ces stratagèmes, mensonges et trahisons rétrécissaient la pièce, et la rendaient claustrophobe. La cupidité de son père avait un prix, mais c'était elle et Cain qui devaient le payer.

— Monsieur Farrell, Michael Reese de Liberty Photography est arrivé.

La voix de Charlene tira Devon du trou noir dans lequel elle était en train de sombrer. Elle tourna son attention vers le téléphone posé sur le bureau de Cain, presque reconnaissante.

— Considère ça comme ton premier casting, déclara Cain.

Elle cligna des yeux à cette déclaration énigmatique.

— Quoi ? demanda-t-elle, confuse.

Il la regarda avec un sourire froid et sans humour.

— Nos photos de fiançailles.

Sans lui laisser le temps de répondre – à supposer qu'elle ait pu répondre –, il pressa un bouton sur le téléphone.

— Faites-le entrer, Charlene. Merci.

Il s'approcha alors d'elle et murmura :

— Je veux que tous ceux qui voient ces photos tombent immédiatement amoureux du couple que nous formons, et qu'ils nous couronnent les prochains Harry et Meghan. Tu as intérêt à être convaincante, trésor.

Ses lèvres lui effleuraient l'oreille à chaque mot prononcé, la forçant à lutter pour ne pas montrer le désir que faisait monter en elle cette légère caresse.

Quand il se dirigea vers la porte, elle se retourna pour

aspirer une bouffée d'air, les poumons en feu à force d'avoir retenu son souffle. Son cœur battait à un rythme effréné et résonnait dans sa tête, noyant la conversation entre Cain et le grand homme mince qui venait d'entrer dans le bureau. Ils se serrèrent la main, et quand Michael Reese la fixa, elle se força à sourire. Sa grimace dut être convaincante car l'homme lui retourna son sourire en la regardant chaleureusement.

Derrière lui, une équipe se déversa dans le bureau en transportant du matériel. Devon resta en retrait pendant que le photographe et ses assistants s'activaient. Ils installèrent aussitôt des appareils photo, des trépieds et des ombrelles réfléchissantes. Des câbles serpentaient sur le sol et Michael demanda même à son équipe d'installer un écran vert dans un coin de la pièce. Parfaitement organisés, il ne leur fallut pas longtemps pour que tout soit en place, et que le photographe, appareil-photo autour du cou, leur demande de se placer devant la fenêtre.

Le bureau de Cain avait été déplacé, et Devon imaginait déjà ce que la photo allait refléter : un couple puissant avec Boston à leurs pieds, comme s'il s'agissait de leur royaume.

— Et si vous vous mettiez derrière Mme Cole, monsieur Farrell ? Si vous voulez bien l'entourer de vos bras…, les guida Michael en levant son appareil-photo.

Devon n'arrivait plus à respirer ou à bouger à l'idée que Cain la tienne dans ses bras. La tension se diffusa en elle à la vitesse de l'éclair. Elle était si raide qu'elle avait peur de tomber en avant et de se briser en morceaux.

Elle songea soudain que pour son premier baiser avec Cain, elle devrait poser devant un appareil-photo pour le plaisir du public. C'était sordide. Pourtant, une part d'elle mourait d'envie d'être tenue par cet homme, entourée par ce corps, et de se sentir protégée. Cette fameuse part d'elle, qui avait été blessée par le rejet, la trahison et les coups portés à son amour-propre, n'était pas du tout regardante sur la façon dont cela se passerait.

Un mur de muscle se pressa contre son dos. Elle haleta, et sortit de sa paralysie. Un courant électrique zigzagua en elle, et fit trembler son corps. Mais des bras forts et puissants se glissèrent sous les siens et encerclèrent sa taille, contrôlant ses mouvements involontaires.

— Chut, du calme, gronda Cain contre son oreille, la tête penchée sur la sienne.

Pour le photographe, c'était probablement comme s'il frottait affectueusement son nez contre elle.

— Tu adores sentir mes bras autour de toi, d'accord ? Avoir mes mains posées sur ton corps.

Oh ! mon Dieu.

Elle battit des cils et se mordit la lèvre afin de bloquer le gémissement qui montait dans sa gorge. Ses mots éveillaient des images torrides et érotiques de ses bras autour d'elle, mais dans un autre décor : un large lit, des draps froissés, l'air empli de l'odeur musquée du sexe. Les grandes mains de Cain caresseraient sa peau nue et prendraient ses lourds seins en coupe pour en pincer les mamelons perlés, plongeraient entre ses cuisses tremblantes…

— Oui, parfait, les encouragea Michael en prenant frénétiquement des photos.

Surprise, Devon leva les mains et les posa sur celles de Cain. Celui-ci entrelaça immédiatement leurs doigts et elle ne put s'empêcher de baisser les yeux. En voyant leurs doigts semblables à des pièces de puzzle assemblées, elle trouva cela beau, et pendant un stupide et absurde moment, les larmes lui piquèrent les yeux.

— Magnifique, murmura le photographe. Maintenant, regardez-moi.

Ils suivirent ses directives pendant les trente minutes qui suivirent. Le temps s'écoula dans un brouillard de désir et d'embarras frémissant. Devon essayait de faire comme si ça ne la dérangeait pas que Cain lui prenne le coude, presse son torse contre sa poitrine, ou passe un bras autour de sa taille. Mais elle priait pour que l'objectif perspicace de l'appareil ne capture pas les émotions contradictoires qui s'affrontaient en elle : incertitude, désir, vulnérabilité, et une faim dévorante qui dépassait de loin le besoin physique – une faim pour cette démonstration d'affection qu'ils simulaient, et l'envie que tout cela soit réel.

Il fallait que cela cesse. Et pas seulement ce shooting photo, mais la situation catastrophique dans laquelle son père l'avait plongée. Elle se sentait tellement privée d'amour qu'elle aurait facilement pu se contenter de ces quelques miettes de gentillesse, même si ce n'était qu'une mise en scène destinée au public.

Un sanglot lui monta à la gorge, et elle fut saisie d'un sentiment de désespoir qui l'enserra comme une camisole de force.

Quand Cain se dirigea vers le photographe pour visionner les photos sur l'écran numérique, elle profita de ce sursis et se précipita vers la fenêtre. Elle regarda le paysage sans rien voir, prenant de grandes bouffées d'air et tentant de ne pas céder à une crise de panique.

Non. Elle n'était ni faible, ni fragile, ni abîmée. Donald ne l'avait pas brisée. Au contraire, elle était sortie de leur relation plus forte, plus intelligente et moins naïve. Cain ne finirait pas ce que Donald avait commencé.

Elle ne lui permettrait pas.

— Une petite dernière si ça ne vous dérange pas ? proposa Michael en changeant d'appareil-photo. Que diriez-vous d'une photo sur laquelle vous vous embrassez ?

Mais seulement si vous vous sentez à l'aise avec l'idée, ajouta-t-il en souriant.

Devon se détourna de la fenêtre pour trouver le regard bleu-gris de Cain posé sur elle. Son souffle se bloqua dans sa gorge, et dans sa tête un « non » assourdissant éclata. Elle lui retourna son coup d'œil sans rien dire, certaine qu'il refuserait. Il ne voudrait sûrement pas l'embrasser. Ne lui avait-il pas fait comprendre que leur mariage, si les choses devaient aller jusque-là, serait froid et qu'elle devrait trouver son plaisir dans le lit d'un autre ? Il allait sûrement rejeter cette suggestion.

— Où voulez-vous qu'on se mette ? demanda Cain sans la quitter des yeux.

— Devant l'écran vert, répondit le photographe.

Cain tendit lentement la main vers elle. Devon la fixa, immobile. Mais en réalisant que tout le monde l'attendait, elle força ses pieds à avancer… et glissa sa main dans la sienne. Inexplicablement, ses nerfs tendus se calmèrent, ce qui n'avait aucun sens car c'était lui la cause de cette nervosité.

Seigneur, elle était dans un sacré pétrin.

Il la conduisit calmement vers le grand écran.

— Génial, dit Michael. Soyez simplement naturels. Faites comme si nous n'étions pas là.

Sérieusement ? Elle sentait tous les regards posés sur eux. Ses sens étaient si aiguisés qu'elle pouvait entendre leurs respirations et sentir l'après-rasage de Michael. Si elle se concentrait, elle était sûre d'apercevoir la curiosité qu'ils tentaient tous de cacher derrière leurs airs professionnels.

— Regarde-moi, murmura Cain, assez bas pour n'être entendu que par elle.

Incapable de lui résister, elle porta son attention vers lui.

— C'est ton choix, Devon.

Son choix. Il lui donnait ce qui leur avait été volé par son père, à lui et à elle, alors qu'il aurait pu s'imposer.

Un désir si profond qu'il en frisait la douleur l'envahit. Un sentiment de tristesse pour cette situation impossible… pour que le temps s'inverse et que les événements récents ne se soient jamais produits. Pour que leur rencontre impromptue dans le jardin ait été le début d'une véritable romance, et que ce moment partagé soit authentique et non la conséquence d'un mensonge.

Mais rien ne déferait le passé. Ils ne pouvaient pas revenir en arrière, et elle ne vivrait pas ce conte de fées. Cependant… peut-être qu'elle pourrait avoir une petite parcelle de ce rêve ? Un baiser. Un peu de romantisme et de tendresse. Était-ce trop demander ?

Elle acquiesça.

Une flamme brilla dans le regard de Cain, donnant à ses yeux de loup une lueur presque étrange. Elle eut soudain l'impression d'être une proie. Mais au lieu de s'enfuir, elle se rapprocha et pencha la tête en arrière.

Cain leva la main et, au lieu de prendre son visage en coupe comme elle s'y attendait, il saisit ses cheveux torsadés et les tira en arrière. Avant qu'elle puisse réagir, il avait libéré ses lourdes mèches. Choquée, elle leva les yeux alors que Cain enfonçait ses doigts dans la masse ondulée.

— Je me demandais…, murmura-t-il en faisant écho à la phrase qu'elle avait prononcée dans les jardins quand elle avait vu ses yeux pour la première fois.

— Tu t'es demandé quoi ? chuchota-t-elle.

Le désir visible dans son regard la frappa en pleine poitrine et, chancelante, elle saisit la première chose qui lui tomba sous la main afin de ne pas s'effondrer : lui. Sa taille, pour être plus précise. Ses doigts s'enfoncèrent dans la chair ferme qui parut la brûler à travers la chemise blanche. Mais au lieu d'ôter ses mains, elle s'accrocha encore plus fort.

Il ne réagit pas, mais ses doigts se crispèrent sur ses mèches épaisses et il tira sa tête en arrière. Elle n'aurait pas dû aimer la sensation des petites piqûres sur son cuir chevelu, et elle n'aurait pas dû laisser échapper ce son bas et empli de désir qui démontrait à quel point ça lui plaisait. Mais elle fit les deux, et quand les yeux de Cain se rétrécirent et brillèrent encore plus fort d'un désir brûlant et sauvage, elle ne ressentit aucun regret.

Elle s'attendait à un assaut conquérant et passionné, mais il la surprit à nouveau par la douce et tendre caresse de ses lèvres. Oh ! comme elle aurait aimé qu'il soit bestial. Ça aurait été moins perturbant, moins dévastateur. Elle aurait pu résister à la luxure et à la colère, et même y répondre par l'identique. Mais ça ! Elle soupira. Ou peut-être qu'elle gémit ? En tout cas, elle fondit. Ses lèvres s'entrouvrirent, et elle ne put résister à l'attrait de cette bouche d'apparence si dure et cruelle, mais en vérité incroyablement douce et sensuelle.

Il lui inclina la tête et approfondit son baiser, la caressant de sa langue et l'invitant dans cette danse. Elle le fit sans hésitation. Et en même temps que cette reddition, la faim suivit.

C'était un conquérant, et elle la captive consentante. Tandis qu'il continuait à l'embrasser, il traçait un chemin destructeur à travers ses sens et réduisait à néant toutes ses expériences précédentes.

Elle en voulait plus. Il lui en *fallait* plus.

— Je pense que j'ai ce qu'il me faut.

La voix amusée de Michael pénétra l'épais brouillard de désir qui enveloppait Devon. Elle se figea et Cain se raidit.

La honte et le désespoir rugirent en elle, chassant la passion qui lui avait fait oublier qu'ils n'étaient pas seuls.

La honte de s'être oubliée dans ses bras, d'avoir étalé son désir et de lui avoir offert une arme à utiliser contre elle la submergea.

Ce sentiment fut aussitôt suivi par celui de désespoir car, à présent, c'était la fureur qui incendiait le regard de Cain. Elle ignorait si cette colère était dirigée contre elle ou lui, mais quelle importance ? Il ne cachait pas son dégoût envers elle, et pendant un court instant insensé, elle pleura la perte du tendre et sensuel étranger qui avait éveillé son désir par un simple baiser.

— On a terminé, alors ? demanda Cain en s'écartant d'elle.

Le froid s'engouffra entre eux, enveloppant Devon dans son étreinte glacée. L'orgueil lui dicta de baisser les bras et de ne pas les enrouler autour d'elle-même pour se protéger.

— Oui, acquiesça Michael, apparemment inconscient de la tension entre eux.

Ou peut-être qu'il pensait que c'était sexuel, étant donné le spectacle auquel ils s'étaient livrés.

— Je pense que vous serez très satisfait des photos, monsieur Farrell.

Cain la laissa là pour discuter avec le photographe alors que l'équipe remballait le matériel. Dieu merci. Elle n'aurait pas pu enchaîner deux phrases cohérentes, même si elle l'avait voulu.

Elle jeta un coup d'œil à Cain, sa haute stature, ses larges épaules, son torse puissant, son ventre plat et ses longues jambes musclées. Une spirale de désir tourbillonna en elle et se déploya. Elle porta la main à sa bouche et posa ses doigts tremblants sur ses lèvres.

Comme s'il avait senti le mouvement, Cain se tourna vers elle et son regard se posa sur sa bouche. Devon laissa tomber son bras, semblant surprise en plein péché.

Tomber amoureuse de l'ennemi était peut-être un grand cliché romantique, mais pas dans la vraie vie. Si elle autorisait Cain à s'approcher, elle n'en sortirait pas indemne.

Elle ferait mieux de s'en souvenir la prochaine fois qu'elle fantasmerait sur son puissant corps nu.

À commencer par maintenant.

- 7 -

Cain se souvenait encore de la première fois qu'il avait vu la *Joconde*.

Il avait quinze ans et son père l'avait emmené en voyage d'affaires à Paris. Ça avait été d'un ennui mortel. Il avait passé quatre-vingt-dix pour cent du temps enfermé dans des salles de réunion avec son père et d'autres hommes d'affaires. À cet âge il se fichait des acquisitions, des profits ou des pertes. Trois choses le passionnaient : les Boston Red Sox, battre son propre score sur *Call of Duty* et parvenir à sortir avec Cassandra Ransom.

Mais au dernier moment, son père avait autorisé son assistante à lui montrer Paris. Il avait alors visité le Louvre et avait vu la *Joconde*. Il avait passé au moins une heure à contempler le tableau de la mystérieuse noble italienne au sourire énigmatique. L'incarnation de la grâce et pourtant, il s'était toujours imaginé que ce sourire démontrait la passion, la joie et l'espièglerie de cette femme. Mais surtout la passion.

Aucune femme ne l'avait jamais autant intrigué et captivé que cette œuvre d'art.

Alors que Michael et son équipe sortaient du bureau, Cain se força à ne pas se tourner vers la jeune femme silencieuse qui n'avait pas bougé du mur. Il ne devait pas fixer son visage captivant, ses seins qui s'étaient pressés contre son torse, confirmant ses soupçons sur leur fermeté et leur volume. Sans compter ses hanches plantureuses.

Il ne voulait pas fixer la bouche qui avait failli le mettre à genoux dans un bureau rempli de monde.

La douceur avec laquelle elle s'était abandonnée et son goût capiteux lui avaient fait perdre le contrôle. Il avait tout oublié à part la femme qui s'était doucement laissée aller contre lui avec passion. Cela ne lui était encore jamais arrivé. Quand il avait refait surface de la sombre mare de désir, la colère l'avait saisi, mais aussi la peur. Qui devenait-il dans ces moments où il se noyait en elle ?

Derrière l'air innocent de Devon, il avait toujours soupçonné l'existence d'une passion brûlante capable de le réduire en cendres. Depuis qu'il l'avait rencontrée, son sommeil était perturbé par les rêves qu'il faisait d'elle. À présent qu'il l'avait goûtée, il aurait de la chance s'il pouvait dormir à nouveau.

Serrant les mâchoires, il referma la porte derrière le dernier membre de l'équipe et se dirigea vers elle. Que cachait-elle d'autre derrière ce visage de Mona Lisa ? Quel autre mensonge allait-il découvrir ? À tout le moins, cette journée lui avait prouvé qu'il ne pouvait absolument pas lui faire confiance.

Le pire serait qu'il devienne l'esclave de la passion, et qu'il ferme délibérément les yeux sur la véritable nature de Devon pour être à nouveau embrasé par le feu. C'était probablement le but de son père.

Eh bien, il n'était la marionnette de personne. Pas même de son propre sexe.

— Je vais y aller…, commença Devon.

— Nous devons…, gronda-t-il en même temps.

Leurs phrases restèrent en suspens alors que la porte s'ouvrait à la volée sur Achille et Kenan qui entrèrent à grands pas comme si le bureau leur appartenait. Techniquement, ils n'avaient pas tort ; l'entreprise entière leur appartenait autant qu'à lui.

Ce rappel fit remonter en Cain l'amertume et la colère, ressenties au moment de la lecture du testament de Barron.

— Entrez, je vous prie. Ma porte manifestement fermée est toujours ouverte, ironisa-t-il, les dents serrées.

— Manifestement, répondit Kenan du même ton avec un petit sourire.

Son regard acéré, identique à celui de Cain, se posa sur Devon.

— Radio-moquette nous a fait parvenir une rumeur ridicule, comme quoi tu serais avec un photographe pour une séance photo de fiançailles, expliqua-t-il avant d'inspecter la pièce en tournant la tête de manière théâtrale. Pas de photographe, mais nous avons une fiancée potentielle.

Son ton était taquin et léger, mais son regard se rétrécit et son sourire se durcit.

— Mais ça ne peut pas être vrai, parce que Achille et moi n'apprendrions sûrement pas tes fiançailles de la bouche des secrétaires. On serait effondrés, n'est-ce pas, Achille ?

Achille appuya une épaule contre le mur et croisa les bras sur son torse puissant.

— Effondrés, répéta-t-il sèchement.

— Ne te méprends pas sur son visage stoïque. À l'intérieur, il est brisé, tout comme moi. Alors, s'il te plaît, éclaire-nous, Cain : est-il vrai que tu vas te marier et que nous sommes les derniers à l'apprendre ? Et quand je dis « les derniers », je veux dire même après le commis de la salle du courrier. Et si la réponse est oui, pourquoi as-tu pensé que ce ne seraient pas nos affaires ? Nous sommes quand même frères.

— Frères ? haleta Devon derrière lui.

Cain la regarda par-dessus son épaule, et soupira en voyant ses grands yeux.

— Devon, laisse-moi te présenter mes demi-frères, Kenan Rhodes et Achille Farrell.

« Frère » restait toujours un mot étranger pour lui. Comme une langue qu'il ne maîtriserait pas et qu'il n'était pas sûr de vouloir apprendre.

— Kenan, Achille, voici Devon Cole… ma fiancée.

Un miracle qu'il ne se soit pas étouffé en disant cela.

— C'est un plaisir de vous rencontrer, Devon, la salua chaleureusement Kenan en lui tendant la main.

Devon lui sourit avec chaleur. Cain ressentit immédiatement une vive jalousie, mais il la renia aussitôt. Il n'était pas du genre jaloux et n'avait aucun penchant pour ce genre de mièvreries.

— Devon, dit Achille avec un hochement de tête, la bouche sans expression sous sa barbe épaisse.

En tout cas, l'homme n'aurait jamais pu être qualifié d'émotif.

— Enchantée de vous connaître tous les deux, déclara Devon. Et je suis désolée que Cain ne vous ait rien dit. Je lui avais demandé de garder le secret jusqu'à ce que ça paraisse dans la presse. Appelez ça de la superstition, mais je ne voulais pas nous attirer le mauvais œil.

Elle plissa le nez d'une manière adorable, et très crédible, même si elle mentait de manière éhontée.

— Il voulait juste me faire plaisir.

— J'essaye d'imaginer Cain en train de faire plaisir à quelqu'un, dit Kenan d'un air pénétré. J'aime bien l'idée.

À l'autre bout de la pièce, Achille émit un reniflement de dédain.

— Si vous avez terminé votre petit numéro de fouineurs indiscrets, est-ce que je pourrais discuter en privé avec Devon, s'il vous plaît ? demanda Cain à bout de patience.

Kenan claqua la langue en secouant la tête.

— Pendant que vous y êtes, Devon, si vous pouviez

faire quelque chose pour ses mauvaises manières, nous vous en serions éternellement reconnaissants. Bienvenue dans la famille.

Kenan prononça le mot « famille » comme s'il s'agissait d'une blague entre eux. C'était peut-être le cas d'ailleurs. Il trouvait cependant que les appeler « frères » tenait plus d'une histoire invraisemblable que d'une blague privée. L'animal déposa ensuite un baiser sur la joue de Devon et eut l'audace de sourire à Cain avant de quitter le bureau. Quant à Achille, il redressa le menton, et déplia son grand corps avant de suivre leur jeune frère.

— Serait-ce inapproprié si je me mettais à chanter « Papa was a Rolling Stone » ? murmura Devon.

Cain la dévisagea et émit un reniflement pour masquer un petit rire. Mais au lieu de répondre à sa question, il posa celle qui le travaillait depuis quelques minutes.

— Pourquoi leur as-tu menti ?

Elle haussa les épaules.

— Je ne voulais pas que tes frères se sentent blessés en pensant que tu ne leur avais rien dit. Et je ne voulais pas que tu aies à mentir à un autre membre de ta famille.

Cain en fut étonné. Était-ce une autre ruse de sa part pour paraître moins calculatrice à ses yeux ? Ça devait être ça. Sinon, pourquoi s'inquiéterait-elle des sentiments de Kenan et d'Achille ?

Il étudia son visage pour y déceler une trace de mensonge, et ce faisant il ne put ignorer ses lèvres gonflées – et le fait qu'il se sentait fier d'en être la cause.

— Comment est-ce que…, hésita-t-elle en jetant un coup d'œil à la porte. Vous trois…

— Comment trois hommes d'origines raciales différentes, qui sont manifestement des étrangers les uns pour les autres, peuvent être frères ? termina-t-il à sa place.

Elle rougit mais hocha la tête.

— L'histoire miraculeuse des héritiers Farrell perdus de vue a été commentée dans les journaux il y a quelques semaines. Tu ne l'as pas lue ?

— Autant te le dire tout de suite : je me fiche complètement des potins de la haute société. Je vais sur Internet pour lire les dernières nouvelles de la téléréalité et les spoilers sur mes émissions Netflix préférées. Tout le reste est préjudiciable à mes fesses.

Il haussa un sourcil.

— Préjudiciable à tes… fesses ?

— Oui. Lire toutes les catastrophes qui se passent dans le monde me rend soit triste, soit en colère. Et je suis une véritable éponge émotionnelle. Donc, tout ce qui est frite, glace et chocolat va directement sur mes fesses. Par conséquent, pas de recherche Internet pour moi.

Il la fixa en battant des cils, et lutta pour ne pas éclater de rire. C'était la femme du jardin : drôle, candide et sacrément adorable.

Note pour moi-même : arrêter de lui donner des occasions d'être adorable.

— Achille et Kenan sont les enfants illégitimes de mon père, dit-il en revenant à sa question initiale et s'éloignant du souvenir des moments volés dans le jardin. Je n'ai découvert leur existence qu'après sa mort.

Il lui parla de leur rencontre et des termes du testament de son père.

— Nous sommes donc obligés de rester ensemble pendant un an pour sauver l'entreprise familiale.

— Je reprends ce que j'ai dit, murmura-t-elle. Ton père n'était pas un Rolling Stone, mais un enfoiré.

Encore une fois, l'envie de rire lui serra la gorge.

— Oui. C'est exactement ça.

Elle secoua la tête et ses magnifiques cheveux lui retombèrent sur l'épaule. Il fixa cette masse marron et or.

La curiosité l'avait poussé à défaire le chignon pendant la séance photo, mais il ne s'était pas attendu à leur lourdeur ni à leur douceur. Ou qu'ils glissent ainsi entre ses mains, telle une caresse. Quel effet est-ce que cela ferait de les sentir sur son torse nu… ou ses cuisses ? Est-ce qu'ils couleraient comme une cascade caramel contre ses hanches rondes ? Colleraient-ils à sa peau humide pendant qu'elle le chevaucherait ?

Un désir intense s'empara de lui.

Il n'aurait jamais dû la toucher ou l'embrasser. Ça avait été une erreur de sa part. Une erreur à ne pas répéter.

— Pourquoi a-t-il fait ça ? Pourquoi attendre autant pour te le dire ? N'aurais-tu pas voulu les connaître plus tôt ?

L'aurait-il voulu ? Enfant, il rêvait d'avoir des frères et sœurs. Un compagnon de galère. Peut-être qu'il ne se serait pas senti aussi seul et isolé ? Mais en grandissant, ce désir lui était passé. Il n'aurait pas souhaité à son pire ennemi de vivre avec Barron, encore moins à des frères ou à des sœurs.

— Les connaître maintenant ou il y a dix ans n'aurait pas changé grand-chose. Barron avait ses raisons d'agir ainsi, la première étant la manipulation et le pouvoir, expliqua-t-il, avant de se maudire d'en avoir trop dit.

Il était hors de question qu'il se lance dans une discussion sur son enfance infernale avec elle.

— Tu ne peux pas dire ça, protesta-t-elle.

— À propos de Barron ? Bien sûr que si.

— Non, au sujet de tes frères. J'aimerais avoir des frères et sœurs, des gens qui me soutiennent quoi qu'il arrive. Ça aurait signifié ne pas être seule. Qu'est-ce que je ne donnerais pas pour avoir ça maintenant ? ajouta-t-elle doucement.

Si doucement qu'il se demanda si elle avait eu l'intention de le dire à voix haute.

— Pourquoi es-tu seule, Devon ? Tu n'as peut-être pas de frères et sœurs, mais ta famille alors ? Tu m'as dit que tu venais d'une grande famille.

— Tu te souviens de ça ? demanda-t-elle en battant des cils.

— Je me souviens de tout, murmura-t-il.

À propos de toi. À propos de ce jour-là.

— Oui, j'ai une famille nombreuse. En plus de mon père et de ma mère, j'ai six tantes, quatre oncles et une tonne de cousins. Je ne les ai pas vus depuis des années. Depuis que nous avons quitté le New Jersey.

Cain fronça les sourcils.

— Le New Jersey n'est pas à l'autre bout de l'océan. Ce n'est même pas à cinq heures de route. Pourquoi ?

Il vit la douleur vaciller dans ses yeux, avant que ses cils se baissent.

— Au départ, la nouvelle entreprise de papa exigeait beaucoup de son temps, alors nous ne rentrions pas souvent leur rendre visite. Et puis je suppose qu'ils ont été occupés parce que les appels téléphoniques ont diminué avant de s'arrêter, et on a perdu le contact, conclut-elle en haussant une épaule.

Cain ne crut pas une seconde à ce geste nonchalant. Cette grande famille italienne, dont elle avait parlé si affectueusement ce soir-là, lui manquait. Il la soupçonnait de ne pas tout lui dire, et que cela avait un rapport avec Gregory Cole.

— Mais alors, s'exclama-t-elle soudain en ramenant l'attention de Cain au présent, c'est pour ça que tu étais dans les jardins le jour de l'enterrement. C'était ton père que tu maudissais.

Elle haleta en ouvrant de grands yeux avant de poursuivre :

— Tu as non seulement perdu ton père, mais aussi

découvert qu'il te mentait depuis des années. Je comprends pourquoi tu étais si furieux. Je suis vraiment désolée. Tu aurais dû pouvoir vivre ton deuil paisiblement au lieu de te faire couper l'herbe sous le pied.

— Tu as été ma grâce salvatrice ce jour-là, murmura-t-il.

Il avait laissé échapper cela involontairement. Même si c'était la vérité.

— Jusqu'à ce que je ne le sois plus, dit-elle du même ton de murmure.

— Jusqu'à ce que tu ne le sois plus, acquiesça-t-il. Mais je te suis tout de même reconnaissant. Tu m'as rappelé un fait très important : quand ça semble trop beau pour être vrai, c'est que ça l'est.

Il aurait dû se sentir satisfait de la voir tressaillir, mais ce n'était pas le cas. S'il avait énoncé cette évidence, ce n'était pas pour la blesser mais pour se rappeler qu'il ne pouvait pas lui faire confiance. Ses jolis yeux verts et son honnêteté désarmante l'avaient trompé une fois, et à présent qu'il avait fait l'erreur de l'embrasser, il était encore plus susceptible d'ignorer ce qu'il savait d'elle et de son père, pour goûter à nouveau ses lèvres.

— J'ai une réunion à préparer, dit-il en glissant ses mains dans ses poches pour se mettre à l'abri de la tentation.

Si elle fut blessée d'être ainsi congédiée, elle ne le montra pas. Après avoir hoché la tête, elle alla chercher son sac à main, et resta quelques secondes à le fixer, les lèvres entrouvertes comme si elle était sur le point de dire quelque chose, avant de quitter le bureau. Le doux claquement de la porte résonna dans la pièce.

Il fut alors soulagé qu'elle ne soit plus là pour le voir tressaillir.

- 8 -

Je suis en enfer.

Cain inspecta la grande salle à manger remplie d'invités. Tout dans cette soirée lui rappelait les funérailles de son père. Que ce soient les invités – composés de magnats, de chouchous de la société, de célébrités et même de quelques athlètes professionnels –, la nourriture et l'alcool qui avaient probablement coûté plus que le salaire annuel de la plupart des gens, la décoration constituée d'antiquités et d'œuvres d'art, ou les rires et bavardages des invités, parés de bijoux et vêtus de smokings et de robes de soirée.

Sauf que cette fois, au lieu de célébrer un décès, ils portaient un toast à ses fiançailles.

Ce qui revenait au même, selon lui.

Le seul point positif de ce voyage vers le purgatoire était que Gregory Cole avait insisté pour que la fête ait lieu dans sa propre maison à Back Bay, au lieu du manoir dans lequel Cain était forcé de vivre pour le moment. Toute excuse pour fuir ce mausolée était bonne à prendre.

Cependant, il devait reconnaître une chose à Gregory : l'homme savait organiser les choses en grand. Il avait tout mis en œuvre pour étaler sa richesse et sa réussite auprès de la haute société bostonienne car, contrairement à ce que les invitations prétendaient, cette soirée ne concernait en rien Cain et Devon : ici il n'était question que de Gregory Cole. C'était l'occasion pour lui de réunir en un même lieu tous ceux qu'il cherchait à impressionner.

Ce n'était pas une fête de fiançailles mais le début de sa campagne d'infiltration parmi les privilégiés au sang bleu. Et comme tout bon général, l'homme était un fin stratège.

Cain n'en ressentait que du dégoût. Il détestait l'hypocrisie et le mensonge. Et pourtant, il se trouvait là, otage en raison de sa loyauté envers sa mère, la personne qu'il aimait le plus au monde. Emelia Farrell.

Il parcourut la pièce du regard, et en quelques secondes la repéra, entourée comme toujours d'un cercle d'admirateurs. Bien que dans la cinquantaine, elle restait aux yeux de Cain cette même femme qui lui lisait des histoires au coucher quand son père n'était pas à la maison pour lui interdire de le dorloter. La femme qui lui avait offert son premier appareil-photo le jour de ses douze ans, et qui avait crié avec le plus de force à la fête des diplômes, quand son père n'avait même pas pris la peine d'assister à la cérémonie. Le temps avait peut-être parsemé ses cheveux noirs de touches de gris et dessiné de petites rides aux coins de ses yeux, mais il n'avait pas recourbé la fière posture de ses épaules, ni obscurci l'éclat de ses yeux bleus – ou l'amour qui y brillait pour lui.

Cet amour l'avait conduite ici ce soir, chez son ex-amant. Cain ne connaissait pas les détails de sa liaison avec Gregory, et il ne pouvait pas les lui demander car elle ne savait pas qu'il était au courant. Pourtant, même si la liaison s'était terminée à l'amiable, Gregory l'utilisait comme une arme contre Cain.

Il se concentra alors sur la femme aux côtés de sa mère : sa fiancée. Les deux femmes venaient de se rencontrer pour la première fois, et sa mère s'était tout de suite prise d'affection pour Devon. Comment aurait-elle pu lui résister ? Devon avait endossé son rôle de personnage amical à l'occasion de la soirée, tout comme le soir où il l'avait rencontrée. Emelia avait félicité Cain et, en voyant son sourire heureux, il n'avait pas eu le cœur de la décevoir en lui révélant la véritable nature de Devon et la vérité sur cet engagement sans amour.

Comme si elle ressentait son regard posé sur elle, Devon détourna les yeux du jeune homme qui lui parlait avec animation et croisa celui de Cain. Elle avait des yeux capables de briller d'amusement, puis de s'assombrir de sympathie et de tristesse, avant de luire de passion. Des yeux de caméléon. Des yeux magnifiques et secrets.

Sans pouvoir s'en empêcher, l'attention de Cain se porta sur sa bouche pleine peinte de rouge vif qui ne demandait qu'à être ravagée. C'était comme si ses lèvres l'appelaient, ainsi que son corps vêtu de cette longue robe vert foncé qui épousait ses seins généreux, et mettait en valeur sa fine taille et ses hanches affolantes.

— C'est ta fête de fiançailles, fils, dit Gregory en se dressant à ses côtés et en lui tapotant l'épaule. Va t'amuser au lieu de rester dans un coin. Discute avec les invités. Après tout, ces gens sont là en votre honneur, à toi et à ta future épouse.

Cain accueillit sa proposition avec un reniflement de mépris, à la fois pour l'homme et pour sa suggestion.

— Ce sont vos invités, pas les miens. Et étant donné que je n'ai été informé de cette petite réunion qu'il n'y a que quelques jours, estimez-vous heureux que je sois là.

Il écarta alors la main de l'homme sous prétexte de prendre une gorgée de son scotch, et ajouta :

— Et ne m'appelez plus jamais « fils ».

Le sourire de Gregory se crispa et son regard prit une expression de colère.

— Vous ne songez tout de même pas à faire une scène, n'est-ce pas, Cain ? Je ne vous le conseille pas, dit-il d'un ton menaçant avant de faire semblant de passer la pièce en revue. Je suis ravi que votre mère ait pu venir. Elle est aussi belle que dans mes souvenirs.

La rage déferla sur Cain. Sa vision vira au rouge, et il eut peur durant un instant de perdre la tête et de devenir violent.

— Écoutez-moi bien, Cole, dit-il d'un ton grondant avant d'attendre que Gregory se tourne vers lui avec son sourire suffisant pour continuer. Ne faites pas de commentaires sur ma mère. Ne regardez pas dans sa direction. Ne pensez même pas à elle. Vous croyez me tenir avec votre chantage, mais si vous ne faites que la contrarier – si je vous soupçonne de l'avoir blessée ou d'avoir respiré dans sa direction –, je mettrai votre monde à feu et à sang, et je me fous de brûler avec vous.

— Vous n'êtes pas en mesure de me menacer, répondit sèchement Gregory.

— Vous menacer ? Oh non, Cole. C'est une promesse.

Gregory lui lança un regard noir tandis qu'un muscle tiquait sur sa mâchoire.

— Je…

— Te voilà, Cain, dit Kenan en s'avançant vers eux, suivi d'Achille.

Les deux hommes se frayèrent un large chemin à travers les invités en suscitant des regards allant de l'admiration à la curiosité en passant par des sourires narquois et des chuchotements. Après tout, c'était la première apparition publique des « bâtards Farrell » en compagnie de leur frère légitime. Une vive irritation monta en Cain.

— C'est intelligent de ta part de rester près du bar, déclara Achille avant de demander une bière au barman.

— Ce gars n'est peut-être pas très bavard, mais ses rares paroles sont d'une parfaite logique, émit Kenan en souriant avant de tendre la main à Gregory. Kenan Rhodes. Ravi de rencontrer le futur beau-père de Cain.

— J'ai beaucoup entendu parler de vous et de votre frère, répondit Gregory en acceptant sa main. Merci d'être venu.

— C'est bien normal, dit Kenan sans se départir de son sourire.

Il avait dû hériter son charme de sa mère, car Dieu savait que Cain et Achille ne l'avaient pas reçu de leur père.

— Ça vous dérangerait qu'on vous emprunte Cain un instant ?

— Bien sûr que non, dit Gregory en serrant l'épaule de Cain. On continuera notre petite conversation plus tard, Cain.

Celui-ci ne prit même pas la peine de répondre. Une fois que Gregory se fut éloigné, Kenan émit un reniflement de mépris.

— Je viens à peine de le rencontrer, et j'ai déjà envie de me plonger dans un bain de javel. Sans vouloir t'offenser bien sûr.

— Il n'y a pas de mal, répondit Cain en sirotant son scotch. Crois-moi.

— C'est une bonne chose que tu épouses sa fille et pas lui, ajouta Achille en s'appuyant au petit bar. Quoique je me demande si tu vas vraiment épouser quelqu'un.

— De quoi est-ce que tu parles ? demanda Cain, choqué.

— De Devon, ta fiancée, dit doucement Achille d'une voix grave. Elle ne portait pas de bague pendant votre séance photo. Quand un homme demande la main d'une femme, c'est généralement avec une bague.

Merde. Il se força à ne pas regarder dans la direction de Devon ou de ses doigts nus. Ça ne lui était même pas venu à l'esprit. Son intestin se tordit d'inquiétude. Qui d'autre l'avait remarqué ? Étaient-ils tous en train de se dire que Cain Farrell n'avait pas acheté de bague de fiançailles à sa fiancée – la femme dont il était censé être éperdument amoureux – ?

— Je ne pense pas que quelqu'un d'autre l'ait remarqué. En tout cas, ils ne médisent pas à ce sujet, déclara Kenan.

— Du moins pas devant nous, marmonna Achille en buvant une gorgée de sa bière.

— Quelque chose à nous dire ? demanda Kenan en étudiant Cain.

La vérité lui serra soudain la gorge, mais il s'abstint de répondre. Les vieilles habitudes avaient la vie dure. Il avait été le gardien des secrets de sa famille pendant si longtemps qu'il était passé expert en matière de dissimulation d'émotions.

Kenan soupira.

— Écoute, Cain, je sais bien que tu ne nous considères pas comme des frères et que tu ne nous connais pas depuis assez longtemps pour nous faire confiance. Mais tu n'as pas à nous faire confiance pour qu'on te soutienne. Quoi que tu veuilles qu'on fasse ou dise, dis-le-nous. Nous n'avons pas besoin de savoir ce qui se passe, à moins que tu souhaites en parler.

Des gens qui me soutiennent quoi qu'il arrive. Ça aurait signifié ne pas être seule.

Les paroles de Devon lui revinrent en mémoire.

Kenan avait raison : il ne leur faisait pas confiance. Compte tenu de son enfance, il avait appris dès son plus jeune âge à ne croire en personne, sauf en sa mère. Mais face à lui se tenaient les deux hommes qui partageaient son ADN et qui lui offraient leur loyauté. Qu'avait fait Cain pour mériter cela ?

Ils étaient fous de le proposer !

Pourtant, les mots se figèrent dans sa bouche.

— Merci, dit-il.

Il se racla alors la gorge, et chercha Devon du regard. Il repéra sa mère mais sa « fiancée » n'était plus là.

— L'un de vous n'aurait pas vu Devon ? demanda-t-il en fronçant les sourcils.

— Non, répondit Achille. La dernière fois que je l'ai vue, son père l'éloignait de ta mère pour lui parler. C'était il y a quelques minutes. Pourquoi ? Tout va bien ?

— Bien sûr, répondit Cain en forçant un sourire. Si vous voulez bien m'excuser.

Il posa son verre sur le bar et partit à la recherche de Devon et de Gregory. Qu'y avait-il de si important pour que Gregory délaisse ses invités pour parler à Devon ?

Un malaise s'insinua en lui : ça ne présageait rien de bon.

— Papa, que se passe-t-il ? Tout va bien ? demanda Devon en suivant son père dans la bibliothèque.

Non pas qu'elle se plaigne d'échapper à la fête, au contraire. Ces fêtes mondaines n'étaient qu'efforts et souffrances pour elle. Elle devenait le centre de l'attention et l'objet de tous les regards, alors que beaucoup se demandaient comment elle – une grosse et illustre inconnue – avait réussi à mettre le grappin sur l'un des célibataires les plus éligibles de la ville.

Oui, une véritable torture.

Son père, en revanche, était dans son élément. Ses intrigues étaient sur le point de le faire passer dans le Bottin mondain de la haute société de Boston. Il était tel un roi assis sur son trône. Tout ce qu'il avait eu à faire pour y parvenir, c'était de faire chanter un homme et de sacrifier l'avenir de sa fille.

Elle regarda son père se diriger vers le bar pour se préparer un verre, et s'efforça de ne pas se laisser engloutir par l'amertume. L'homme qui lui avait appris à faire du vélo, qui l'avait tendrement relevée et qui avait essuyé ses larmes après ses chutes ne pouvait pas avoir complètement disparu ! L'homme que sa mère avait aimé devait encore exister.

— Comment ça va, entre toi et Cain ? demanda-t-il en lui tournant le dos.

Elle fronça les sourcils.

— Bien, je suppose.

Que voulait-il qu'elle réponde ? Cain était victime de chantage et la considérait comme une complice. Il la détestait.

Même s'il embrasse comme un dieu.

Elle repoussa rapidement cette idée. Comme si le désir avait un quelconque lien avec l'affection ou l'amour ! N'avait-elle donc pas retenu la leçon avec Donald ?

— Bien ? Tu dois faire mieux ! s'exclama-t-il en se tournant vers elle. Penses-tu que les gens n'ont pas remarqué que vous étiez distants ? C'est votre fête de fiançailles et aucun de vous ne semble heureux d'être ici. Les gens parlent et à force ils vont se mettre à spéculer.

Il marqua une pause et fit tourbillonner l'alcool ambré dans son verre avant de poursuivre.

— Tu dois faire plus d'efforts, Devon. Après tout ce que j'ai fait pour toi, tu dois faire mieux afin que tout ce que j'ai mis en œuvre et mon travail acharné ne partent pas à la poubelle. Cette relation n'était peut-être pas son idée, mais il pourrait l'oublier si tu y mettais un peu plus du tien. J'ai besoin que Cain soit heureux, et c'est de ta responsabilité.

— Attention, papa, dit Devon d'une voix plate. Tes propos frôlent l'indécence. Tu n'essayes quand même pas de me prostituer, n'est-ce pas ?

Il émit un son entre dégoût et impatience.

— Ne sois pas ridicule. Mon seul but, c'est toi et les enfants que vous aurez un jour. Tu n'auras jamais à endurer ce que ta mère et moi avons vécu : la pauvreté, l'impuissance, l'invisibilité. Personne ne te méprisera, je peux te l'assurer. Est-ce que c'est joli à voir ? Non. Mais il n'y a rien de juste dans ce bas monde. Même Cain le comprend.

— On dirait que tu y crois vraiment, papa, murmura-t-elle, le cœur empli de tristesse. Mais maman était heureuse de vivre dans notre duplex de Plainfield, entourée de sa famille. Peut-être que nous ne vivions pas à Back Bay avec tout cet argent, mais nous étions heureux. Nous avions l'amour, la famille et la joie. On pouvait compter les uns sur les autres. Je me fiche de la haute société. L'argent ne peut ni me faire accepter par eux, ni nous offrir ce que nous avions à Plainfield.

— Voilà qui est parlé comme une personne qui ne sait pas ce que c'est que de travailler de ses mains pour subvenir aux besoins de sa famille, dit-il en ricanant. Mais c'est du passé. Ta mère n'est plus là, et je m'occuperai de toi comme je l'entends. Ce qui m'amène à un autre sujet…

Il prit une autre gorgée en la regardant par-dessus le rebord de son verre.

— J'ai appris que Farrell International préparait un projet immobilier près de la North Station : salle de concert, boutiques, bureaux, hôtels et cinq cents appartements dans une tour d'habitation de soixante étages, ainsi que des rénovations dans la gare. Farrell n'accepte apparemment qu'une poignée d'investisseurs, et je compte bien en faire partie.

Elle secoua la tête en haussant les épaules.

— Je ne vois pas ce que je viens faire là-dedans.

— Mais tout ! rétorqua-t-il.

Il posa son verre inachevé sur le bar et traversa la pièce à grands pas pour s'arrêter devant elle.

— En ce moment, Cain ne se sent pas très… charitable envers moi.

Devon renifla. C'était là un drôle d'euphémisme.

— C'est là que tu interviens. J'ai besoin que tu le convainques de me proposer d'investir dans ce projet.

Devon laissa échapper un rire nerveux.

— Tu n'es pas sérieux ?

Elle sentit un autre rire monter dans sa gorge, mais se ressaisit devant l'expression assombrie de son père.

— Tu es sérieux, murmura-t-elle, stupéfaite. Papa, c'est du déli…

— Grâce à moi, tu es à présent fiancée à l'un des hommes les plus puissants de Boston…

— Je ne t'ai rien demandé. Je ne veux rien avoir à faire avec ça, le coupa-t-elle.

— Grâce à moi, tu es la femme la plus enviée de cette soirée… de cette ville ! poursuivit-il en élevant la voix et ignorant la protestation de sa fille. Le moins que tu puisses faire est de m'aider. Un projet de cette envergure signifie des millions de bénéfices, non seulement pour moi mais pour tous mes clients. Ça fera de mon entreprise l'une des plus riches et prospères du pays. Tout ce que tu as à faire, c'est de parler à Cain et d'user de ton influence pour le convaincre de me laisser y participer.

— Mon influence ? le railla-t-elle en levant une main. Quelle influence ? Il me déteste juste un peu moins que toi. Et même si j'avais ce genre d'emprise sur lui, je ne le ferais pas. Je ne sais pas avec quoi tu le fais chanter, mais n'est-ce pas suffisant de le forcer à m'épouser ? Tu veux aussi l'obliger à faire des affaires avec toi ? Tu dis que tu fais tout ça pour moi, mais c'est faux. Tu le fais pour toi et uniquement toi, et je refuse d'y participer davantage !

— Où est ta loyauté ? gronda-t-il en pointant un doigt vers elle. Tu es ma fille. C'est envers moi que tu dois être loyale, pas envers un homme qui n'aurait rien su de ton existence si ma main ne tirait pas les ficelles. Tu m'es redevable !

— Je te suis redevable ? répéta-t-elle avec un petit rire incrédule. Et quand est-ce que j'arrêterai de payer, papa ? Quand est-ce que ma dette sera effacée ? Quand est-ce que je n'aurai plus à me prostituer pour tes ambitions ?

Le visage de son père se marbra de rouge, et la colère assombrit ses yeux verts jusqu'à en devenir des flaques presque noires. Sa bouche se changea en une ligne dure et il se pencha vers elle.

— Ne me parle jamais comme ça…

— Éloignez-vous d'elle.

Devon sursauta. La fureur contenue dans cette voix lui fit tourner la tête vers la porte de la bibliothèque. Son père se raidit et recula avec un rictus, avant de se tourner vers Cain.

Un ange vengeur, chuchota une voix dans sa tête.

Avec son corps puissant, son visage d'une beauté saisissante et cette aura de colère, il ne lui manquait plus que des ailes. Elle frissonna. D'appréhension ? De peur ? D'excitation ? Elle préférait ne pas répondre à cette question.

Il s'avança et une part d'elle voulut courir vers lui et se blottir contre ce large torse.

— C'est une affaire de famille, Cain, grogna son père. Ce qui veut dire que ça ne vous regarde pas.

— Vous avez changé ça quand vous êtes entré de force dans ma vie en menaçant la réputation de ma mère et en vendant votre fille pour un obscur accord avec mon père. Alors non, Cole. Devon est mon affaire.

Devon est mon affaire.

Sa déclaration se répercuta dans le silence assourdissant de la pièce. Elle résonna dans les oreilles de Devon, cogna dans sa poitrine telle une enclume et battit dans son ventre de manière lancinante. Elle la frappa de plein fouet, elle qui n'appartenait plus à personne depuis seize ans.

— Tout cela est ridicule ! s'exclama son père. J'ai des invités.

Gregory la foudroya une dernière fois du regard avant de sortir en trombe de la bibliothèque. Quand la porte se referma, le silence lui parut si dense qu'elle pouvait presque le sentir contre sa peau. La colère ne quittait toujours pas Cain, mais elle n'en ressentit ni crainte ni inquiétude. Son indignation n'était pas dirigée contre elle.

À quand remontait la dernière fois où quelqu'un avait pris sa défense et avait cherché à la protéger, au lieu de l'utiliser ? Pour la deuxième fois en quelques minutes, elle repoussa ses pensées par crainte de la réponse.

— A-t-il déjà levé la main sur toi ? gronda Cain.

— Non, murmura-t-elle, avant de s'éclaircir la voix. Non, il ne ferait jamais ça. Quoi que tu puisses penser de lui, à aucun moment il n'a été physiquement violent avec moi.

En ce qui concernait la négligence psychologique, c'était une autre histoire.

— Tu ne me mens pas, n'est-ce pas, Devon ? insista-t-il en étudiant son visage.

Elle lutta pour ne pas se tortiller sous son inspection.

— Tu n'essayes pas de le protéger ? ajouta-t-il.

Un sentiment d'irritation monta en elle, mais fut presque aussitôt dissipé par une sorte d'intuition. Sous ses traits tendus et sa voix grondante se cachait comme de l'inquiétude. Non. C'était plus profond que ça. Plus… viscéral, plus sombre. Le cœur de Devon tambourina dans sa poitrine alors qu'une pensée complètement absurde s'insinuait dans sa tête et lui tordait le ventre.

Est-ce que Barron Farrell faisait du mal à Cain ?

Elle repoussa cette pensée. Impossible. Dans le petit monde fermé de la haute société de Boston, elle aurait sûrement entendu des rumeurs.

L'image d'un Cain enfant, cherchant à échapper à une grande silhouette malveillante, la frappa. Un Cain dans la souffrance, effrayé… Elle serra les poings, prise d'un désir soudain et féroce de frapper cette silhouette.

Elle s'exhorta à se ressaisir. Cain était intervenu dans une dispute entre elle et son père et avait mal interprété la situation. Ça ne signifiait pas pour autant qu'il ait été lui-même victime de maltraitance.

Avec son imagination débordante, elle devrait peut-être écrire des romans de science-fiction.

— Non, je ne cherche pas à le protéger, répondit-elle finalement. Cain, je t'assure que je ne te mentirais pas à ce sujet.

Il la fixa encore quelques instants avant d'acquiescer avec raideur.

— Vous vous disputiez à quel sujet ?

La vérité lui serra la gorge, mais sa loyauté envers son père – cette loyauté dont il lui reprochait d'être dépourvue – lui fit garder le silence. Si elle lui expliquait ce que son père lui avait demandé, il y verrait une nouvelle tentative de manipulation et d'extorsion de sa part. Gregory détenait un pouvoir sur Cain, mais celui-ci la faisait penser à une bête féroce prête à bondir sur sa proie, et elle refusait d'être la personne qui lui fournirait cette occasion.

Mais en parlant du pouvoir de Gregory sur Cain…

Elle se dirigea vers lui, malgré son instinct primal qui lui criait de rester à distance. Elle s'arrêta à quelques centimètres et pencha la tête en arrière pour étudier son visage. Son parfum masculin et boisé lui emplit le nez.

— Tu as dit que mon père menaçait la réputation de

ta mère. Que voulais-tu dire ? demanda-t-elle, certaine qu'il ne lui dirait rien.

Puisqu'il la croyait complice de son père, il supposait probablement qu'elle était au courant et qu'elle jouait les innocentes.

Il continua à la fixer d'un regard de glace, avant de finir par répondre.

— Ton père et ma mère ont eu une liaison il y a plusieurs années. Le mariage de mes parents n'était pas heureux, et j'étais assez âgé pour comprendre que Barron n'était pas fidèle à ma mère. Quand ton père est venu me voir pour me parler de leur liaison, je n'en ai pas voulu à ma mère. Elle a juste fait l'erreur d'avoir une liaison avec le mauvais homme.

Il appelle son père par son prénom.

— Apparemment, Gregory est allé voir Barron avant sa mort, et lui a montré les preuves de sa liaison. Vidéos, photos, SMS, mails. Pour éviter que ça ne devienne public, sans doute pour ne pas passer pour un imbécile incapable de satisfaire sa femme, Barron a signé un contrat avec ton père, expliqua Cain en ricanant de dégoût. Les termes étaient simples : Gregory garderait le silence sur cette liaison et accepterait de ne rien divulguer à la presse, et mon père me livrerait à lui.

Choquée, Devon posa sa main sur son cœur tambourinant.

— Une semaine après les funérailles, ton père s'est présenté avec son contrat, exigeant que je l'honore. En cas de refus, il me menaçait de tout divulguer à la presse à scandale. Soit j'épousais sa fille, soit je devais être le témoin de la destruction de la réputation de ma mère. Alors, j'ai accepté.

Devon haleta. Incrédulité, dégoût et douleur la frappèrent tels de minuscules poings. Un bruit blanc explosa dans sa tête et la bile lui monta à la gorge. Comment est-ce que son père pouvait faire cela ? Comment pouvait-il utiliser la mère de Cain comme monnaie d'échange ? Aurait-il pu faire la même chose avec sa propre femme ? Avait-il la moindre limite, ou est-ce que la cupidité et l'ambition avaient tout effacé ?

Prise de nausée, elle posa une main sur son ventre et se courba en deux.

Du coin de l'œil, elle remarqua le mouvement de Cain vers elle, mais elle tendit un bras pour l'arrêter. Elle n'aurait pu supporter aucun contact. Pas dans cet état. Pas quand une bouffée d'air pouvait la briser.

Mais il ne s'arrêta pas, et l'instant d'après, des bras forts et musclés l'entourèrent par-derrière et la maintinrent alors que ses jambes menaçaient de lâcher. Un torse aussi dur que du roc et des cuisses puissantes la soutinrent. Toute cette force pour elle… Elle s'y accrocha avec avidité et sans remords.

À force de volonté, elle réussit à déglutir et à ravaler l'écrasante vague de nausées. Mais l'effort la laissa tremblante et sans force.

— Je ne savais pas, se défendit-elle d'une voix rauque tant elle essayait de retenir les sanglots qui lui déchiraient la gorge. Je le jure, je ne savais rien.

Pas étonnant qu'il la déteste : à ses yeux, elle était la complice de cette infamie. Il la voyait comme une garce égoïste prête à tout pour épouser un homme fortuné. Il ignorait qu'elle était tout autant l'otage de son père – et elle ne pouvait rien lui dire.

Mais est-ce que ça avait de l'importance en fin de compte ? Elle était la fille de l'homme qui le faisait chanter après tout.

— Doucement, chérie. Respire. Fais comme moi, dit-il en effleurant sa joue de sa bouche. Inspire, expire. Inspire. Expire.

Il respira plusieurs fois avec elle, lentement et profondément. Sans même le vouloir, elle l'imita. *Inspire. Expire.* Sa respiration finit par se caler sur la sienne et elle se détendit contre lui.

Seules leurs respirations brisaient le silence. Les secondes devinrent des minutes. Au bout d'un moment, alors que l'arrière de sa tête reposait contre le torse de Cain, le cyclone de douleur, de colère et de désillusion se transforma en un autre genre de tempête, qui lui fit prendre conscience du bras qui l'enserrait, juste sous ses seins.

Une tempête où elle remarqua ses longues jambes puissantes entourant les siennes. Où elle nota son torse qui montait et descendait à un rythme légèrement plus rapide, tout comme les respirations chaudes qui effleuraient sa joue.

Une tempête où le sexe érigé de Cain se pressait avec force contre ses fesses, et où elle luttait pour garder son bassin immobile… et échouait.

Le bras autour d'elle se resserra et l'autre main lui caressa l'épaule avant de glisser sur sa clavicule et se poser sur sa gorge. Elle haleta sous la pression de cette paume puissante, et un frisson la parcourut. Un doux gémissement franchit ses lèvres alors que le cœur de sa féminité se gonflait et pulsait.

Telle une proie, elle pencha le cou en arrière, lui exposant sa gorge. Elle croisa son regard acéré de loup, où brillait un désir indubitable, attisant les flammes d'un désir qui dansaient déjà en elle. Quand il se pencha, elle cambra davantage le cou et se mit sur la pointe des pieds pour atteindre sa bouche.

Contrairement au doux baiser de la séance photo, celui-ci n'était que fureur sauvage et brute. Un fracas de langues, de dents et de détermination. Même si elle se rendait à lui, Devon n'avait rien de doux.

D'un coup de langue elle le défia de la provoquer. En explorant sa bouche, elle lui ordonna de lui en donner plus, et par une forte succion, elle lui montra qu'elle était prête à prendre tout ce qu'il était disposé à lui donner.

Elle leva un bras et saisit sa nuque en se cambrant comme un arc contre son épaisse érection. En réponse, il la serra plus étroitement, enflammant le désir qui s'était emparé d'elle. Elle gémit dans sa bouche, et il y répondit en retour.

Quand il la relâcha, elle n'eut pas le temps de protester qu'il s'emparait déjà de son sein et le caressait. Sa robe s'avéra être une bien piètre barrière face à ses doigts audacieux et curieux, et quand il pinça son mamelon, un courant électrique se propagea à son sexe. Son gémissement se transforma en un cri de plaisir. Comment était-ce possible ? Le pouce de Cain caressa son mamelon, l'encerclant et le tordant. Et alors qu'un autre éclair d'extase la parcourait, elle ne réfléchit plus au pourquoi ni au comment. Juste qu'il ne s'arrête pas.

— Cain, haleta-t-elle contre ses lèvres. S'il te plaît.

Il se raidit et ses mains se figèrent sur elle. Un gémissement de protestation résonna en elle : elle voulait exiger – supplier – qu'il continue, qu'il ne l'abandonne pas dans cet état.

Mais comme si le fait de prononcer son nom avait brisé leur brume sensuelle, il retira ses bras et la laissa là, à la dérive et perdue. Elle frissonna en sentant l'air frais de la pièce, à présent que la chaleur de son corps ne l'entourait plus, et enroula ses bras autour d'elle.

— Ça n'aurait pas dû arriver, gronda-t-il derrière elle.

Les mots la frappèrent comme une gifle de glace. Mais à quoi s'attendait-elle ? Elle était l'ennemie après tout et, contrairement à la séance photo, il n'y avait pas de public ici à convaincre. La douleur emplit son cœur.

Qu'est-ce qui clochait chez elle pour que personne ne la veuille ? Pour que tout le monde la rejette et la quitte ?

Un sanglot se logea au fond de sa gorge, mais elle refusa d'y céder. Par ce baiser, elle avait peut-être trahi son attirance pour lui, mais elle ne renoncerait pas à sa fierté. S'il pouvait ne rien ressentir… elle aussi dans ce cas.

Remettant en place son masque distant, elle se tourna vers lui.

— Une erreur de notre part, rétorqua-t-elle, fière que sa voix ne laisse rien transparaître de sa douleur. On veillera à ce que ça ne se reproduise plus.

Cain la dévisagea, et elle ne put empêcher son regard de se poser sur sa bouche gonflée et rendue humide par ses baisers. Malgré la douleur, un sentiment de désir s'agita dans son ventre. Bon sang, elle savait pourtant qu'elle devait garder ses distances. Le désir n'était pas toujours synonyme d'affection ni même d'appréciation. Malgré son sexe pressé contre elle tout à l'heure, Cain se fichait d'elle. S'il avait eu le choix, il serait à des kilomètres d'ici.

— C'était donc ça ? Une petite prestation ? demanda-t-il d'un ton cassant. Et sans public en plus ?

— Tu es ici : ça fait donc un public. D'ailleurs, c'est toi qui m'as dit d'être plus crédible, mentit-elle. Considère donc cela comme une répétition.

Elle afficha un sourire raide avant d'ajouter :

— On ferait mieux d'y retourner. Les gens vont finir par se poser des questions.

Cain ne bougea pas. Il resta immobile à l'étudier d'une manière qui la mit sur des charbons ardents.

— C'est vrai, on ne peut pas laisser les gens se mettre à bavarder sur nous, dit-il d'une voix traînante. Mais fais-moi une petite faveur.

Il s'avança et pressa son érection contre elle. Elle bloqua le gémissement qui lui montait à la gorge. Son érection, toujours aussi dure et insistante, s'enfonça dans son ventre, mais la fierté l'empêcha de reculer et de lui montrer à quel point elle était excitée.

Avant qu'elle puisse l'interroger sur cette faveur, il passa plusieurs fois son pouce sur sa lèvre inférieure.

— N'efface pas ton rouge à lèvres. Un regard sur cette bouche gonflée et les gens sauront que ça vient de moi. Ça aussi, c'est bon pour notre crédibilité.

Ses mots insensibles eurent un double effet sur Devon – ils la mirent en colère… et ils l'excitèrent tellement qu'elle serra ses cuisses en réaction.

Cain laissa retomber sa main et recula.

— Après toi, dit-il d'un ton moqueur en désignant la porte d'un geste du bras. Nous ne voulons pas faire attendre les foules.

Elle ordonna à ses jambes de bouger et, sans un regard pour Cain, se dirigea vers la porte en marchant délibérément avec nonchalance.

Priorité numéro 1 : arriver au bout de cette ridicule fête.

Priorité numéro 1,5 : remettre en place ses défenses contre Cain. Dans le cas contraire, les conséquences seraient terrifiantes.

Pas par peur qu'il ne puisse entrer, mais qu'elle y laisse son cœur.

- 9 -

Cain se gara sur le parking de la maison de quartier d'East Boston. Perplexe, il prit son portable sur la console du tableau de bord et relut le SMS de Devon pour vérifier l'adresse, avant de regarder à nouveau son GPS. Oui, c'était la bonne adresse.

Il coupa le moteur de sa Lexus RX 350 et sortit du véhicule en inspectant le grand immeuble en briques rouges situé au milieu des habitations. Deux appartements se dressaient à l'arrière, et un parc se trouvait de l'autre côté de la rue : une aire de jeux clôturée, quelques terrains de basket-ball et un terrain peint en bleu avec des marelles et des jeux de ballon. Comme le jour commençait à baisser, aucun enfant n'y jouait. Les équipements semblaient vieux mais bien entretenus, ce qui montrait le soin et la fierté que les administrateurs portaient au centre.

Pourtant… Pourquoi est-ce que Devon lui avait demandé de la retrouver ici ? Était-ce sa marotte, et avait-elle l'intention de lui demander de faire un don ? Au moins, sa cupidité serait au service d'une bonne cause. Il ne pouvait pas vraiment lui en vouloir. Lorsqu'il s'agissait d'obtenir des dons pour ses œuvres caritatives, sa mère savait également être redoutable.

Il leva son poignet et regarda sa montre : 18 heures passées. S'ils voulaient être à l'heure pour le dîner organisé par Gregory – dîner auquel il assistait uniquement parce que plusieurs hommes d'affaires y seraient présents –, ils devaient partir d'ici vingt minutes. Ce qui signifiait que le don allait devoir attendre.

Il poussa les portes de l'immeuble et entra. Dans un coin, un agent de sécurité était assis derrière un bureau semi-circulaire, et dans l'autre coin se tenaient deux tables couvertes de brochures. Un grand panneau de liège était accroché au mur avec des peintures enfantines de tout âge. L'effet faisait sérieux mais chaleureux. Derrière le bureau de la sécurité se trouvait un couloir d'où provenaient des voix étouffées et des rires. L'endroit sentait la joie et la sécurité.

— Je peux vous aider, monsieur ? demanda le gardien d'âge mûr.

— Oui, je viens voir Devon Cole. Elle m'attend.

Un sourire éclaira le visage de l'homme, comme si la simple évocation de ce nom lui faisait plaisir.

— Oui, dit-il en posant un livre de registre sur le bureau. Vous devez être monsieur Farrell. Devon m'a informé de votre venue. Veuillez écrire ici votre nom et l'heure, et voici votre badge visiteur.

Il glissa une carte plastifiée avec un clip de fixation argenté vers Cain. Une fois le registre rempli et le badge récupéré, le garde sourit à nouveau.

— Elle est dans la classe numéro sept. Prenez ce couloir jusqu'au bout, montez les marches et c'est la dernière salle à droite.

— Merci, répondit Cain avec un signe de tête.

Un éclair d'anticipation le traversa, et il s'en voulut immédiatement. Deux semaines s'étaient écoulées depuis la fausse fête de fiançailles, et ce baiser incendiaire dans la bibliothèque. Depuis, son corps ne lui appartenait plus. Chaque soir en allant se coucher, il devenait la propriété de Devon, car son esprit était assailli par des images d'elle.

Ils avaient fait plusieurs apparitions publiques depuis,

et chaque fois il devait la tenir par la taille, la serrer contre lui et jouer au couple aimant. C'était de la torture. Mais il devait sûrement être masochiste, car chaque bouffée de son parfum de miel et d'agrumes, chaque contact de ses hanches et chaque vision de cette bouche diabolique… était la plus douce et la plus excitante des tortures.

Cependant, il se retenait. Ils n'avaient plus jamais réitéré l'expérience de l'autre soir. Voir Gregory se dresser au-dessus d'elle comme le tyran que Cain le savait capable d'être lui avait fait perdre la raison. Sa colère s'était apaisée quand elle lui avait assuré que Gregory ne lui avait jamais fait de mal physiquement, mais la réconforter et la tenir contre lui avait changé cette émotion en un désir dévorant qui avait réduit sa maîtrise en cendres, et l'avait consumé avec la rapidité et la violence d'un feu de forêt.

Elle était si douce et forte ; un mélange dangereux pour la promesse que s'était faite Cain de ne jamais être faible.

Devon ignorait peut-être de quelle manière son père l'avait menacé – Cain voulait bien la croire car sa réaction avait été trop authentique – mais cela ne la dédouanait pas pour autant car elle participait volontairement à ce chantage. Comme il l'avait souligné plusieurs semaines auparavant, elle pouvait parfaitement refuser et mettre fin à cette situation. Mais elle ne l'avait pas fait. Donc céder au désir indéniable entre eux – si la bouche affamée et les mamelons érigés de Devon en étaient une indication – revenait à capituler face à Gregory.

Barron Farrell lui avait appris très tôt que l'amour était une excuse commode pour priver une personne de sa liberté.

Les voix provenant d'une porte fermée le sortirent de ses pensées, et il en lut le chiffre : 7. Il saisit la poignée et, après une brève hésitation, ouvrit la porte.

Des tables comme celles d'un lycée étaient disposées

des deux côtés d'une salle de classe et Devon se trouvait dans l'allée centrale. Ni elle ni les enfants – allant d'adolescents à jeunes adultes – ne le remarquèrent. La moitié de la salle se faisait des high five et se tapait les poings, tandis que l'autre gémissait et hurlait des moqueries dans la bonne humeur.

— D'accord, d'accord, dit Devon en tentant de les calmer. L'équipe Amène-Toi-Voir, c'est votre chance d'égaliser. Répondez correctement à cette question ou l'équipe Ça-Va-Déchirer sera en avance de trois cents points.

Les enfants se turent, et elle se tourna vers ceux qui criaient précédemment.

— Prêts ? demanda-t-elle en brandissant une carte blanche. Pour trois cents points dans la catégorie musique. Quel est le nom du guitariste gaucher le plus célèbre ?

C'est facile, s'amusa intérieurement Cain. Jimi Hendrix.

Les adolescents se rassemblèrent et chuchotèrent furieusement. Puis une jeune fille avec des dreads et un T-shirt « Hobbits de la Terre du milieu », murmura quelque chose à son équipe avec un geste catégorique de la main. Les enfants se regardèrent et haussèrent les épaules.

La jeune fille se tourna vers Devon et déclara :

— Jimi Hendrix.

Devon la fixa en laissant passer un silence dramatique.

— C'est exact, finit-elle par annoncer.

Abasourdi, Cain sourit en contemplant les jeunes éclater en cris victorieux et entamer une sorte de danse saccadée, et pourtant coordonnée.

Il fut le premier étonné de s'entendre éclater de rire. La pièce tomba dans le silence alors que tous les yeux se tournaient vers lui. Pour la première fois depuis des années, il se sentit intimidé, mais ça ne l'empêcha pas de fixer la trentaine de regards fixés sur lui. S'il y avait bien une chose dont il se souvenait du lycée, c'était ne jamais montrer de faiblesse.

— Bonsoir, Cain, dit Devon en sortant un téléphone portable de la poche de son jean skinny qui n'allait pas tarder à le rendre fou.

Elle jeta un coup d'œil à l'écran, et grimaça.

— Désolée, j'ai perdu la notion du temps. Nous étions justement en train de terminer…

— Ah non, objecta un grand blond du côté opposé. Il reste encore deux tours. Vous ne pouvez pas nous laisser en pleine partie ! C'est la guerre ! Et il y a une soirée pizza en jeu !

Cain étouffa un grognement à la protestation théâtrale et haute en couleur du gamin, mais Devon le regarda avec hésitation.

— Tu veux bien m'octroyer quelques minutes pour terminer ?

— Bien sûr, répondit-il en retirant sa veste de costume et en la posant sur une table vide. Quelle équipe est-ce que je dois rejoindre ?

Surprise, elle écarquilla les yeux. À contrecœur, il détourna le regard de ses lèvres entrouvertes, et se dirigea vers l'équipe avec la fan du *Seigneur des anneaux*.

— Je peux ?

Les adolescents le scrutèrent avec incrédulité, passant en revue sa chemise blanche, sa cravate bleue et grise, son pantalon de costume noir et ses chaussures. Mais l'instant d'après, presque tous se fendirent de grands sourires.

— Ah non ! s'écria un des garçons en agitant la main.

— Justin, le réprimanda Devon en fronçant les sourcils.

— Désolé, madame Cole, répondit le garçon avec un sourire penaud. Je veux dire, oui, monsieur. Merci de vous joindre à nous.

Devant cette invitation lancée avec emphase, Cain ne

prit même pas la peine de contenir son rire, et se plaça près de Justin. Des objections et des huées éclatèrent parmi l'équipe adverse.

— C'est pas juste, s'écria une jeune adolescente aux lunettes à monture bleu vif. Dans ce cas, vous devez jouer pour nous, madame Cole.

— Je ne peux pas…

— Pas de problème, madame Cole, dit une autre élève de l'équipe de Cain. C'est moi qui poserai les questions. En plus, ils ont besoin d'un maximum d'aide, ajouta-t-elle en se tournant vers l'équipe adverse avec un ricanement feint.

Le vacarme dans la salle devint assourdissant tandis que les équipes se mirent à se provoquer verbalement. En quelques minutes, Devon poussa une table en face de l'équipe de Cain et la bataille de questions-réponses reprit.

— Alors, l'équipe Ça-Va-Déchirer. Pour deux cents points… Dans la catégorie sport. Qui a été le premier coureur de marathon au monde ?

Ils répondirent correctement Phidippidès, et les quarante-cinq minutes suivantes se déroulèrent dans un flou de questions et de réponses déchaînées et souvent hilarantes, d'acclamations, de railleries et de rires. Alors que la fan du *Seigneur des anneaux*, dont il avait appris que le nom était DeAndrea, poussait un cri de guerre à rendre William Wallace jaloux, Cain réalisa avec stupéfaction qu'il passait un bon moment.

À quand remontait la dernière fois où il s'était amusé ? Où il avait ri, s'était détendu et avait relâché le poids qui pesait sur ses épaules depuis… si longtemps.

Ça faisait un bien fou.

Il jeta un coup d'œil à Devon. Avec son équipe, ils s'étaient regroupés et se préparaient pour la question suivante. Les enfants avaient jeté leurs bras autour de ses épaules avec affection. Ils semblaient l'adorer et lui faisaient visiblement confiance. Que savaient-ils qu'il ignorait ? Il n'avait pas revu ce côté d'elle – amical, attentionné et drôle – depuis leur rencontre dans les jardins, ce qui n'était guère étonnant compte tenu des événements récents. Mais elle offrait tout cela sans aucune réserve à ces enfants.

Comme si elle avait senti son regard, elle leva la tête vers lui. Des yeux émeraude illuminés de rire, des pommettes rougies, des lèvres sensuelles qui souriaient avec sincérité, une chevelure épaisse qu'il rêvait de sentir autour de lui.

Elle était belle.

Qui était la vraie Devon Cole ? Cette femme enjouée et chaleureuse ? L'arriviste manipulatrice et cupide ? La progéniture blessée et horrifiée par les actes de son père au point d'être prise de nausée ? L'amante passionnée et enthousiaste qui s'enflammait dans ses bras ?

— Hé ho, on arrête ça ! s'exclama la fille aux lunettes bleues en pointant un doigt dans sa direction. Pas de regards amoureux avec Mme Cole. Vous êtes ennemis !

Le visage de Devon s'enflamma et Cain sourit devant son embarras évident.

— C'est son mec, il fait ce qu'il veut, rétorqua DeAndrea. Et en amour comme à la guerre, tous les coups sont permis.

C'était officiel : cette fille non seulement avait très bon goût en matière de fiction, mais était également sa meilleure amie et alliée.

Des rires éclatèrent du fond de la salle. Entre-temps, une foule d'enfants et d'adultes était entrée pour assister au match.

Dix minutes plus tard, le jeu se termina sur *L'Attaque des titans* du côté de l'équipe Amène-Toi-Voir – celle de Cain –, qui battit l'équipe Ça-Va-Déchirer de cent points. Il attendit que les acclamations et les cris se calment avant de lever la main.

— En remerciement de m'avoir permis de participer, et pour Mme Cole de m'avoir invité, j'offre une soirée pizza à toute la maison de quartier.

Les enfants qui n'avaient pas participé à la compétition bondirent de joie en mêlant leurs cris à ceux des autres. Plusieurs minutes s'écoulèrent avant que Devon réussisse à les calmer. Elle leur demanda alors de rejoindre leurs parents en bas, ou de se préparer pour que le minibus du centre les ramène chez eux.

Les enfants sortirent en se tapant dans les poings ou en faisaient des high five. Quelques-uns étreignirent Cain, et son cœur se serra devant ces marques d'affection.

Lorsque la porte se referma derrière le dernier enfant, Devon se tourna vers lui, les mains jointes devant elle. Le sourire qu'elle affichait depuis une heure était resté, mais il semblait plus artificiel, et il en ressentit du regret. Elle se mit alors à ranger les tables.

— Merci pour la soirée pizza, Cain. Tu n'étais pas obligé de faire ça, dit-elle avant de glousser. Je crois que tu ne réalises pas ce que tu viens de promettre. Ces enfants ont un appétit d'ogre.

— Je me souviens de l'estomac sur pattes que j'étais à cet âge-là, surtout pour les pizzas. Mais inutile de me remercier. C'était le moins que je pouvais faire après l'agréable soirée qu'ils m'ont fait passer. Ça faisait… longtemps, murmura-t-il en l'aidant à ranger.

— C'est quoi « longtemps » ? demanda-t-elle.

Il l'observa, muet, mais elle continuait à ranger sans lever les yeux. Habitué à toujours être sur ses gardes, il ne pouvait prononcer un mot. Il attendit cependant qu'elle le regarde pour répondre.

— Je ne m'en souviens pas.

Elle l'étudia intensément, à tel point qu'il en fut mal à l'aise.

— J'en suis désolée, Cain, répondit-elle avec une compassion qui le fit tressaillir. Mais je suis heureuse que tu aies trouvé ça ici et que les enfants aient pu t'offrir ce moment.

Ce n'étaient pas seulement les enfants, avait-il envie de répondre.

Préférant se détourner d'elle – et penser à autre chose –, il se remit à ranger. La curiosité fut cependant la plus forte.

— En arrivant ici, je m'attendais à une demande de don, pas de participer à un jeu de questions-réponses. La plupart des femmes que je connais concentrent leur énergie à collecter des fonds pour des organismes de bienfaisance, ou siègent à des conseils d'administration sans se salir les mains. Que fais-tu ici, Devon ?

— J'y travaille.

Il se figea, visiblement surpris.

— Du bénévolat, tu veux dire ?

Devon esquissa un petit sourire avant de secouer la tête.

— Non, je veux dire que je travaille ici. J'ai un salaire. Je suis la coordonnatrice jeunesse de la maison de quartier.

Cain fronça les sourcils et croisa les bras sur son torse, toute son attention tournée vers elle à présent.

— Pourquoi ?

— Pourquoi est-ce que je travaille ici ? Parce que cet endroit est important pour la communauté : garderie, activités périscolaires, services essentiels aux enfants et aux personnes âgées. Le centre est un endroit sûr…

— Non, la coupa-t-il avec un geste de la main. Pourquoi as-tu besoin de travailler ici ? Tu ne me feras pas croire que Gregory ne subvient pas aux besoins de sa fille.

— Je n'ai pas besoin de ce… Non, ce n'est pas vrai. J'en ai besoin. Ici, je suis utile et j'ai un but. Il n'y a pas que ces enfants qui ont besoin de moi : moi aussi, j'ai besoin d'eux. Mais un salaire, ce n'est pas uniquement une paye. C'est surtout une assurance, de la sécurité et de la stabilité. C'est l'indépendance. J'ai gagné ce travail par mon propre mérite, et personne ne peut me l'enlever.

Une ombre passa sur son visage et assombrit momentanément ses yeux.

— Du moins pas sans que je me batte.

— Que veux-tu dire ? demanda-t-il avec suspicion. Est-ce que ton père t'a menacée de te couper les vivres ? De te mettre à la porte ? De te faire virer ?

Gregory Cole était allé jusqu'à l'illégalité pour obtenir ce mariage. L'homme n'avait aucune morale.

Elle haussa une épaule et secoua brièvement la tête avant de se diriger vers le grand bureau de la salle.

— Tout le monde est capable de tout quand les circonstances s'y prêtent, lança-t-elle avec nonchalance.

Ses mouvements crispés démentaient ce ton calme. Qu'est-ce que cela signifiait ? Faisait-elle référence à son père… ou à lui ? La culpabilité l'envahit.

Pourtant ils n'étaient ni amis ni alliés. La guerre était déclarée entre eux depuis qu'elle et son père avaient décidé de l'escroquer. Personne ne l'avait jamais accusé de se battre salement, mais il était prêt au pire pour ne plus se sentir aussi impuissant.

— Qui es-tu, Devon ? murmura-t-il avant même de pouvoir s'en empêcher.

Elle le fixa avec un regard indéchiffrable. Puis ce petit sourire, celui qui contenait une touche de mélancolie, apparut brièvement avant de disparaître.

— Tu ne veux pas vraiment connaître la réponse, Cain, dit-elle doucement.

Sur ce, sans lui laisser le temps de demander des éclaircissements, elle ouvrit le tiroir du bureau et en sortit son sac à main.

— Ma robe est dans mon bureau. Accorde-moi vingt minutes pour me changer, et je serai prête à partir.

Il acquiesça avant de la suivre sans rien dire hors de la classe.

Cette femme était une énigme. Une belle et séduisante énigme. Mais même s'il avait toujours adoré les résoudre, il valait mieux rester dans le mystère.

- 10 -

Devon jeta un regard à l'horloge accrochée au mur de l'entrée : 6 h 28.

Cain serait là d'un moment à l'autre pour l'emmener à une autre soirée – une autre représentation du couple amoureux. Elle effleura du bout des doigts sa magnifique bague en diamant princesse de quatre carats. N'importe quelle femme aurait été ravie. Élégante sans être ostentatoire, avec de petites émeraudes en forme de fleur sur l'anneau, qui ajoutaient une touche de fantaisie. C'était une bague de rêve, et elle aurait menti en disant que sa vue ne l'avait pas emplie de joie.

Mais l'instant d'après, une profonde tristesse l'avait envahie, car cette bague était un mensonge.

Un autre mensonge ajouté à la chaîne de mensonges qui l'étranglait un peu plus tous les jours. Chaque fois qu'elle la glissait à son doigt, son poids lui paraissait plus lourd ; un rappel constant de la situation sordide dans laquelle elle se trouvait à cause de son père. Elle n'arrivait même plus à respirer sans sentir l'odeur âcre et amère du mensonge.

Depuis que Cain était venu à la maison de quartier, deux semaines auparavant, et qu'il avait révélé une autre facette que celle de l'homme froid et aigri, cette mascarade devenait chaque jour plus insupportable.

Quand il lui avait demandé qui elle était vraiment… Sa gorge lui avait fait mal tant elle s'était retenue pour ne pas le supplier de voir la vraie « elle », et lui avouer qu'elle était également victime du chantage de son père. Mais elle avait jeté un regard dans la salle de classe vide en l'imaginant quelques minutes auparavant : remplie d'enfants surexcités, à l'abri des dangers de la rue, qui apprenaient en s'amusant.

Elle n'avait rien dit, car se confesser à Cain lui aurait certes fait un bien égoïste, mais garder le silence était dans l'intérêt de ces adolescents qu'elle aimait tant, du personnel qui leur était dévoué, et de la communauté qui dépendait de l'existence du centre.

Elle continuerait donc à jouer son rôle et à participer à cette comédie romantique qui frisait parfois trop la réalité.

Elle savait qu'elle n'en sortirait pas indemne, et cela la terrifiait presque autant que de perdre la maison de quartier.

La sonnette retentit, l'arrachant à ses pensées moroses. Elle passa ses paumes humides sur sa robe et alla ouvrir la porte. Pas besoin de consulter l'écran de l'Interphone : elle attendait une seule personne ce soir.

Quand elle ouvrit la porte, Cain se tenait sur le seuil. Son regard brillant croisa le sien avant de descendre sur sa robe de cocktail noire taille haute à l'audacieux décolleté carré, puis sur ses talons aiguilles attachés à la cheville par une délicate lanière. Quand son regard ardent remonta sur son visage, elle prit une profonde inspiration. La même ardeur lui chatouilla la peau et irradia son ventre, provoquant une agréable douleur entre ses jambes.

Son corps ne ressentait aucune honte dès qu'il s'agissait de cet homme. Et dire qu'il ne l'avait même pas touchée.

Pas encore.

Le corps de Devon se préparait déjà à ressentir la pression de sa puissante main au creux de ses reins ou sur sa nuque, et à sentir ses bras possessifs autour de sa taille. Chaque fois qu'il la ramenait chez elle après ces petites sorties, elle ressemblait hélas à une nouille – humide et molle de désir.

Si elle ne savait pas à quel point il la méprisait, elle aurait pu croire qu'il la torturait sciemment avec toute cette sensualité qui exsudait de lui comme des phéromones.

— Tu es magnifique, dit Cain d'une voix profonde qui lui fit l'effet d'une caresse rugueuse sur sa peau.

Ce n'était pas la première fois qu'il la complimentait, mais cela ne manquait jamais de l'étonner et de la troubler. Cain n'avait peut-être pas la réputation d'être un play-boy, mais il était régulièrement photographié en compagnie de belles femmes mondaines, et sûrement pas de petites rondes un peu naïves comme elle. Il avançait dans ce monde tel un requin nageant en eaux sombres, et elle savait pertinemment que sans le complot de son père, elle ne l'aurait plus jamais revu après les funérailles.

— Merci, murmura-t-elle en récupérant son manteau sur une chaise.

Cain s'avança et le lui prit des mains avec douceur mais fermeté, et le tint pour qu'elle puisse l'enfiler.

— Merci, répéta-t-elle en attachant la ceinture. Je suis prête.

Il lui prit le coude et la guida hors de la maison. Quelques minutes plus tard, ils étaient dans la voiture et quittaient Back Bay. Perdue dans ses pensées, Devon regardait par la vitre, mais elle réalisa rapidement qu'ils allaient dans la direction opposée du centre-ville et du vernissage. La galerie appartenait à l'un des clients de son père, qui voulait afficher sa relation avec Cain comme un étendard.

— Cain, à moins que ce ne soit un raccourci inhabituel, ce n'est pas le chemin de la galerie.

— Nous n'y allons pas.

Elle cligna des yeux et le regarda. Ou plutôt, regarda son profil, car il était concentré sur la route.

— Mais…, balbutia-t-elle.

Oh ! papa ne va pas aimer ça.

Comme s'il lisait dans ses pensées, Cain déclara :

— J'ai déjà dit à ton père que je n'étais pas du genre à accourir dès qu'on me sifflait. Si j'ai accepté quelques-unes de ses invitations, c'était parce qu'elles m'étaient bénéfiques. Ce soir, il a simplement l'intention de me faire caracoler comme un poney de concours. Et puis, j'ai d'autres plans, ajouta-t-il en lançant un autre regard indéchiffrable dans sa direction.

Son refus de se prosterner devant son père n'aurait pas dû lui paraître aussi excitant, mais aucun homme de sa connaissance n'avait jamais osé défier Gregory Cole. Au contraire, ils devançaient même ses désirs. Si Donald l'avait courtisée, c'était uniquement pour se rapprocher de lui. Avec Cain, elle n'aurait pas à se demander s'il était intéressé par elle ou par son père.

Devant la réalité de leur situation, elle se ressaisit aussitôt face à cette idée ridicule. Mais il y avait quelque chose de… libérateur dans cette pensée. Libérateur et terriblement excitant.

Pendant qu'elle réfléchissait, Cain les avait conduits à une maison – si on pouvait appeler « maison » le manoir majestueux et historique qu'elle reconnut.

— Chez toi ? demanda-t-elle en arrachant son regard de la construction monolithique pour fixer Cain avec confusion.

Sans rien dire, il descendit de voiture et contourna le capot pour ouvrir sa portière.

— Cain ? insista-t-elle en glissant sa paume dans celle qu'il lui tendait.

— Un dîner, Devon, répondit-il en refermant la portière derrière elle. Fais-moi confiance.

Oh ! non, sûrement pas.

Lui faire confiance la rendrait totalement vulnérable, et il en était hors de question.

Alors qu'il la guidait vers l'allée et les marches de l'entrée, elle fut à nouveau frappée, comme au jour des funérailles, par la dimension et la froideur de cette demeure intimidante. Depuis ses pierres blanches et ses larges baies vitrées, jusqu'aux appliques murales faiblement éclairées, et aux tourelles qui faisaient penser à un château, la demeure postcoloniale dominait le Public Garden telle une sentinelle silencieuse.

— Je n'arrive pas à croire que tu aies grandi ici, souffla-t-elle.

Elle ressemblait à une touriste émerveillée, mais tant pis. Ce n'était pas tous les jours qu'on se trouvait face à un décor tout droit sorti de *Game of Thrones*.

— Cette maison est… waouh. J'ai entendu dire (*sûrement son père*) que l'endroit appartenait à ta famille depuis des générations.

— Oui, quatre générations de Farrell ont habité dans ces pièces sacrées, répondit-il avec un sarcasme qui contrastait avec son ton plat et posé.

Elle tourna la tête pour l'étudier, mais ne vit rien. Pas de haussement sardonique de sourcil, aucun sourire moqueur si typique de lui, et pas une once d'émotion alors qu'il se tenait sous la lampe en verre près de la porte d'entrée. Juste un masque vide et impénétrable. L'estomac de Devon se tordit de malaise. Quelque chose lui échappait. Quelque chose d'important…

— Chaque génération a agrandi cet endroit ou l'a rénové. Il y a maintenant six chambres et salles de bains, quatre salles d'eau, dix cheminées, un ascenseur, une piscine chauffée sur le toit et des jardins. Il y a aussi un patio couvert, trois terrasses, une bibliothèque, un home cinéma, une salle de sport et une cave à vin.

Il énuméra tout cela d'un ton neutre et impersonnel.

— Qu'est-ce que tu y as ajouté ? chuchota-t-elle.

Il baissa la tête et croisa son regard pour la première fois depuis qu'ils s'étaient approchés de la maison.

— Rien.

La réponse sèche n'invitait à aucune question.

Le cœur de Devon cogna dans sa poitrine, et le même sombre sentiment de terreur qui l'avait submergée dans la bibliothèque, à la soirée de leurs fiançailles, resurgit et s'enroula autour de sa gorge. Parce que juste avant que Cain se détourne d'elle pour ouvrir la porte d'entrée, elle avait remarqué une lueur de tristesse dans son regard. Et elle en eut le souffle coupé.

Il y a quelque chose de pas normal, là…

Cain lui prit la main et l'entraîna à l'intérieur, dans un vestibule qui aurait fait honneur à n'importe quel palais. Sol en marbre, lustre de cristal, œuvres d'art, mobilier élégant mais peu pratique. C'était une vitrine qui témoignait de la richesse de son propriétaire. Mais Cain y semblait indifférent. Cependant, cette absence de réaction – fierté, plaisir ou admiration – pouvait être attribuée au fait qu'il avait grandi ici.

Pourtant, elle doutait que ce soit la vraie raison.

Un homme d'âge mûr vêtu d'un costume noir et d'une chemise blanche apparut soudain. Il ne devait pas mesurer plus d'un mètre soixante, mais sa posture militaire lui donnait la taille d'un géant.

— Je suis désolé de ne pas avoir été là pour ouvrir la porte, monsieur Farrell, s'excusa-t-il en tendant les bras pour leur prendre leurs manteaux. Je n'ai pas entendu la sonnerie.

— Parce que je n'ai pas sonné, Ben, répondit Cain, soudain plus chaleureux. J'ai une clé, et je suis sûr que tu as bien mieux à faire que d'ouvrir une porte que je suis tout à fait capable d'ouvrir tout seul.

Quand il posa une main sur le dos de Devon comme s'il la revendiquait, elle se rapprocha instinctivement de lui.

— Ben, je te présente ma fiancée, Devon Cole. Devon, voici Benjamin Dennis. Il est dans la famille depuis plus longtemps que moi. Et s'il m'appelle « monsieur Farrell », c'est uniquement pour toi. D'habitude c'est plus fleuri et moins flatteur, plaisanta Cain.

— Si vous le dites, monsieur, rétorqua Benjamin d'une voix traînante qui fit sourire Devon. C'est un plaisir de vous rencontrer, madame Cole.

Il inclina la tête et drapa leurs manteaux sur son bras. De l'autre main, il leur indiqua le long couloir à droite du grand escalier.

— Vos invités sont dans la grande salle.

Ses invités ? Elle fronça les sourcils. Cain n'avait-il pas parlé d'un dîner ? Elle avait cru qu'ils seraient deux.

— Merci, Ben, répondit Cain en appliquant une douce pression sur le dos de la jeune femme. Par ici, Devon.

Toujours confuse, elle enfila néanmoins son masque social : celui qu'elle portait lorsqu'elle devait discuter avec des gens qu'elle ne connaissait pas tout en comptant les secondes avant de pouvoir s'échapper.

Mais à l'instant où elle pénétra dans l'immense pièce qui aurait pu servir de salle de bal, cette façade s'effrita telle une feuille sèche sous une botte.

— Zio Marco. Zia Angela, souffla-t-elle en découvrant les visages bien-aimés de son oncle et de sa tante.

Elle cligna des yeux. Mais non, ils étaient toujours là ! Plus de rides autour de la bouche et des yeux, un peu plus de cheveux gris, mais c'étaient bien eux. N'en croyant toujours pas ses yeux de les revoir après plus de six ans, elle se tourna vers les autres personnes présentes dans la pièce.

— Carla. Beth. Manny.

Ses cousins ! Le bonheur, le choc et la peur qu'ils ne disparaissent comme par magie tourbillonnèrent en elle et grandirent en tournant de plus en plus vite jusqu'à ce que sa poitrine lui fasse mal, que sa gorge se serre et que ses yeux la piquent.

— Je n'arrive pas à y croire... Qu'est-ce que vous faites ici ?

— Devon, dit sa tante Angela, les yeux emplis de larmes alors qu'elle s'avançait en tendant les bras.

Devon courut presque vers elle et se jeta dans ses bras. Angela la serra contre elle et son odeur, un mélange de parfum et d'épices, l'étreint également, la ramenant à l'enfance. Elle ferma les yeux et pressa sa joue contre l'épaule d'Angela, les bras serrés autour de cette femme qui ressemblait tant à sa mère. Joie et chagrin pulsaient en même temps dans ses veines.

— Tu nous as tellement manqué. Tellement, dit sa tante en reculant la tête pour prendre le visage de Devon entre ses mains. Quand ton homme nous a appelés pour nous annoncer que vous étiez fiancés, et qu'il nous a invités à venir te rendre visite, comment aurions-nous pu refuser ?

Cain...

Elle repoussa doucement les mains de sa tante pour se tourner vers Cain, qui était resté sur le pas de la porte.

— C'est toi qui as arrangé ça ? Pour moi ? chuchota-t-elle.

— Arrangé ? tonna Zio Marco en se dressant aux côtés de sa femme et passant un bras autour d'elle. Il nous a tous fait venir en avion, nous a installés dans un hôtel et a fait envoyer une limousine pour nous amener ici. Il doit sacrément t'aimer pour débourser autant d'argent juste pour te voir sourire, hein ?

Mon Dieu, comme l'absence de filtre de son oncle lui avait manqué. Elle sourit, les joues ruisselantes de larmes alors que son cœur se serrait.

Il doit sacrément t'aimer pour débourser autant d'argent juste pour te voir sourire…

Si Cain avait fait cela, ce n'était sûrement pas par amour. Mais pour le moment, entourée de ses tantes, oncles et cousins bruyants, cela lui était complètement égal.

— Vous avez déjà fait la connaissance de Cain ? demanda-t-elle en tendant la main vers lui.

Leurs regards se soudèrent, et elle vit dans ses yeux une brève lueur d'émotion qui disparut avant même qu'elle puisse la déchiffrer. L'instant d'après, il s'avança à grands pas et lui prit la main en se plaçant à ses côtés.

— Je vous présente Cain Farrell, mon fiancé et la personne qui a rendu tout cela possible, dit-elle en lui serrant les doigts. Cain, voici… tout le monde.

Elle éclata de rire. Tant de joie bouillonnait en elle qu'il lui semblait impossible que son corps puisse tout contenir.

Cain salua sa famille, qui l'accueillit sans réserve ni hésitation dans son giron. Autrement dit, il fut serré dans les bras, reçut des tapes dans le dos, fut questionné sur ses goûts sportifs, et on lui demanda même s'il avait des amies célibataires. La dernière question venait de Zia Stella, qui avait trois filles à marier. Devon gloussa et s'amusa de le voir aussi dépassé.

Non, elle ne comprenait pas pourquoi il s'était donné tant de mal pour elle, mais il lui avait fait le plus beau des cadeaux : sa famille.

- 11 -

— Je ne pourrai jamais te remercier assez, répéta Devon.

Probablement pour la quinzième fois… Et elle le répéterait sûrement quinze fois de plus.

Sa famille était partie depuis cinq minutes – après des adieux bruyants et prolongés avec la promesse de se retrouver le lendemain matin avant de repartir pour le New Jersey – mais la maison de Cain semblait toujours résonner de leurs voix.

— Je n'oublierai jamais cette nuit. Je…

Elle secoua la tête, et une fois de plus, murmura :

— Merci.

— De rien, Devon.

Il l'étudia de son regard bleu-gris intense mais indéchiffrable, avant de demander :

— Ça te dirait de prendre un verre ? Sinon je peux te raccompagner chez toi maintenant.

Cette invitation n'aurait pas dû ressembler à une proposition de péché. Venant de Cain, ce n'était probablement pas le cas d'ailleurs. Mais d'en être consciente n'empêcha pas Devon de ressentir une chaude pulsation de désir. Il était tard, et si elle avait eu un iota de bon sens, elle aurait refusé ce dernier verre et serait rentrée chez elle. Mais le vin avait coulé à flots, et elle était encore étourdie du plaisir d'avoir revu sa famille. Et puis ce n'était qu'un verre. Ça ne signifiait pas qu'elle commettrait un acte qu'elle regretterait le lendemain.

— Il te reste encore du vin du dîner ? Le Moscato ?

— Bien sûr, dit-il en quittant le vestibule.

Elle le suivit dans une pièce plus petite et plus intime que celle où ils avaient passé la soirée. Deux canapés formaient un coin salon confortable avec des chaises et une table basse, une immense cheminée avec un manteau en pierre et un bar intégré. Elle se laissa tomber dans un grand fauteuil près des flammes, un verre à la main, tandis qu'il s'installait en face d'elle. Ils sirotèrent leur vin en silence pendant quelques instants, avec seul le craquement sourd du bois qui se faisait entendre.

— Tu n'exagérais pas en disant que tu venais d'une famille nombreuse et bruyante, dit finalement Cain.

Devon gloussa doucement.

— Et franchement, je pense qu'ils se sont refrenés pour ne pas t'effrayer avant le mariage.

À l'instant où les mots quittèrent sa bouche, elle grimaça intérieurement. *Avant le mariage* parut résonner à l'infini dans la pièce. Ce n'était pas ce qu'elle avait voulu dire, d'autant plus qu'elle n'avait toujours pas renoncé à trouver une échappatoire à cette situation. Mais comment accomplir cet exploit ? Elle scruta le fond de son verre comme s'il contenait la solution.

— Personne n'a évoqué ton père. Ils n'ont pas semblé trouver étrange qu'il ne soit pas là, ajouta-t-il en l'observant.

Un autre sujet miné.

Je ne veux pas parler de lui. Pas ici et pas maintenant, cria-t-elle intérieurement.

Mais Cain avait abordé le sujet, et après tout ce qu'il avait fait pour elle, elle ne pouvait pas l'ignorer.

— Je ne suis pas surprise, admit-elle doucement en tournant son attention vers la cheminée pour qu'il ne puisse pas voir son expression honteuse. À une époque, nous étions très proches. Bien que nombreux, on se voyait souvent : vacances, anniversaires, communions, remises de diplôme, ou juste pour passer du temps ensemble. Nous étions particulièrement proches d'oncle Marco et de tante Angela, la sœur aînée de ma mère, car on vivait dans le même duplex. Mais ça a changé après la mort de maman. Tout a changé, murmura-t-elle.

Elle prit une gorgée fortifiante, et inspira profondément avant de poursuivre :

— J'ai perdu ma mère, et j'ai aussi perdu mon père. C'était un vrai boute-en-train à l'époque. Il était aussi protecteur qu'aimant. Je n'aurais pas pu rêver d'un meilleur père. Mais après la mort de maman, il est devenu colérique, sévère et obsédé par le travail. C'était comme s'il avait transféré tout son amour et son chagrin dans son entreprise. Avec le recul, je pense qu'il s'est plongé dans le travail pour se détacher de sa vie d'avant. Puisqu'il ne pouvait pas l'avoir, il a construit une vie radicalement différente de celle qu'il avait eue avec elle.

Derrière sa joie ce soir se cachait une tristesse douce-amère pour tous ces souvenirs. Pour tout ce qu'elle avait perdu, et pour la distance qui s'était créée entre elle et sa famille par loyauté mal placée envers son père. Il l'avait forcée à choisir ; elle avait choisi son parent restant.

— Plus l'entreprise de papa grandissait, plus il s'éloignait de notre famille. D'abord, ça a été le déménagement du duplex, puis de Plainfield et enfin du New Jersey. Il les a coupés de sa vie aussi efficacement que s'il s'était tranché un membre, car ils ne correspondaient plus à l'image que Gregory Cole voulait renvoyer et à l'empire qu'il avait créé.

— Et toi ? Il a décidé de se débarrasser d'eux, mais et toi ? demanda Cain en se penchant en avant et en posant ses coudes sur ses cuisses, son verre à la main.

Elle se concentra sur ces mains pour ne pas voir la condamnation dans ses yeux.

— Je n'y étais pas obligée, dit-elle d'une voix rauque de culpabilité et d'embarras. Mais mon père n'avait que moi. Ma mère était morte et il s'était coupé de la famille, même si c'était de sa propre décision. Il n'y avait plus que nous deux, et…

Elle déglutit avec peine et lutta pour ne pas sortir sa réponse habituelle qui dédouanait son père. Après un souffle tremblant, elle lui avoua finalement la vérité.

— Et j'ai promis à ma mère sur son lit de mort de prendre soin de mon père. Je ne pouvais donc pas l'abandonner, même si lui avait abandonné sa famille.

Même s'il m'avait abandonnée, moi.

— Je n'ai pas connu ta mère, mais d'après la façon dont tes tantes et oncles parlaient d'elle au dîner, j'ai l'impression de la cerner un peu. Une femme qui aimait cuisiner de grands repas pour toute la famille, qui ne vivait que pour son mari et son enfant, et qui faisait tout pour faire de leur vie un paradis… Une femme partie il y a seize ans, dont sa famille parle encore avec tant d'amour et révérence… Cette femme n'aurait pas voulu que sa fille ne connaisse pas la sécurité et le bonheur d'avoir une famille. Et elle n'aurait pas voulu que tu portes le poids des décisions de ton père ou que tu te les appropries. Aucun enfant – qu'il ait deux ou quatre-vingt-deux ans – ne devrait être placé dans cette horrible et injuste situation.

Elle le fixa en tremblant. Une objection automatique brûla ses lèvres, mais le désespoir la fit taire. Un désespoir pour ses mots auxquels elle ne demandait qu'à s'accrocher afin d'être libérée.

Fermant les yeux, elle voulut que la douleur s'éloigne. Ses doigts se resserrèrent autour du verre à vin et, par peur de le briser, elle le posa sur la table basse.

— Devon, regarde-moi, ordonna-t-il doucement.

Son ton était doux, mais inflexible, et elle ne put faire autrement que de s'y soumettre.

— Quand j'ai appelé ta tante, sais-tu ce qu'elle a dit quand je me suis présenté ?

Elle secoua la tête, incapable de parler. À la lueur du feu, le regard brillant de Cain s'adoucit.

— Elle a dit qu'elle attendait ce coup de fil depuis longtemps. Qu'elle ignorait de qui et quand cela viendrait, mais qu'elle n'avait jamais douté qu'un jour elle te retrouverait. Il n'y avait ni amertume ni ressentiment. Juste la joie de te revoir. Chérie, ajouta-t-il avec douceur. Ils ne te font aucun reproche. Alors arrête de culpabiliser.

— Pourquoi as-tu fait ça ? laissa-t-elle échapper.

Premièrement, parce que la question l'avait taraudée durant toute la soirée. Et deuxièmement, elle avait besoin d'une distraction pour ne pas lui demander de la serrer contre lui.

Il était la dernière personne à qui elle devait demander du réconfort, mais il était le seul qu'elle voulait. Elle se trouvait pathétique.

— À la maison de quartier, tu m'as offert quelques instants de bonheur. Peut-être que je voulais te rendre la pareille. Ou bien…

Il tourna son regard vers la cheminée, et elle vit le tressautement d'un muscle sur sa mâchoire.

— Cette maison n'a jamais été… joyeuse. Peut-être que c'était par égoïsme et que je voulais simplement voler une petite parcelle de ce que tu as avec ta famille. Même pour un court moment.

Elle se souvint de son expression froide et de son regard triste quand ils étaient arrivés chez lui. Que s'était-il passé ici ?

Je ne m'en souviens pas. Ça avait été sa réponse quand

elle lui avait demandé depuis combien de temps il ne s'était pas vraiment amusé. Pour quelqu'un possédant autant de richesse, de pouvoir et de sang bleu, il semblait si isolé et solitaire.

Ce n'était pas juste. Cet homme qui avait fait plaisir à tant d'enfants en envoyant plusieurs dizaines de pizzas à un centre de loisirs devait recevoir autant de gentillesse en retour. Cet homme qui renonçait à son propre bonheur et à son avenir pour protéger sa mère de l'humiliation devait bénéficier de la même protection. Cet homme qui avait réuni sa famille juste pour lui apporter du bonheur méritait cette même joie.

Même pour un court moment, comme il l'avait dit.

Son cœur se mit à tonner et son sang rugit à la vie dans ses veines. Devon pouvait faire ça pour lui.

Elle le fixa : son léger froncement de sourcils, la frange épaisse de ses cils qui masquaient les émotions de ses beaux yeux, la courbe audacieuse de sa bouche ferme…

Elle avait besoin de faire ça pour lui.

Le souffle court, elle glissa lentement de sa chaise. Puis plus bas, à genoux.

Comme si Cain avait perçu son mouvement dans sa vision périphérique, il tourna brusquement la tête et étrécit son regard de loup sur elle. La surprise brillait dans les profondeurs lumineuses de ses yeux. Une surprise et une faim telles qu'elles en réchauffèrent la peau de Devon, et durant un instant, elle hésita.

Cette intensité la consumerait-elle ? La réduirait-elle en cendres ?

Oui, fut la réponse immédiate et sans équivoque qui fusa dans sa tête.

Et ce serait entièrement sa faute. Elle connaissait la conséquence de jouer avec le feu. Elle n'avait qu'à s'arrêter tout de suite avant d'aller trop loin. Se rasseoir à sa place et tenir le vin pour responsable…

Elle continua à avancer sur ses genoux.

Il ne fit pas un mouvement, à part sa respiration qui s'accéléra. Avait-il senti le désir qui l'irradiait de l'intérieur ? La question était idiote, mais avec ce désir qui l'attirait vers lui telle une ficelle invisible, elle préféra ironiser afin de ne pas penser au risque qu'elle prenait de se faire dévorer.

La courte distance entre leurs chaises sembla s'étendre sur des kilomètres, mais elle finit par l'atteindre. D'une légère pression sur ses genoux, elle lui écarta les cuisses. Il se laissa faire, et ses muscles se détendirent au moment où il s'ouvrait lentement à elle. Ce ne fut qu'une fois enserrée par ses jambes qu'elle s'arrêta.

Elle glissa alors ses bras autour de sa taille et pressa sa joue contre son large et solide torse.

Cain se raidit, mais elle ne se découragea pas. Le désir continuait de palpiter en elle, mais plus que sentir sa bouche sur elle, elle voulait le tenir contre elle. Elle avait besoin de lui offrir le réconfort qu'il lui avait procuré de manière si désintéressée. Et qu'il l'admette ou non, il avait besoin d'être serré dans les bras.

Puis, lentement, les bras de Cain se levèrent et s'enroulèrent autour d'elle. La serrèrent, s'accrochèrent.

Son puissant corps se courba sur elle, l'abritant alors même qu'il s'accrochait à elle. Comme elle était petite, il était presque plié en deux. La position ne devait pas être confortable, mais il ne la lâcha pas. Au contraire, il enfouit son visage dans son cou et respira avec force. Elle ferma les yeux et se concentra sur la puissance du corps qui l'entourait. Sur le parfum frais de terre et de bois qui emplissait son nez.

Un gémissement inarticulé monta en Cain. Devon en

sentit la vibration avant même de l'entendre. Il se dégagea alors de son étreinte et lui lança un regard noir, le visage tendu, les traits tirés et les lèvres pincées.

— Que veux-tu de moi ? cracha-t-il en haletant comme s'il venait de courir sur une grande distance.

— Qu'est-ce que tu es prêt à donner ? demanda-t-elle, nullement intimidée par son changement brusque d'humeur.

Une douce voix dans sa tête l'avertit qu'elle se transformait en une de ces personnes prêtes à se contenter de miettes, mais elle la fit taire pour ne pas avoir à affronter la vérité.

— Rien, gronda-t-il en enfonçant ses doigts dans les boucles attachées de Devon et les libérant. Tout, ajouta-t-il d'un ton plus rauque et furieux.

Furieux après lui ou elle ? Elle n'aurait su le dire, mais en sentant les doigts de Cain tirer sur son cuir chevelu et l'aspirer dans les profondeurs du plaisir, elle cessa de s'interroger.

— Et qu'es-tu prête à me donner, Devon ? demanda-t-il en posant une main sur sa clavicule avant de remonter vers sa gorge, son menton et ses lèvres, allumant un feu en elle. Son autre main enfoncée dans ses cheveux tira sa tête en arrière. Il posa ses lèvres sur son cou ainsi offert avant de glisser son doigt dans la bouche de Devon et l'humidifier sur sa langue pour en peindre sa peau tremblante.

— Tout ce que je peux, murmura-t-elle avec une honnêteté brute.

— Je le prends, dit-il en écrasant sa bouche sur la sienne.

Elle s'ouvrit à lui en gémissant et accueillit sa langue avec empressement. Il était comme un homme affamé devant la seule nourriture disponible ; aucune douceur, juste de la faim et du désespoir.

Elle s'écarta afin de reprendre sa respiration mais il la suivit, recouvrant à nouveau ses lèvres meurtries des siennes. La main qui n'agrippait pas ses cheveux se posa sur son cou et l'enserra en imitant la caresse de la bibliothèque. Et juste comme ce soir-là, le désir embrasa Devon, plus brûlant et lumineux. Ses mamelons se durcirent sous sa robe, et elle prit ses seins en coupe afin d'en soulager la douleur.

— C'est si beau, dit Cain en fixant ses mains.

Il la prit par les bras et la releva. Instinctivement, Devon s'accrocha à ses épaules, mais il lui emprisonna les poignets et ramena ses mains sur sa poitrine.

— Ne t'arrête pas, ordonna-t-il en attendant qu'elle se caresse à nouveau.

Son regard brûlant ne fit qu'augmenter le désir qui faisait rage en elle. Elle laissa échapper un gémissement et frotta ses pouces sur les pointes durcies de ses mamelons, à peine consciente qu'il lui retirait ses chaussures et abaissait sa fermeture Éclair. Au contact de l'air sur son dos, elle haleta. Il baissa ses manches le long de ses bras, et son soutien-gorge suivit rapidement. Quelques secondes plus tard, elle était à moitié nue devant lui.

Elle se fit vaguement la réflexion qu'elle aurait dû ressentir une certaine gêne d'être si nue et vulnérable. D'autant plus que sa silhouette ne ressemblait en rien à celle des femmes qu'il fréquentait. Mais le désir présent dans ses yeux bleu-gris alors qu'il admirait ses seins chassa ses doutes et ses craintes.

Il la voulait.

Peu importe ce qui les avait réunis. Peu importe combien il lui en voudrait plus tard… Il la désirait !

Et pour l'instant, cela ferait l'affaire, car il le fallait. Pour eux deux.

— Tu es si belle, murmura-t-il en caressant sa taille et s'arrêtant sous ses seins.

Il se pencha pour poser ses lèvres sur sa mâchoire, et remonta jusqu'à son oreille.

— Demande-moi de te toucher, chérie. Demande-moi de nous donner ce qu'on veut tous les deux.

— Touche-moi, lui intima-t-elle sans crainte ni hésitation. Donne-nous ce qu'on veut. Et ne te retiens pas.

Si cette nuit était tout ce qu'ils pourraient avoir avant de retourner dans leurs camps opposés, elle voulait n'avoir aucun regret.

Elle voulait tout ce qu'il lui avait promis.

Un grondement monta en lui tandis qu'il posait ses mains sur ses seins et les revendiquait.

— J'avais raison, dit-il en pressant sa chair, comme pour la mouler et la modeler.

Devon se mordit la lèvre inférieure afin de retenir le petit cri qui se pressait dans sa gorge, et enfonça ses ongles dans les avant-bras de Cain.

— Tu remplis mes mains. Je ne compte plus le nombre de fois où je me suis réveillé, le poing autour de mon sexe en imaginant cette scène. Je me demandais si mon imagination se rapprochait de la réalité. Ce n'était pas le cas. La réalité est bien meilleure.

Avant qu'elle puisse se remettre du fait qu'il rêvait d'elle, il avait à nouveau posé sa bouche sur elle, mordant, suçant, léchant et passant ses dents sur sa peau. Elle se pressa contre lui et le griffa, la tête rejetée en arrière alors que chaque coup de langue, chaque succion de ses seins perlés et trop sensibles résonnait dans son sexe.

Elle avait toujours l'acte sexuel agréable, mais ça… Cain l'emmenait aux cimes de l'orgasme. Elle n'aurait jamais imaginé qu'il était possible de jouir de la bouche d'un homme sur ses seins.

Mais Cain n'était pas n'importe quel homme.

Sa bouche vorace se détacha un instant d'elle, laissant

l'air frais taquiner sa chair humide alors qu'il s'attaquait à l'autre mamelon douloureux. Elle ne pouvait plus s'arrêter de gémir et, le buste arqué vers lui, elle le laissa tout prendre. Sans un mot, elle le supplia de continuer.

Cain ne se retint plus, et quand son sexe moite se contracta, elle en fut la première surprise. Elle haleta et cria, ses cuisses se resserrèrent et ses hanches ondulèrent quand le plaisir monta et explosa en elle.

À bout de souffle, elle se mit à trembler, pas seulement à cause de l'orgasme, mais aussi du choc. Cela ne lui était jamais arrivé. Et soudain, une idée désespérante se fraya un chemin dans sa tête. Le sexe ne serait plus pareil après cela. Il avait changé la donne pour toujours en lui apprenant des choses sur elle et son corps qu'elle-même ignorait. À partir de maintenant, Cain serait sa référence pour tous les hommes à venir.

Et elle craignait bien que personne ne puisse être à la hauteur après cela.

Son rire rauque lui caressa la peau alors qu'il levait la tête, les lèvres légèrement humides. Ses yeux brillaient de convoitise, mais aussi d'une satisfaction intense.

— Mais ce n'est pas suffisant, n'est-ce pas, chérie ? demanda-t-il d'un ton ronronnant tandis que ses pouces continuaient à exciter ses mamelons. Ça a juste soulagé la tension.

Impuissante, elle hocha la tête. Parce que, bon sang, il avait raison.

Il l'embrassa à nouveau, et sa langue plongea profondément en elle, effaçant toute pensée en dehors du brasier qu'il avait allumé. Chaque assaut était une promesse explicite de ce qu'il lui réservait. Elle s'abandonna et glissa ses mains dans ses cheveux, les agrippant et lui faisant pencher la tête afin de prendre aussi sa part. Son sombre grondement l'informa de son approbation.

Soudain Cain enroula ses bras autour d'elle et la souleva pour l'allonger sur le sol recouvert d'une épaisse moquette. Le temps qu'elle réalise, il avait achevé de la déshabiller. La culotte en dentelle noire suivit rapidement, exposant sa peau à la chaleur des flammes et au regard brûlant de Cain.

Elle frissonna et fut prise d'une pudeur tardive. Une main se posa nerveusement sur sa poitrine – ce qui n'avait aucun sens étant donné qu'il venait de la lécher et de l'embrasser à cet endroit – et l'autre sur son ventre arrondi, tout près de son intimité humide et gonflée. Elle était si exposée, si nue et vulnérable, et ce fait était accentué par le costume qu'il portait toujours. Il l'avait débarrassée de son armure et avait exposé toutes ses imperfections et ses insécurités, mais était resté plus protégé et en sécurité que jamais.

— Déshabille-toi, chuchota-t-elle d'une voix cassée.

Elle n'avait pas prévu de donner cet ordre, et lui de le recevoir, à en croire son immobilité. Si elle en croyait le rétrécissement de ses yeux, peut-être même qu'il n'appréciait pas. Mais elle ne revint pas sur ses paroles : ce soir, ils devaient être sur un pied d'égalité. Elle n'accepterait rien de moins.

— Le costume, précisa-t-elle. Enlève-le.

Elle paniqua en voyant qu'il ne bougeait pas. Était-elle allée trop loin ? Allait-il la laisser là et s'en aller ? Un homme si habitué au pouvoir et au commandement n'appréciait probablement pas qu'on tente de lui arracher le contrôle. Eh bien, ça ferait mal, mais tant pis. Ce soir il s'agissait de leurs désirs à tous les deux, et pas seulement les siens.

Les inquiétudes de Devon se dissipèrent quand elle le vit porter la main à sa cravate et desserrer le nœud. L'accessoire vola au sol, suivi de sa veste, de sa chemise et du reste de ses vêtements. À la vue de son torse et de ses larges et puissantes épaules, elle déglutit, la gorge nouée par le plus brut et primitif des désirs.

Il était parfait.

Une sculpture, un guerrier prêt au combat.

Et il est à moi le temps de cette nuit.

Elle aurait dû être terrifiée par la façon dont ces mots résonnaient en elle, mais au contraire, ses doigts la démangeaient de toucher ce magnifique corps.

Quand il porta les mains à son pantalon, son regard intense posé sur elle la paralysa. Il fit glisser le vêtement le long de ses cuisses musclées, et elle eut à peine le temps de se repaître de sa vue qu'il baissait également son boxer noir.

Oh ! mon Dieu…

Dépouillé de la fine couche de civilité de ses vêtements, un magnifique animal primal était révélé. Ses costumes ne faisaient que diminuer la puissance de son grand corps nu, se dit-elle, admirative. Même cette partie intime de lui – presque brutale avec cette épaisse colonne de chair – était magnifique. Devon saliva à l'idée de le goûter, afin de voir si la virilité qui émanait de lui avait une saveur particulière…

Sans s'en rendre compte, elle se redressa en prenant appui sur ses coudes afin de tester sa théorie, mais il s'agenouilla entre ses jambes et pressa une paume sur son épaule pour l'inviter à se rallonger. Une traînée de baisers sur son cou, des lèvres égarées sur ses mamelons, une caresse de son ventre, un coup de langue sur ses hanches… La panique monta rapidement alors qu'elle commençait à comprendre. Elle chercha ses épaules, mais il était déjà hors de sa portée.

D'après son expérience, le sexe oral était une corvée pour les hommes. De son côté, cela n'avait jamais été une expérience particulièrement agréable, car leur impatience l'empêchait d'en profiter réellement. L'idée de décevoir Cain par son absence de réaction l'affola. Pourquoi ne pouvaient-ils pas aller directement à l'essentiel ? Lui en elle…

Oh…

Cain parcourut son sexe de sa langue avec une lenteur décadente, et encercla son clitoris. Le plaisir la traversa et lui fit involontairement lever les hanches afin d'aller à la rencontre de sa langue. Un gémissement lui échappa, et un frisson parcourut son corps.

— Tu as si bon goût, marmonna Cain en l'aspirant à nouveau, et encore. La seule chose que je voulais plus que ça, c'était de m'enfoncer profondément en toi… et respirer. Si je pouvais avoir ça tous les jours…

Un autre coup de langue avant de poursuivre :

— La respiration n'est pas non plus si importante.

Ses mots tourbillonnèrent dans l'esprit de Devon et résonnèrent dans sa poitrine alors que la bouche de Cain l'ensorcelait à nouveau. Elle s'agrippa à ses cheveux pendant qu'il se régalait d'elle, et quand son bas grondement vibra contre sa chair, elle réalisa qu'il y prenait plaisir aussi.

Il revendiqua chaque centimètre d'elle par ses coups de langue et ses succions gourmandes, et elle s'abandonna à l'extase.

— Cain, le supplia-t-elle.

En réponse, il l'aspira dans sa bouche et suça avec force tout en enfonçant un doigt en elle.

Elle vola en éclats, déchirée par le plaisir. Son cri perçant résonna dans la pièce, mais elle n'en fut pas gênée. Comment aurait-elle pu, quand elle expérimentait un plaisir si différent de tout ce qu'elle avait connu ? Elle pouvait à peine respirer tandis que son corps tremblant s'apaisait.

Un doux sentiment de léthargie ramollit ses muscles, mais la vue de Cain, qui sortait son portefeuille de la poche intérieure de sa veste pour en retirer un petit sachet en aluminium, l'enflamma à nouveau.

Ses yeux la fixèrent avec une lueur presque impie. Il enfila le préservatif et elle tendit les bras vers lui, l'invitant. L'accueillant.

Les mains posées de chaque côté de ses hanches, il remonta le long de son corps et s'arrêta une fois au niveau de sa bouche. Quand il écrasa ses lèvres sur les siennes, et lui fit goûter sa propre saveur, elle ne résista pas et prit tout.

— Demande-moi de te faire mienne, gronda-t-il contre elle.

Elle enroula ses bras autour de son cou et ondula du bassin avec désespoir.

— S'il te plaît, gémit-elle en alternant coups de dent et baisers sur son menton et sa lèvre inférieure. Fais-moi tienne. Fais disparaître le vide.

À peine cela dit, il plongea en elle. L'étirant, la remplissant. La marquant au fer rouge.

Rien n'aurait pu la préparer à lui. À sa force, à sa puissance. À ce sentiment d'achèvement.

— Respire, chérie, lui chuchota-t-il à l'oreille.

Elle relâcha le souffle qu'elle n'avait pas conscience de retenir.

— Ça va ? demanda-t-il en déposant un baiser sur son front, l'arête de son nez et enfin, sa bouche. Je ne bougerai pas tant que tu ne me le diras pas.

Elle remua sous lui, et oh, mon Dieu.

— *Bouge*, haleta-t-elle en enroulant ses jambes autour de sa taille et en ondulant sous lui. Maintenant.

Comme si les rênes de son contrôle s'étaient brisées, il se retira entièrement d'elle, avant de s'enfoncer avec force, la faisant crier de plaisir.

— C'est si bon, souffla-t-elle. C'est trop bon.

— Ce n'est jamais trop bon, susurra-t-il en entamant un langoureux va-et-vient.

Il écrasa sa bouche contre la sienne au moment même où son sexe dur comme de l'acier plongeait en elle. Il la pénétra, la chevaucha, la modela pour qu'elle ne soit qu'à lui, ne veuille plus que lui. Alors qu'elle se tordait sous lui de plaisir, elle sut avec certitude qu'il l'avait irrévocablement marquée. Personne ne lui avait jamais donné le sentiment de mourir et de renaître dans un même instant.

Elle enfonça ses ongles dans ses épaules et poussa un gémissement qu'il avala. Jamais elle ne pourrait survivre à cette expérience. Elle n'en sortirait pas intacte en tout cas. Mais alors qu'il passait une main sous ses genoux et poussait ses jambes vers sa poitrine afin de pouvoir s'enfoncer plus profondément, cela lui fut complètement égal.

— Cain, cria-t-elle en rejetant la tête en arrière. S'il te plaît.

— Regarde-moi, gronda-t-il en lui prenant le menton afin qu'elle voie son regard illuminé de désir. Regarde-moi quand tu jouis.

Elle s'abandonna dans cet ordre sombre et un dernier coup de reins puissant. Elle lâcha prise et se brisa en tant de morceaux qu'elle aurait dû en avoir peur. Mais elle ne ressentait que du plaisir… et un sentiment de liberté.

Elle tomba dans l'abîme, et alors que Cain se raidissait pour la suivre dans l'extase, elle sut qu'ils ne seraient pas seuls.

Du moins pour cette nuit.

- 12 -

Cain était si concentré sur la route que les pointillés blancs de la ligne finirent par se brouiller. À une heure du matin, Boston n'était peut-être pas endormi mais il y avait peu de circulation entre Beacon Hill et Back Bay. Le trajet n'excédait pas une dizaine de minutes, mais entre la femme silencieuse assise près de lui et l'ambiance tendue, le temps lui paraissait comme une éternité.

Il ignorait s'il voulait arriver au plus vite ou que ce moment se prolonge jusqu'à ce que se dissipe la confusion, les remords, la culpabilité et le désir qui menaçaient de le briser.

Il n'aurait jamais dû la toucher, poser sa bouche sur elle et s'enfoncer dans son doux corps étroit qui l'avait à la fois bercé et étranglé, caressé et meurtri. Vidé et nourri.

Devon avait ensorcelé non seulement son corps mais aussi son esprit. Elle l'avait laissé aussi faible qu'un poulain qui venait de naître. Quand il s'était retiré d'elle, en regrettant déjà la perte de sa chaleur accueillante, il s'était senti vivant. Pour la première fois depuis… Il l'ignorait. Son sang avait chanté dans ses veines comme s'il revenait d'une longue bataille. Il s'était senti euphorique, mais également en paix.

Il avait déjà eu des relations sexuelles, et elles avaient été agréables, divertissantes, parfois même libertines. Mais jamais il n'avait été empli de reconnaissance, ne s'était senti aussi confus.

Ses précédentes expériences avaient rarement commencé par une étreinte émouvante après avoir avoué ses secrets, ses désirs et ses peurs.

Il était vrai qu'il n'avait encore jamais couché avec Devon Cole.

Cela ne devait plus se reproduire.

Il avait baissé sa garde et s'était rendu vulnérable, ce qui était impardonnable. Avec n'importe quelle autre femme, le sexe aurait été une libération naturelle et biologique. Mais Devon n'était pas n'importe quelle femme. Elle était la fille de l'homme qui le faisait chanter et qui menaçait sa mère. Elle était la complice des machinations de son père, et même si elle n'avait pas lancé l'ultimatum, elle profitait de la malhonnêteté de Gregory.

Cain ne pouvait pas le pardonner ou l'oublier. Il était entré dans le jeu joué par Devon le jour de l'enterrement, mais il ne ferait plus cette erreur. Barron avait commis une multitude de péchés – martyriser son fils, tromper sa femme, abandonner et cacher des enfants – mais il n'avait pas élevé un imbécile.

— Je sais que tu regrettes déjà d'avoir couché avec moi, dit Devon d'une voix basse et rauque qui sonna comme un coup de canon dans le silence de la voiture.

Il détourna son attention de la route et la regarda. Mais Devon était tournée vers la vitre et lui offrait la vision de ses longs cheveux retombant sur ses épaules et son dos.

— J'ai juste une question à te poser, ajouta-t-elle.

— Qu'est-ce que c'est ? demanda-t-il sans contredire son affirmation précédente.

Le tissu bruissa, et quand il la regarda à nouveau, elle s'était tournée vers lui. Des ombres dansaient sur son visage, la plongeant tour à tour dans l'obscurité et la lumière des réverbères, mais son expression calme et posée ne trahissait aucune pensée.

La poitrine de Cain se gonfla de ressentiment, mais il réprima ce sentiment. Pourtant, il ne pouvait nier qu'il aurait aimé la voir aussi agitée et fébrile que lui.

— Une fois, tu as énuméré tout ce que je n'obtiendrai pas de ta part dans cet… arrangement. La fidélité en faisait partie.

Elle inspira, et Cain réprima l'envie de passer sa main autour de sa nuque et de l'attirer à lui. Il serra le volant pour s'en empêcher.

— Ce soir, est-ce que tu m'as utilisée pour te venger de mon père ? Dois-je me préparer à ce que tu lui jettes notre aventure au visage ? Parce que si c'est le cas, je…

— Mettons les choses au clair, chérie, l'interrompit-il d'une voix grondante. Ton père utilise les femmes comme des pions, mais pas moi. Tu étais sous mon corps, Devon. Tu as joui pour moi. Mon seul objectif ce soir, c'était de m'enfoncer aussi loin que possible en toi, et ça n'avait rien à voir avec ton père.

Une seconde de silence tonitruant s'ensuivit, si lourde et intense de désir que le sexe de Cain durcit.

Il était le seul à blâmer. Il n'aurait jamais dû dire qu'elle avait joui pour lui, car à présent il sentait à nouveau les spasmes de ses muscles intérieurs autour de lui, et il mourait d'envie de les revivre.

— Je te crois, murmura-t-elle.

— Alors tu es une imbécile, dit-il sèchement en la foudroyant du regard. Toi et moi ne sommes pas amis. Nous ne sommes pas amants. Ce soir, il ne s'agissait peut-être pas de ton père mais ça ne veut pas dire que je ne vais pas le détruire et te nuire. Ne me crois pas et ne me fais pas confiance, parce que je ne vous fais absolument pas confiance, à toi et à Gregory.

Il passa une main dans ses cheveux en serrant les dents. Le mot « mensonge » résonna dans sa tête. Son père avait été un être impitoyable et sans aucune pitié pour les innocents. Caìn avait toujours voulu ne pas lui ressembler.

Mais elle n'est pas innocente.

Des images d'elle lui traversèrent l'esprit : dans les jardins, à la maison de quartier, elle s'approchant à genoux. Cette Devon était en contradiction avec la femme qui avait gardé le silence chez Gregory, quand Cain lui avait demandé de s'opposer à son père. Elle n'avait rien fait alors. Ces dernières heures n'avaient fait que lui prouver que, certes, elle le désirait, mais qu'elle désirait plus que tout porter le nom Farrell.

Il se sentait… fatigué.

— Je ne suis pas naïve, Cain, dit-elle en se retournant vers la vitre.

Il détestait ce ton égal qui ne trahissait aucune douleur.

— Je t'ai uniquement donné mon corps ce soir. Rien d'autre. Je ne suis pas une imbécile, même si je l'ai été à une époque. Mais je te remercie de me rappeler ce qui pourrait m'arriver si je l'oubliais.

De quoi parles-tu ? Qui t'a fait du mal ? Que s'est-il passé pour que tu parles d'une voix si creuse ?

Un déluge de questions l'assaillit, mais il les repoussa. Il n'avait pas le droit de lui demander, même s'il ne pouvait s'empêcher de se sentir déchiré par une sombre émotion : la jalousie.

Il ne chercha même pas à le nier. La bête tapie en lui exigeait qu'elle lui donne le nom de cet autre homme, et qu'elle lui dise si elle l'avait aimé.

Cain passa une main sur son visage. Il n'avait aucun droit sur elle, quel que soit le contrat que son père et Gregory avaient signé.

— Bien, dit-il en se garant devant chez elle. Nous

sommes d'accord, alors. Cette soirée était une erreur que nous ne devons plus répéter.

Il y avait déjà suffisamment de complications dans sa vie, entre des frères qu'il connaissait à peine, une entreprise à diriger et un héritage à sauver.

Ainsi qu'une demeure semblable à un mausolée, remplie de fantômes de son passé.

Pas besoin d'y ajouter une fascination malvenue pour une femme aux yeux d'émeraude, au visage de Joconde et aux courbes de déesse.

— Bien sûr, déclara Devon. Comme d'habitude. Nous savons tous les deux comme je suis douée pour suivre les ordres.

Le commentaire faisait référence à la façon dont elle se conformait si facilement aux désirs de son père, mais le corps de Cain ne l'interpréta pas ainsi.

Ne t'arrête pas.

Respire, chérie.

Regarde-moi quand tu jouis.

Le désir le submergea quand il se souvint de la douceur avec laquelle elle lui avait obéi. De même que lui.

Déshabille-toi.

Ses paroles rauques et sensuelles résonnèrent dans ses oreilles, et il se raidit contre la vague de désir qui s'abattit sur lui.

Distance et espace. Distance et espace.

Les deux mots devinrent son mantra alors qu'il contournait la voiture pour ouvrir la portière à Devon. Mais celle-ci s'était déjà précipitée hors de la voiture et se dirigeait vers le perron de sa maison.

— Tu n'as pas besoin de me raccompagner jusqu'à la porte, objecta-t-elle de cette voix froide qui lui faisait grincer des dents.

— Je te raccompagnerai jusqu'à la porte, Devon,

gronda-t-il en posant une main au creux de ses reins avant de la retirer.

Mieux valait ne pas tenter le diable en la touchant. Pas quand il pouvait encore sentir sur lui l'odeur de leurs parfums mêlés.

— Tu n'es pas un coup d'un soir dont on se débarrasse à la va-vite.

— Je ne suis pas une amie. Je ne suis pas une amoureuse. Et voilà que je ne suis pas un coup d'un soir, dit-elle en sortant sa clé de son sac à main et en la glissant dans la serrure. Je commence à me demander ce que je suis.

Elle posa la main sur la poignée de porte, mais Cain lui saisit le coude et l'arrêta.

Elle ne se retourna pas, et il ne la força pas à le faire, mais il s'approcha jusqu'à ce que son torse se presse contre son dos et que son sexe érigé se dresse contre la courbe de ses fesses. Il serra les mâchoires contre le plaisir et la douleur de ce contact. Contre l'animal insatiable en lui qui rugissait en réclamant plus.

— Tu es une indésirable, magnifique et séduisante complication, gronda-t-il.

Puis il recula et s'éloigna de la tentation. De toute l'influence qu'elle avait sur sa volonté et sur son corps.

Sans se retourner, il descendit les marches et se dirigea vers sa voiture. Une fois à l'intérieur, il regarda Devon, debout dans l'embrasure de la porte. Avec la distance et la pénombre, il ne pouvait pas déchiffrer les traits de son visage, et elle ne pouvait pas distinguer son regard à travers les vitres fortement teintées, mais à l'instant où il la vit, elle rentra et referma la porte derrière elle.

S'enfermant à l'intérieur et se coupant de lui.

- 13 -

C'était un crime de se lever à 8 heures un dimanche matin, mais prendre le petit déjeuner avec sa famille avant leur départ pour le New Jersey en valait largement la peine.

Excitée et heureuse, Devon sourit en enfilant sa veste et en descendant les marches. Elle venait de parler à sa tante, mais face à la volubilité et la bonne humeur de celle-ci, elle avait dû s'excuser et raccrocher afin de ne pas arriver en retard à leur rendez-vous.

Lorsque Zia Angela lui avait donné le nom de leur hôtel, Devon avait ravalé un hoquet de surprise. L'hôtel cinq étoiles que Cain leur avait réservé accueillait les personnes les plus riches et les plus célèbres. Malgré la façon dont leur soirée s'était terminée la nuit dernière, elle lui était si reconnaissante de s'être si bien occupé de sa famille.

Devon préféra ne pas penser à ce retour froid et gênant à la maison. Aussitôt après l'amour, Cain avait semblé désireux de se débarrasser d'elle. Ses commentaires sur le fait que ce qui avait été spécial pour elle n'était qu'une erreur de jugement pour lui – qu'elle était *une indésirable, magnifique et séduisante complication* – l'avaient bien plus touchée qu'elle ne voulait l'admettre.

Elle avait dû user de tous ses talents d'actrice pour ne pas montrer sa colère, ou pire, ses larmes.

Pourtant elle savait à quel point il pouvait la blesser,

mais elle s'était convaincue qu'elle saurait ne pas baisser sa garde.

Une fois en bas des marches, elle ferma brièvement les yeux. Elle aurait voulu pester contre Cain, l'accuser de l'avoir utilisée. Mais… elle ne pouvait pas : tout était sa faute.

Donald lui avait appris à ne croire que la logique, pas son cœur. Elle avait fixé son plafond une majeure partie de la nuit dernière en se reprochant d'avoir oublié ce fait.

Elle ne l'oublierait plus.

— Devon, c'est bien. Tu es réveillée.

Son père la rejoignit au pied des marches et passa en revue sa courte veste en cuir, son T-shirt blanc, son jean et ses bottines.

— Où vas-tu de si bonne heure ?

Il n'ajouta pas « accoutrée comme ça », mais le pensa très fort.

Devon envisagea de mentir. La confrontation ne l'avait jamais intéressée, en particulier avec son père. Mais la dernière fois qu'elle lui avait cédé au sujet de la famille, elle l'avait perdue de vue pendant des années.

— Je vais en ville retrouver Zia Angela, Zio Marco et le reste de la famille pour le petit déjeuner.

Le choc figea les traits de Gregory, puis la colère marbra ses joues de rouge et étrécit sa bouche.

— Pardon ?

— J'ai dit que…

— Je t'ai entendue, la coupa-t-il sèchement d'un geste de la main. Mais je ne veux pas croire que ça soit vrai. Que font-ils à Boston ?

Elle détestait son ton moqueur lorsqu'il parlait d'eux, comme s'ils valaient moins que lui, juste parce qu'ils étaient pauvres.

— Ils sont ici parce que Cain les a invités, et parce

que je voulais les voir. Nous avons tous dîné ensemble hier soir, et ça aurait été merveilleux que tu sois là aussi. Tu leur manques.

— C'est pour ça que vous n'êtes pas venus à la galerie hier soir ? Parce que vous les receviez ? demanda-t-il en ricanant. Cain n'a pas à s'immiscer dans nos affaires de famille. Tes tantes et oncles n'ont pas leur place dans notre monde. Je pensais que tu l'avais compris, Devon.

— Notre famille, papa ? demanda Devon avec un petit rire incrédule. Je me suis éloignée d'eux pour te faire plaisir, même si j'en souffrais. Même s'ils me manquaient à chaque instant. À part toi, ils sont mon dernier lien avec maman. Toi aussi, mais c'est peut-être pour ça que tu les as coupés de notre vie : parce que tu ne veux pas qu'ils te fassent penser à maman. Et parce que tu leur en veux de te rappeler d'où nous venons et pourquoi tous ces snobs ne nous acceptent pas dans leur cercle intime.

Elle soutint le regard noir de son père, même si elle était terrifiée à l'idée de le décevoir.

— Tu peux continuer à les ignorer, mais je ne vais pas passer à côté de cette chance de renouer avec eux. Et si ça te dérange, eh bien…

Elle haussa les épaules et passa devant son père, mais il lui saisit le coude.

— Nous n'en avons pas terminé avec cette conversation. Mais j'ai des choses plus importantes à évoquer avec toi. Viens dans mon bureau.

Il la relâcha et pivota brusquement vers le couloir.

Devon sortit son téléphone portable de sa poche arrière et regarda l'heure. Si elle partait dans les dix minutes, elle arriverait à temps à l'hôtel. Elle jeta un dernier coup d'œil à la porte d'entrée, puis soupira et suivit son père. Neuf minutes. C'était tout ce qu'elle pouvait lui accorder.

— Ferme la porte derrière toi, ordonna-t-il.

Elle s'exécuta et s'approcha du bureau.

— Est-ce qu'on pourrait se dépêcher, papa ? Je ne veux pas être en retard.

— Ça prendra le temps que ça prendra, répondit-il sèchement en tambourinant avec impatience sur la surface du bureau. C'est prioritaire sur ton petit déjeuner.

Il marqua alors une pause et l'étudia.

— Où en es-tu pour convaincre Cain de me laisser investir dans son projet immobilier ?

Elle le fixa, muette d'incrédulité et de frustration.

— Tu es sérieux ? Je t'ai pourtant dit que je ne me mêlerais pas de ça. Cain ne veut rien avoir à faire avec toi, et il n'y a rien que je puisse dire pour le convaincre du contraire. Même si je le voulais. Ce qui n'est pas le cas.

— Nous en avons déjà discuté, insista-t-il en balayant sa réponse d'un geste de la main, comme s'il s'agissait d'un contretemps mineur. Tu as plus d'influence que tu ne le crois. Où est passée ta confiance en toi ? Si Cain me laissait investir dans son affaire, ça ne ferait que renforcer l'apparence d'une union heureuse entre vous. Réfléchis, Devon. Arrête d'être si passive.

Cinq… quatre… trois…

Elle inspira profondément et se força à se calmer. S'énerver ne donnait jamais de bons résultats avec son père.

— Cain se fiche des apparences. Il ne veut pas…

— Je me fous de ce qu'il veut, aboya Gregory. J'ai besoin de ça, Devon. Ce n'est pas comme s'il n'avait pas d'autres projets. Pour lui, ce n'est qu'un contrat, alors que c'est tout pour moi. Pour nous. Pour mon entreprise.

— Papa, murmura-t-elle, soudain inquiète. Qu'est-ce que tu racontes ? Que se passe-t-il ?

Il détourna les yeux, les mâchoires serrées, avant de la fixer à nouveau avec colère et une lueur de peur qui accentua le malaise de Devon.

— J'ai fait quelques… investissements imprudents ces deux dernières années, qui ont eu des conséquences néfastes. Notre situation financière est désastreuse. J'ai besoin d'un projet solide et lucratif, pour mes clients et pour l'entreprise. Si je ne…

Ruine. Faillite. Scandale.

— Oh ! papa. Je suis vraiment désolée. Je l'ignorais…

— Maintenant, tu le sais, dit-il d'une voix hachée avant de soupirer.

Durant un instant, il sembla si fatigué et abattu qu'elle fit un pas vers lui pour le serrer dans ses bras. Mais son visage se durcit aussitôt. Il releva le menton et la foudroya du regard.

— Tu comprends maintenant pourquoi j'ai besoin que tu le persuades de s'associer à moi dans ce projet ? Si tu n'arrives pas à le convaincre, trouve un moyen d'obtenir des informations sur l'appel d'offres afin que je puisse faire une offre gagnante.

Le dégoût et l'horreur chassèrent toute sympathie pour son père.

— Tu ne peux pas me demander une chose pareille ! s'exclama-t-elle. Ce n'est pas possible.

— Tu vas le faire, Devon. Je suis ton père et je passe en premier. Ta loyauté ne peut pas aller à un homme que tu ne connais que depuis quelques semaines, et qui reste avec toi uniquement parce que je l'y oblige. Tout ce que tu as, c'est grâce à moi, y compris cet homme. Comme je te l'ai déjà dit, tu me dois tout. Tu m'es redevable !

— Et si le coût est trop élevé ? demanda-t-elle, brisée par les mots de son père.

Elle n'avait pas besoin qu'il lui rappelle à quel point Cain la méprisait et combien il désirait être libéré d'elle. Il avait été très clair la veille.

— Ce n'est pas une question de loyauté, mais de ton

besoin d'en avoir toujours plus : plus d'argent, plus haut rang social, plus de relations, plus de reconnaissance. Tu es déjà tombé si bas que tu as utilisé sa mère pour le faire chanter et le plier à ta volonté. Et maintenant tu veux que je le trompe, que je l'espionne et que je le vole ? Et mon intégrité, alors ? Et mon âme ? Parce que ça sera le prix à payer si je t'écoute. Donc je vais être claire : je ne le ferai pas !

— Arrête d'être si mélodramatique, dit-il, moqueur, avant d'ouvrir un tiroir d'un coup sec, et d'en sortir une feuille de papier. Prends et lis.

Elle s'exécuta après un instant d'hésitation. C'était une liste d'une vingtaine de noms. Elle reconnut quelques hommes d'affaires éminents, mais c'était tout.

— Qu'est-ce que c'est ?

Il lui adressa un sourire suffisant qui ne présageait rien de bon.

— C'est la liste partielle des donateurs de ton centre ; ceux qui donnent le plus d'argent. Je n'ai qu'un coup de fil à passer. Et il suffit qu'un seul retire son argent pour que les autres tombent comme des dominos. Et cette personne, ce sera moi ! Le centre ne pourra pas survivre sans le soutien financier de ses donateurs, conclut-il avec un signe de tête vers le papier qu'elle serrait telle une bouée de sauvetage.

Les noms sur cette liste représentaient le soutien vital de l'endroit qu'elle aimait. L'endroit qui faisait battre le cœur de ce quartier.

— À toi de voir, continua son père avec une arrogance et une fatuité puante. Soit tu me rends cette petite faveur et tu sauves l'entreprise et l'avenir de ta famille. Soit tu restes là à me regarder démanteler le centre, dollar par dollar.

Elle s'était souvent demandé qui était devenu son père.

Elle savait à présent : ce n'était qu'un étranger cruel qui lui avait transmis son ADN.

Elle pivota sans un mot et s'enfuit du bureau, loin de lui.

Soit elle détruisait des vies en supprimant des emplois et des services aux enfants et aux personnes âgées.

Soit elle trahissait un homme qui méprisait sa famille et qui ne lui faisait pas confiance.

Elle poussa un soupir, et eut l'impression qu'un étau lui comprimait la poitrine, les côtes et les poumons.

Au moment où tout serait fini, Cain la détesterait encore plus.

- 14 -

— Nous avons les nouveaux chiffres pour le projet North Station. Je vous les ai envoyés par mail. Pour les dinosaures qui préfèrent le papier, j'ai ce qu'il faut.

Les rires fusèrent dans la salle de conférences lorsque Karina Douglas, directrice financière de Farrell International, désigna la pile de dossiers.

— Je vous ai également transmis les dernières propositions et offres, ainsi qu'une projection pour les trois années à venir.

Cain tapota l'écran de sa tablette et ouvrit la pièce jointe du mail en question. Un instant plus tard, les chiffres remplirent l'écran. Ce projet représentait des profits considérables, non seulement pour Farrell, mais également pour ses investisseurs et actionnaires. Cependant, les données auraient tout aussi bien pu être écrites en hiéroglyphes, car son esprit refusait de se concentrer.

Ce n'était pas tout à fait cela.

Il y avait bien une personne qui monopolisait ses pensées et son attention, et le travail n'offrait aucune échappatoire, ce qui était inédit. Rien ni personne n'avait jamais réussi à le détourner de son travail : il ne se l'était pas autorisé. Mais depuis samedi soir – depuis qu'il avait ramené Devon chez elle –, impossible de se concentrer.

Devon Cole était devenue son fantôme intérieur qui le hantait jour et nuit.

Ses doigts se resserrèrent autour du stylet. Près de

quarante-huit heures s'étaient écoulées depuis la dernière fois qu'il l'avait vue, et il pouvait encore entendre ses gémissements, sentir son corps impatient et exigeant se tordre sous le sien et humer le parfum de son désir.

Mais plus encore, son halètement, lorsqu'il l'avait froidement traitée d'imbécile, résonnait encore dans ses oreilles.

— Cain.

Il leva brusquement la tête et constata que toutes les personnes autour de la table le fixaient, y compris Karina, Achille et Kenan.

— Désolé, dit-il avant de s'éclaircir la gorge. J'étudiais les chiffres.

Karina hocha la tête.

— Je suggérais que chacun examine les offres, et qu'on se réunisse la semaine prochaine avec les cinq premiers choix. On pourra alors le réduire à trois.

— Ça me convient, dit Cain en tapotant l'écran et en fermant le mail. Y a-t-il autre chose ?

Quelques instants plus tard, tout le monde quittait la salle. Cain poussa un soupir et se dirigea vers son bureau, les pensées tournées vers Devon. Samedi, il était déterminé à prendre définitivement ses distances, mais les deux derniers jours lui avaient fait comprendre que ce serait impossible.

Il la voulait, elle.

Toutes les raisons pour lesquelles cette relation était une erreur restaient valables, maintenant plus que jamais puisque le sexe s'était ajouté à l'équation. Mais la logique s'évaporait quand il repensait à leur nuit d'amour et au sourire heureux de Devon quand elle avait revu sa famille.

Non, il ne pouvait pas continuer ainsi, décida-t-il en jetant un coup d'œil au bureau vide de sa secrétaire. Il devait faire un choix. Soit il continuait cette mascarade en public et conservait une distance prudente et polie en privé… soit il s'abandonnait à ses pulsions sombres et charnelles auprès de Devon.

Les mâchoires serrées, il entra à grands pas dans son bureau, quand il vit Devon se lever du canapé du coin salon.

— Cain, dit-elle d'un ton sensuel qui apaisa aussitôt l'agitation qui crépitait sous sa peau. Je suis désolée de venir à l'improviste, mais il y a quelque chose dont je dois te parler. Ta secrétaire m'a dit que je pouvais t'attendre ici…

Elle continua de parler, mais un rugissement sourd avait explosé dans la tête de Cain et s'était propagé à son torse, à son ventre… et à son sexe. La voir en chair et en os – comme si elle venait de sortir d'un de ses fantasmes lubriques –, vêtue d'une robe noire à col roulé qui moulait ses courbes affolantes, ses magnifiques cheveux bruns et dorés qui retombaient sur ses épaules et jouaient à cache-cache avec ses jolis seins…

Cain cessa de réfléchir et céda au désir. Lâchant ses dossiers et sa tablette, il la rejoignit en s'avançant à grands pas. Les yeux verts et enflammés de Devon s'étaient agrandis sous l'effet de la surprise.

Il n'était plus le P-DG de Farrell International ni l'une des plus grandes et anciennes fortunes de Boston. Il n'était pas non plus un fils, un frère ni même un fiancé acheté.

Il n'était plus qu'un homme réduit à l'état le plus primal : faim, désir et survie.

Car s'il ne la possédait pas immédiatement, il cesserait sûrement de respirer.

Cain prit son délicat visage en coupe et le pencha en arrière avant d'effleurer des pouces ses hautes pommettes arrondies.

— Cain, murmura-t-elle en enroulant ses doigts autour de ses poignets.

En réponse il lui prit la bouche, son halètement de surprise, son souffle.

Elle.

Il pressa ses lèvres sur les siennes avant d'y faire glisser ses dents, puis de plonger en elle. Seigneur, cela ne faisait que deux jours, mais ça lui paraissait comme deux semaines… deux siècles. Elle avait le goût du soleil et des ténèbres. De la pureté et du péché.

Son salut et sa damnation.

Avec un grognement sourd, il lécha et aspira, attaqua et recula, taquina et nargua. Adora et consuma. Il ne pouvait pas se lasser d'elle. De leurs langues humides l'une contre l'autre, de ses doux gémissements essoufflés et de ses mains qui s'agitaient sur lui.

— Qu'est-ce que tu es prête à me donner, Devon ? demanda-t-il contre sa bouche, répétant la question posée le samedi précédent.

Les cils de Devon se soulevèrent, révélant ses yeux brillants de passion. Ses lèvres humides, déjà gonflées par son baiser, se mirent à trembler. Cet indice de vulnérabilité lui serra à la fois le cœur et le sexe. Il pressa un doux baiser sur sa bouche et la mordilla.

— Qu'est-ce que tu veux ? demanda-t-elle enfin.

— Tout, murmura-t-il. Je suis quelqu'un de cupide. Je veux tout.

Elle ferma les yeux et, une fois de plus, la douceur de son souffle caressa sa bouche. Avec un soupir mi-abandon, mi-désir, elle lâcha ses mains et tomba lentement à genoux.

Un sentiment mêlé de choc et de désespoir le partagea en deux, entre douleur et incertitude. Douleur, car les mains de Devon tâtonnaient sur le haut de son pantalon et abaissaient sa fermeture Éclair. Son sexe suppliait d'être libéré, touché, caressé…

Incertitude, car il ne s'attendait pas à une telle intimité de sa part. Il ne voulait pas qu'elle se sente forcée.

Même s'il en mourait d'envie et qu'il en avait rêvé.

— Devon, ma chérie.

Il recouvrit sa main se trouvant sur sa fermeture Éclair et caressa sa joue de l'autre.

— Tu n'as pas à faire ça, dit-il en passant son pouce sur sa lèvre inférieure. Laisse-moi…

— Rien ne m'y oblige, répondit-elle en libérant sa main et le touchant à travers son boxer.

Un frisson le parcourut et ses hanches s'avancèrent involontairement. Il aurait pu jouir rien que comme ça, juste avec cette petite main délicate sur lui.

— J'ai envie de le faire. Tu veux bien me laisser, Cain ?

Parfois Devon paraissait tellement innocente. Et à d'autres moments, comme maintenant, elle se transformait en une sirène capable de le rendre fou de désir.

— Oui, je vais t'autoriser à mettre ta jolie bouche sur moi, dit-il en enfonçant ses mains dans ses boucles épaisses. Fais-moi perdre la tête, Devon.

Elle plongea sa main dans son boxer et caressa sa chair chaude. Cain respira avec force, le corps rigide. Le plaisir le transperça tel un couteau chauffé à blanc, le fendant en deux et l'exposant à ses caresses ensorcelantes. Elle baissa son boxer, en le laissant à la merci de ses mains, de son regard et de sa bouche.

Cette belle bouche pécheresse s'entrouvrit et glissa sur lui avant de le faire disparaître. Elle saisit la base de son sexe et la caressa pendant qu'elle tourmentait la moitié supérieure avec ses lèvres et sa langue.

— Chérie, gronda-t-il d'une voix rauque. Ouvre un peu plus la bouche pour moi. S'il te plaît.

Oui, il suppliait, et s'en fichait.

Elle fit ce qu'il lui demandait et, de ses mains crispées,

Cain lui maintint la tête pendant qu'il s'enfonçait dans sa bouche, ses hanches basculant vers l'avant presque de leur propre chef. Il gémit, serrant les dents alors qu'elle devenait un paratonnerre pour le plaisir qui le traversait comme un courant électrique.

— Non, protesta-t-il en se dégageant. Je veux être en toi.

Il la souleva en essayant d'être doux, mais sans vraiment y arriver.

— Je veux jouir en toi.

Un instant plus tard, il était assis sur le canapé, la culotte de Devon dans sa poche arrière, et elle à califourchon sur ses cuisses avec un préservatif déroulé sur son érection. Il se força à ralentir, à ne pas la tenir avec autant de force afin de ne pas lui faire de bleus.

Peut-être que ça faisait de lui un homme des cavernes, mais il se serait senti fier de marquer sa délicate peau par sa passion. Ainsi quand elle regarderait son corps le lendemain, elle saurait que durant ces quelques instants volés, elle lui avait appartenu. Cependant il ne voulait pas lui faire de mal.

Elle frissonna de plaisir et enfonça ses ongles dans sa veste de costume. C'était peut-être l'expérience la plus torride qu'il ait jamais vécue : à part son intimité moite, ses magnifiques cuisses plantureuses et son propre sexe érigé, ils étaient tous deux entièrement vêtus. Le parfum musqué de leur passion emplissait l'air et seules leurs respirations brisaient le silence.

— Tu veux bien me prendre en toi ? murmura-t-il, les muscles tendus.

Il faillit supplier mais l'orgueil l'en empêcha : l'orgueil et la peur de trop se dévoiler.

Leurs regards plongés l'un dans l'autre, elle s'abaissa lentement sur lui. Sa chair s'écarta, trembla, s'ajusta… l'accepta.

Ce ne fut qu'une fois complètement assise sur lui, l'enserrant comme un poing ganté, qu'elle se pencha en avant et chuchota :

— Oui, Cain. Je te prends en moi.

Une bouffée d'émotions troubles – lumière et ténèbres, joie et douleur, besoin et peur – se mêlèrent en lui, jusqu'à presque l'engloutir de plaisir. Il la laissa le consumer alors qu'elle se retirait doucement, glissant sur lui avec ses délicats muscles féminins. Il lui laissa le contrôle, complètement immobile, même si ses doigts durent s'enfoncer dans ses hanches afin de s'empêcher de la faire redescendre. Mais quelle récompense finalement : elle revint de manière tout aussi lente et tortueuse, et il ne put retenir un long grognement – non, c'était bien un gémissement.

— Encore une fois, chérie, proféra-t-il d'une voix rauque. J'ai besoin de plus.

Et elle lui donna plus.

Elle le chevaucha et le poussa dans ses derniers retranchements.

Ses cris essoufflés et ses gémissements impudiques étaient comme des caresses pour Cain. À chaque ondulation du bassin, à chaque pulsation autour de lui et sur lui, elle le conduisait de plus en plus vers le point de non-retour alors qu'il résistait, comme un homme accroché à une falaise.

— Touche-moi, chuchota-t-elle contre son cou. S'il te plaît, touche-moi.

Il comprit sa demande urgente et passa la main entre eux pour la caresser. Le corps de Devon se referma sur lui, et l'étreignit avec force.

Alors que l'extase la balayait et la laissait tremblante, il la serra avec force et l'immobilisa tout en lui donnant de vigoureux coups de reins. Un plaisir brûlant et flamboyant le traversa, de la tête aux pieds.

Devon accueillit sa passion avec enthousiasme, les bras enroulés autour de ses épaules, les dents enfoncées dans son cou. Et ce fut cette morsure érotique, le fait qu'elle le marque, qui le fit succomber et atteindre les cimes du plaisir. Heureusement que son bureau était insonorisé, car son cri rauque retentit contre les murs et résonna dans sa tête.

Il s'abandonna alors à la volupté et renonça à tout contrôle, en s'accrochant à elle.

- 15 -

Devon s'arrêta avec hésitation sur la dernière marche du grand escalier en spirale. La lumière violette et grise de cette fin de journée baignait le vestibule tout aussi grandiose du manoir de Beacon Hill. Une part d'elle ne demandait qu'à remonter les marches en courant et à retourner dans la chambre qu'elle venait de quitter, pour regagner le grand lit aux couvertures et aux draps emmêlés.

Le lit et les draps de Cain.

Un souffle tremblant lui échappa et elle appuya sa paume sur son ventre palpitant. C'était idiot, compte tenu de tout ce qu'ils avaient fait depuis leur arrivée ici, quelques heures plus tôt. Elle sentit le rouge lui monter aux joues quand elle se souvint de la façon dont elle était tombée à genoux face à lui et l'avait pris dans sa bouche… et dans son bureau, qui plus est !

Elle aurait dû se sentir embarrassée de toutes les choses qu'elle l'avait autorisé à faire, et qu'elle avait faites en retour. Mais quand il s'agissait de Cain Farrell, rien n'avait de sens, que ce soient ses décisions, sa logique, son manque de volonté ou cette attraction magnétique presque désespérée.

Elle était allée le retrouver afin de parler de la transaction immobilière. La honte l'envahit. Oui, elle avait eu bien l'intention d'interférer en faveur de son père. Et quand l'assistante de Cain l'avait autorisée à l'attendre dans son bureau vide, elle avait fixé ses tiroirs et avait été tentée de les fouiller pour trouver tout ce qui pouvait concerner le projet. En fin de compte, elle n'avait pas pu tomber aussi bas.

Mais quand Cain était entré dans la pièce, toute pensée à ce sujet avait disparu. Deux nuits plus tôt, elle s'était juré de ne plus être vulnérable face à lui. Mais en voyant la lueur de confusion et de désir dans ses yeux bleu-gris, elle s'était abandonnée à lui, à ses baisers et à ses caresses.

— Que fais-tu en bas ? demanda Cain en apparaissant devant elle, vêtu uniquement d'un pantalon d'intérieur noir qui moulait ses hanches étroites. J'allais te monter à manger.

Son regard la couvrit, depuis ses cheveux emmêlés après l'amour jusqu'à la chemise blanche qu'elle lui avait empruntée et qui lui descendait jusqu'aux cuisses. Elle s'agita, consciente qu'elle était devenue ce genre de femmes – celles qui portaient les vêtements de leurs hommes, juste pour se sentir plus proches d'eux et respirer leurs parfums.

Seulement Cain n'était pas son homme. Pas vraiment.

— Tu as faim ?

Le frémissement de chaleur qui éclaira ses yeux bleus ranima le désir de Devon. Sous la fine étoffe, ses mamelons se durcirent et ses jambes manquèrent de défaillir. Elle était sur le point de dire : « pas de nourriture », quand son estomac gronda bruyamment.

Pour la première fois, un vrai sourire recourba les lèvres de Cain et son regard refléta l'amusement. Elle le trouva si beau qu'elle en eut le souffle coupé, et elle s'émerveilla que cela lui soit destiné.

— Viens, dit-il en lui prenant la main pour lui faire descendre la dernière marche. Ce n'est pas grand-chose compte tenu de mes compétences culinaires, mais ça devrait suffire à calmer ces cris de protestation.

Malgré la rougeur qui menaça d'incendier son visage, elle rit et le suivit dans la cuisine.

Loin du « pas grand-chose », comme il l'avait affirmé, la profusion de charcuteries, fromages, pain, légumes et fruits la laissa bouche bée. Ils se préparèrent de gros sandwichs et s'installèrent à table pour dîner.

Cela lui parut surréaliste d'être assise avec Cain, comme n'importe quel couple ordinaire, et de manger des sandwichs maison. Il posa des questions sur sa famille, et elle lui raconta son entrevue avec eux avant leur départ, ce qui la conduisit à des histoires sur son enfance. Ils rirent ensemble, et mon Dieu, ce timbre grave et profond n'aurait pas dû faire trembler son ventre ou faire battre son cœur trois fois plus vite.

Cela n'augurait rien de bon pour elle. Pourtant, au lieu de partir, elle resta là et savoura chaque instant.

Plus tard, Cain débarrassa la table. Pieds nus, elle se leva de sa chaise et se dirigea vers les immenses baies vitrées qui couvraient le mur du fond. La nuit avait complètement chassé le crépuscule, mais la douce lumière des lampadaires offrait une vue ombragée du jardin où ils s'étaient rencontrés des semaines auparavant. Comme c'était amusant qu'une rencontre aussi fortuite ait pu les conduire ici.

Cette rencontre, son père et son satané contrat.

Je ne vais pas penser à lui. Pas maintenant. Pas ici.

— C'est tellement beau, murmura-t-elle en tendant la main vers la vitre, comme si elle pouvait toucher les haies et les fleurs soigneusement entretenues.

— C'était le jardin de ma mère, dit calmement Cain.

Ne l'ayant pas entendu s'approcher, elle tressaillit. Son reflet derrière elle, dans la vitre, la dominait complètement.

— C'est le seul changement que mon père lui a permis d'apporter à la maison. Je me demande toujours pourquoi.

Peut-être parce que ça ajoutait de la valeur à la propriété ? expliqua-t-il avec un petit rire doux-amer.

La question qui la taraudait depuis samedi soir lui brûla les lèvres. Elle s'était souvent empêchée de lui poser la question, mais ce soir leurs murs semblaient s'effriter, et elle s'y risqua :

— Pourquoi détestes-tu autant cette maison ? demanda-t-elle à son reflet.

Face à son silence, elle regretta aussitôt sa curiosité.

— Je suis désolée. Je n'aurais pas dû…

— Mon père me maltraitait quand j'étais enfant. Cette maison était ma prison et mon enfer.

Un sentiment d'horreur monta en elle et la fit gémir de douleur. Elle essaya de se retourner, d'enrouler ses bras autour de lui, mais deux grandes mains sur ses épaules l'en empêchèrent. Cain la garda tournée vers l'avant et pressa son torse contre son dos.

— Barron n'a jamais été un homme affectueux. Il s'occupait de sa famille comme il dirigeait son entreprise – en vrai despote calculateur, manipulateur et impitoyable. Sans ma mère, il n'y aurait eu ni amour ni chaleur dans cette maison. Mais quand il a commencé à me battre à mes sept ans, même son amour n'a pas pu me protéger. Il appelait ça « faire de moi un homme ». J'en avais conclu qu'il devait voir quelque chose de vraiment défaillant chez moi pour qu'il me gifle dès qu'il s'adressait à moi. Mais aussi grave qu'ait pu être la violence physique, la violence psychologique était encore pire. Ne jamais savoir ce qui m'attendait quand je rentrais de l'école ou quand il revenait du travail, essayer d'être parfait sans y parvenir malgré tous mes efforts, souffrir de maux d'estomac et de tête dus au stress, vomir chaque fois qu'il me convoquait dans la bibliothèque car je savais ce qui m'attendait. Et personne ne pouvait l'arrêter. Personne ne pouvait me sauver, murmura-t-il.

Devon ferma les yeux et se mordit la lèvre pour retenir les larmes qui lui piquaient les yeux. Elle détestait Barron Farrell d'avoir fait du mal à son fils.

— Est-ce qu'il maltraitait aussi ta mère ? chuchota-t-elle.

— Pas physiquement, non. Mais il la trompait et se vantait de ses infidélités devant elle. Il la rabaissait, l'insultait... Je me suis souvent demandé pourquoi il avait pris la peine de se marier et d'avoir un enfant, et la seule raison que j'ai pu trouver, c'était qu'il voulait des victimes à torturer. Ma mère aurait pu divorcer, mais elle aurait dû m'abandonner, car Barron ne lui aurait pas laissé la garde. Alors elle est restée jusqu'à ce que je sois en âge de me défendre. Après mes études, j'ai quitté cette maison et elle a divorcé, et je ne suis plus jamais revenu. Jusqu'aux funérailles.

Devon comprenait mieux pourquoi il était dans cet état dans les jardins. Devoir revenir dans cet endroit infernal... Soudain elle fronça les sourcils.

— Pourquoi vivre ici dans ce cas ? Il est évident que tu ne supportes pas d'y mettre les pieds.

— Parce que c'est une autre stipulation du testament de mon père. Je dois vivre ici pendant un an si je ne veux pas perdre Farrell International.

— Le bâtard, siffla Devon, furieuse. Ça ne lui a pas suffi de te torturer, il fallait qu'il te manipule depuis la tombe ?

Elle secoua la tête avant de poursuivre :

— À la fin de l'année, tu devrais transformer cet endroit en foyer pour femmes et enfants victimes de violence domestique. Ça le rendrait furieux, où qu'il soit... Et juste pour info, je ne pense pas qu'il nous regarde, marmonna-t-elle.

Son rire bas gronda contre le dos de Devon, et il frotta son menton sur le haut de sa tête. Cette démonstration naturelle d'affection la bouleversa en lui rappelant qu'elle ne pourrait jamais l'avoir.

— Je suis désolée que tu aies autant souffert, Cain, dit-elle doucement en recouvrant sa main sur son épaule et en entrelaçant leurs doigts. Cet homme t'a volé tant de choses : ton enfance, ton innocence, tes frères. Tu ne méritais rien de tout ça. Je ne peux pas imaginer…

Elle secoua la tête, et lui serra la main avec plus de force.

— L'homme que tu es devenu – ton caractère et ta solidité – représente ce que ton père n'a jamais pu être. Et voilà qu'après toutes ces années à subir la volonté de ce tyran, tu te retrouves face à mon père qui essaye de recommencer. Je suis vraiment désolée.

Devon se tourna et s'obligea à croiser ce regard pénétrant qui semblait scruter son âme.

— J'ai quelque chose à te dire.

Son père l'avait prévenue de ne pas révéler la vérité à Cain, mais après ce que celui-ci venait d'avouer, elle ne pouvait pas continuer à le tromper. Elle lui devait la vérité.

— Tu m'as demandé pourquoi je ne m'opposais pas à mon père.

Le regard de Cain se fit plus intense, mais elle inspira profondément et se força à continuer.

— Il a menacé la maison de quartier. Si je n'accepte pas les fiançailles et le mariage, non seulement il me fera virer, mais il retirera son soutien financier et convaincra les principaux donateurs de faire de même. Je ne m'inquiète pas pour moi, mais trop de gens dépendent du centre. Je ne pouvais pas te le dire jusque-là, parce que papa…

Elle s'interrompit et haussa les épaules.

— Quoi qu'il en soit, j'ai pensé que tu devais le savoir.

Il prit son visage en coupe, coupant le flot de ses paroles

et posa sa bouche sur la sienne, vorace et exigeante. Devon gémit et inclina la tête en arrière pour accueillir cet assaut érotique.

Il fléchit les genoux et la souleva. Instinctivement, elle enroula ses jambes autour de sa taille et s'accrocha à son cou. Et quand il l'allongea sur la table de la cuisine, tel un repas qu'il avait hâte de dévorer, elle s'abandonna à lui et à la passion que son baiser avait éveillée en elle.

Mais alors qu'il lui retirait sa chemise et prenait son mamelon dans sa bouche, elle ne put faire taire la voix en elle qui murmurait que Cain ne pourrait jamais la dissocier de son père et l'aimer pour ce qu'elle était.

Ce qui lui posait un vrai problème, car elle était amoureuse de lui.

- 16 -

— Cain, cria Ben depuis le seuil du bureau.

Cain leva les yeux après avoir rassemblé les dossiers à apporter au bureau… bureau où il était attendu alors qu'il était en retard. Les minutes passant le rapprochaient de plus en plus de 10 heures, et il avait rendez-vous à onze heures trente. D'habitude, il arrivait le premier, mis à part les agents de la sécurité, mais pas ce matin. Cependant, il ne pouvait pas se plaindre. Pas quand la raison de son retard avait quitté son lit quelques heures plus tôt.

Un sourire étira ses lèvres alors qu'une onde de chaleur le traversait. Il fut un temps où il n'aurait jamais permis à une femme d'empiéter sur sa vie professionnelle. Mais s'agissant de Devon, il ne pouvait regretter d'être un peu en retard si cela lui permettait de se réveiller contre son petit corps tout en courbes, et de respirer son parfum sur ses draps.

Surtout après sa confession de la veille.

Cela n'aurait pas dû le surprendre, que Gregory Cole fasse chanter sa propre fille, mais c'était pourtant le cas. L'homme n'avait aucune limite. Mais même si entendre son aveu lui avait retourné l'estomac, cela lui avait également retiré un énorme poids de la poitrine. Il n'avait pas réalisé à quel point sa supposée complicité avec son père le rongeait. Le soulagement et l'intensité de ses émotions après s'être confié sur son propre passé avaient ouvert les vannes d'un désir qui avait fini par être assouvi sur la table de la cuisine. Encore une première pour lui.

En la déposant chez elle ce matin, il était en proie à des émotions contradictoires. D'un côté, un besoin presque irrésistible de la ramener chez lui, de rester un jour de plus au lit, loin des exigences du monde. Et de l'autre, un sentiment de peur.

Car Devon avait fini par traverser les barrières qu'il avait soigneusement érigées. Elle était devenue importante, et c'était terrifiant.

Il ne pouvait toujours pas lui faire entièrement confiance. Peut-être était-ce à cause de toutes les souffrances de son enfance ou de la personnalité de son père, mais il avait du mal à se laisser approcher.

— Cain, répéta Ben.

— Désolé, Ben, répondit-il avec un sourire d'excuse. Oui ?

— Il y a un certain Gregory Cole qui voudrait vous parler. Il dit que vous accepterez de le recevoir même s'il vient à l'improviste.

La colère s'enflamma aussitôt en lui. Le culot de cet homme ! songea-t-il.

— Fais-le rentrer.

Ben hocha la tête et quitta la pièce. Quelques instants plus tard, en voyant Gregory avancer à grands pas, il lui fallut tout son contrôle pour rester derrière son bureau. Le simple fait d'être dans la même pièce que cet homme lui donnait envie de prendre une autre douche… après l'avoir plaqué contre le mur.

— Que faites-vous ici, Cole ? demanda Cain avec impatience. Ça commence à devenir une mauvaise habitude de vous pointer là où vous n'êtes pas désiré.

Le sourire de l'homme ne bougea pas d'un pouce, mais ses yeux verts brillèrent d'irritation.

— Pourquoi s'encombrer de formalités alors que nous serons bientôt une famille ? répondit-il avant de désigner une chaise devant le bureau de Cain. Puis-je m'asseoir ?

— Non. Je me rends au bureau. Donc, quoi que vous ayez à dire, soyez bref.

— Bien, dit Gregory en tirant sur sa manchette d'un geste sec. J'ai entendu parler du projet North Station. Je veux en faire partie.

Cain cligna des yeux en le fixant, avant de lâcher un rire incrédule.

— Vous plaisantez ?

En voyant la bouche de Gregory se durcir et ses épaules se raidir, Cain rit à nouveau.

— Vous ne plaisantez pas, dit-il en secouant la tête. Vous croyez que je vais faire affaire avec vous, alors que je ne vous fais même pas confiance ? Que je vais demander à mes partenaires de vous faire confiance ?

— Ma société est irréprochable…

— Non, le coupa Cain d'une voix plate. Et si vous ne comprenez toujours pas, laissez-moi le dire autrement : jamais !

Il se remit alors à ranger ses dossiers dans son étui en cuir.

— Si c'est tout ce que vous aviez à me dire…

— Je ne voulais pas en arriver là, mais si Devon vous avait convaincu comme je lui avais demandé, ça n'aurait pas été nécessaire, déclara Gregory d'une voix faussement désolée.

Un sentiment de malaise s'insinua en Cain, et lui serra le ventre. Si Devon l'avait convaincu de quoi ?

— Que voulez-vous dire ?

— Si Devon avait usé de son influence, je n'aurais pas eu à utiliser une fois de plus les… informations dont je dispose pour vous convaincre de me laisser participer à ce projet. Mais je n'ai pas le choix, expliqua Gregory en levant les mains d'un geste faussement impuissant. Je passerai à votre bureau un peu plus tard pour parler des détails.

La rage, alimentée par un sentiment de trahison, l'envahit en un instant ; rage contre Gregory qui le faisait à nouveau chanter et qui lui prouvait qu'il ne pourrait jamais se débarrasser de lui. Il resterait à sa merci tant que ces preuves existeraient. Et Devon… Elle était au courant depuis le début des intentions de son père de participer au projet, et n'avait rien dit. Cette nouvelle trahison fut comme un coup de poignard enfoncé dans sa chair et ses os.

Céder encore n'était pas envisageable. Il l'avait déjà fait, et voilà où cela l'avait mené. Mais comment se débarrasser de Gregory ?

Son esprit se mit à fonctionner à toute vitesse. Il fallait qu'il trouve un moyen de se défaire de cet homme et de sa traîtresse de fille. La fiabilité et la loyauté étaient les qualités qu'il appréciait le plus chez une personne, et Devon était dépourvue des deux.

— Alors, quelle est votre décision, Cain ? insista Gregory.

Son sourire suffisant témoignait de sa confiance à pouvoir forcer la coopération de Cain.

Il peut aller se faire voir.

— Ma réponse est : jamais, gronda-t-il en fixant Gregory, ivre de colère et de douleur. Ça ne vous a pas suffi de m'imposer votre fille, il faut aussi que vous vous introduisiez de force dans mon entreprise ?

— Je n'ai certainement pas l'intention d'être imposée à qui que ce soit.

La douleur la transperça comme une lame chauffée à blanc, et durant un instant, elle put à peine respirer. Elle se força cependant à avancer, et s'approcha de son père et de l'homme qu'elle avait reconnu aimer la nuit dernière.

L'homme qui venait de lui faire comprendre de manière

on ne peut plus claire qu'il ne voulait rien avoir à faire avec elle.

Prenant une expression calme qu'elle était loin de ressentir, elle s'arrêta devant le bureau de Cain et lui tendit un épais dossier en papier.

— Devon, dit sèchement son père. Que fais-tu ici ?

— Je mets fin à tout ça, répondit-elle. Je suis désolée de te l'annoncer, papa, mais les fiançailles – si on peut appeler ça comme ça – sont rompues. J'annule tout.

— Quoi ? s'écria-t-il en avançant vers elle. De quoi parles-tu, ma fille ?

Elle continua à fixer Cain sans rien dire. Face à son regard brûlant de colère, son cœur se serra et une vive douleur lui transperça la poitrine. Elle avait entendu leur conversation et savait ce qu'il pensait. Malgré la nuit dernière, il la croyait encore capable de le trahir. Elle ne sera jamais digne de confiance à ses yeux et restera toujours un fardeau pour lui.

Eh bien, elle refusait dorénavant d'être le fardeau de qui que ce soit !

— Prends-le, murmura-t-elle en lui tendant à nouveau le dossier. Tu es libre. Et moi aussi.

— Devon, s'exclama son père en lui saisissant le bras et en la tournant vers lui.

Son visage était rouge et son expression partagée entre inquiétude et fureur.

— Qu'as-tu fait ?

— Ce que j'aurais dû faire dès le début, papa. Après ton départ ce matin, j'ai ouvert ton coffre-fort, lui confia-t-elle avec douleur. Il ne m'a pas fallu longtemps pour trouver la combinaison.

Elle souffla un rire dépité.

— La date d'anniversaire de maman. C'est presque un sacrilège que tu utilises quoi que ce soit en rapport avec elle pour faire ce que tu fais. Mais j'ai trouvé tout ce que tu possédais sur la mère de Cain. C'est dans ce dossier.

Elle indiqua le bureau de Cain et poursuivit.

— Pour être honnête, je ne m'attendais pas à vous trouver ici, tous les deux. J'avais l'intention de laisser ça ici pour toi, Cain, et de te parler plus tard, papa. Mais puisque vous êtes là, autant en finir et faire d'une pierre deux coups, comme on dit. C'est fait. Tout est fini.

— Comment as-tu pu ? s'écria Gregory en s'écartant d'elle avec dégoût. Je suis ton père, et tu me trahis ? Pour un homme qui ne veut même pas de toi ?

Elle tressaillit sous l'effet de cette remarque vraie.

— Tu m'as trahie en premier, répliqua-t-elle en redressant ses épaules. Je n'ai été qu'une marionnette pour toi. Un pion à déplacer sur ton échiquier. Mais j'en ai assez, papa. Je suis ta fille, et si tu ne peux pas te comporter comme un père – ce père qui m'aimait et me trouvait parfaite même quand j'étais loin de l'être – alors, c'est terminé entre nous. Je t'aimerai à distance plutôt que de subir ta toxicité qui m'ôte toute confiance en moi.

— Tu n'es plus ma fille, déclara Gregory d'une voix de glace, avant de quitter la pièce à toute vitesse.

— Devon, dit Cain.

Elle se tourna vers lui en levant une main.

— Non. J'en ai suffisamment entendu. Pendant trop longtemps, j'ai docilement suivi les hommes de ma vie et accepté d'être traitée tel un jouet. Mais j'en ai assez. J'ai un jour aimé un homme qui ne m'aimait pas en retour, et qui m'a utilisée. Tu ne cherches peut-être pas à profiter de moi comme l'a fait Donald, mais je refuse d'être ton défouloir. Je ne t'ai jamais trahi. Je ne t'ai jamais fait de mal. Je t'ai seulement…

Aimé.

Elle se tut. Non, il n'aurait pas ça d'elle. Il pouvait

peut-être briser son cœur, mais elle sortirait d'ici la tête haute.

— J'ai fini de payer pour les fautes des autres. J'ai payé pour la mort de ma mère auprès de mon père. J'ai payé le fait d'être aveugle et de ne pas me rendre compte quand les hommes cherchaient simplement les faveurs de mon père. Et avec toi, je paye pour le fait d'être sa fille. Tu n'as jamais vu plus que cela en moi, Cain. Au départ, je ne pouvais pas t'en vouloir. Mais après avoir appris à me connaître… Après avoir passé du temps avec moi… Après avoir été en moi…

Sa voix se brisa au rappel de leurs moments de tendresse partagés. Mais ça n'avait été qu'un mensonge.

— Tu m'as demandé un jour qui j'étais vraiment. J'espérais que tu le verrais par toi-même et que tu apprendrais à me connaître. Mais tu ne le feras jamais. Je te rappellerai toujours l'homme qui t'a fait chanter et qui a menacé ta mère. Je suis tellement plus que ça. Et j'en ai marre d'essayer de te le prouver.

— Devon, murmura Cain.

Pour la première fois, son regard s'adoucit, et la colère qui l'animait depuis qu'elle était entrée dans le bureau retomba.

— Je sais qui tu es.

— Trop tard, lâcha-t-elle, partagée entre l'amour et le ressentiment qu'il lui dise ça maintenant. Je ne te crois pas. J'ai vu ton visage et ton regard quand je suis entrée. Tu pensais que j'avais pris le parti de mon père. La vérité, c'est qu'il m'a demandé de te convaincre pour ce contrat. Il m'a même demandé de t'espionner. Mais je ne pouvais pas te faire ça. Si j'avais su qu'il tenterait à nouveau de te faire chanter, je t'aurais tout raconté. C'était une erreur, mais la vérité, Cain, c'est que tu ne pourras jamais me faire confiance.

Il ne la contredit pas, ce qui confirma ses craintes.

— Je suis déjà passée par là, Cain. Je vais le dire dans des termes que tu comprendras peut-être mieux. J'ai déjà éperdument aimé un homme qui ne m'aimait pas, et je préfère encore être seule et m'aimer à cent pour cent plutôt que de recevoir cinquante pour cent d'amour en aimant quelqu'un d'autre. Je vaux cent pour cent. Je le mérite.

Elle le fixa encore un instant et mémorisa chaque trait de son beau visage, car c'était peut-être la dernière fois qu'elle le voyait. Puis elle quitta la pièce.

Sans se retourner.

- 17 -

Quelqu'un frappa avec force à la porte de son bureau, mais avant qu'il puisse ordonner à Ben de s'en aller, la porte s'ouvrit et Kenan et Achille entrèrent.

Cain serra les dents et s'adossa au dossier de sa chaise sans dire un mot alors que les deux hommes s'approchaient de lui. Ça faisait trois jours qu'il n'était pas allé au bureau – trois jours depuis sa confrontation avec Gregory Cole et Devon.

Devon.

Rien que l'écho de son nom dans sa tête lui donnait envie de prendre la bouteille de scotch. Boire jusqu'à l'oubli l'avait temporairement aidé à effacer les dures paroles de Devon. Mais il ne pouvait boire qu'une certaine quantité d'alcool, et après s'être traîné jusqu'à la douche et s'être habillé le lendemain matin, il s'était enfermé dans le bureau, et avait remplacé le scotch par le travail.

J'ai un jour aimé un homme qui ne m'aimait pas en retour, et qui m'a utilisée.

Il ferma brièvement les yeux, mais ça ne chassa pas la déclaration.

— C'est donc ici que tu te caches, dit Kenan en se laissant tomber sur une chaise face à son bureau. On essaye d'être patients et de te donner le temps de terminer ton imitation de Heathcliff, mais tu sembles avoir besoin d'être secoué.

— Heathcliff ? répéta Cain avec dédain.

— Quoi ? demanda Kenan en haussant les épaules. Je lis, tu sais.

— Tu as une tête de déterré, grommela Achille avec une franchise irritante.

— Je ne vous ai demandé ni votre avis ni de venir ici. Qu'est-ce que vous voulez ? Vous ne devriez pas être au bureau ?

Kenan haussa un sourcil.

— Et toi ? Je pensais que tu serais trop inquiet de laisser les « bâtards Farrell » seuls au bureau sans que tu les surveilles, dit-il avant de faire claquer sa langue avec désapprobation. Tu te ramollis, Cain.

— Si vous essayez de m'énerver, je peux dire que ça marche, répondit Cain, sans prendre la peine de masquer son ton menaçant.

— Bien, répondit Achille d'une voix grondante. Dans ce cas, peut-être que tu pourrais arrêter de nous traiter comme des ennemis ? Nous souhaitons autant être ici que tu désires notre présence.

— J'en doute, lança Cain. Vous pensez tous les deux que vous me faites une faveur, parce que vous devez renoncer à un an de votre vie ? Essayez trente-deux ans pour voir. Trente-deux ans d'enfer à vivre et à travailler aux côtés d'un manipulateur vicieux. Oui, je veux votre présence, parce que après tout ce que j'ai enduré de la part de cet homme, je ne peux pas renoncer.

Les mots avaient jailli comme une explosion. Kenan le fixa, et Achille s'éloigna lentement du mur contre lequel il était appuyé.

— De quoi est-ce que tu parles ? demanda Achille.

La vérité lui brûlait la gorge et cette fois il ne la retint pas. Il ne le voulait plus.

Il leur raconta tout : son enfance, la maltraitance, et même le chantage de Gregory Cole et sa relation avec

Devon. Kenan et Achille écoutèrent sans rien dire et sans poser de questions. Quand il eut fini, sa respiration haletante résonnait dans la pièce silencieuse.

Achille s'approcha avec cette démarche étrangement gracieuse qui n'appartenait qu'à lui, et le prit dans ses bras pour le serrer avec force. Ça aurait dû sembler étrange d'être étreint par ce géant, mais non. C'était sa famille. Des larmes lui brûlèrent les yeux alors que le poids de la colère et de l'amertume qu'il portait en lui depuis la lecture de ce satané testament s'effritait et tombait en miettes. Et pour la première fois depuis qu'ils s'étaient rencontrés dans cette maison, il comprit le sens du mot « frère ».

— Je suis désolé, Cain, murmura Achille. Je suis désolé que tu aies autant souffert. Aucun de nous ne le méritait.

Le curieux choix des mots frappa Cain, qui soupçonna son jeune frère de ne pas leur avoir tout dit. Mais Achille n'ajouta rien et relâcha Cain en lui serrant l'épaule.

— Maintenant, j'ai envie de déterrer ce bâtard pour le tuer et l'enterrer à nouveau, déclara Kenan avec une colère froide. Je suis désolé, Cain. Pour tout.

Un muscle tiqua sur sa mâchoire avant qu'il enchaîne :

— Je savais que quelque chose clochait chez Gregory Cole. Et pour ne pas mentir, j'avais des soupçons sur ta relation avec Devon. Mais il suffisait de lui parler cinq minutes pour se rendre compte qu'elle n'était pas comme son père. Elle l'a prouvé en s'opposant à lui.

Sa voix se fit alors plus basse, mais sans pour autant perdre son côté tranchant.

— Je sais que nous ne nous connaissons pas depuis longtemps, mais tu es mon frère. Je vais donc te dire ce que j'en pense : tu n'aurais jamais dû la laisser partir.

— Je ne l'ai pas laissée partir, le corrigea Cain. Et elle avait raison sur une chose. Je ne sais pas si je pourrais lui faire confiance. Je ne sais pas…

Comment leur expliquer que sa plus grande peur n'était pas de perdre l'entreprise, ni même de voir sa mère à la merci du chantage de Gregory, mais de laisser quelqu'un l'approcher, de l'aimer et d'être blessé.

C'était d'ouvrir son cœur et d'être jugé indigne d'être aimé. Cette peur l'avait toujours empêché de s'engager en dehors du travail. Parce que le travail, l'entreprise… c'étaient des choses qu'il pouvait contrôler. Mais les gens et leur cœur ? Bon sang, même son propre cœur ? Non.

— Si tu ne peux pas lui faire confiance, alors qui ? insista Achille. Je te comprends, Cain…

Dans ses yeux identiques aux siens, il revit ces ombres qui accentuèrent ses soupçons sur le passé de son frère.

— Mais tu mérites le bonheur, et elle est faite pour toi. Je me fiche de savoir comment ça a commencé : on a tous vu comment vous vous regardiez. Ne continue pas à laisser ton père te contrôler et te manipuler depuis la tombe.

Cet homme t'a volé tant de choses : ton enfance, ton innocence, tes frères.

Achille, Kenan, Devon… Ils avaient tous raison. Barron avait volé bien plus que son enfance. Il avait privé Cain de sa capacité à croire en la bonté humaine. Comment accorder sa confiance aux autres après avoir été traité de cette manière par l'homme qui était censé l'aimer et le protéger ?

Il ne pouvait se fier qu'à lui-même.

Mais dès leur première rencontre, Devon avait toujours fait preuve de compassion, de gentillesse et d'humour. Elle l'avait réconforté, lui, un inconnu à l'époque.

Il s'était demandé qui elle était vraiment. La femme timide et drôle du jardin ? La loyale fille de son père ? La douce coordinatrice de jeunesse ? L'amante passionnée ?

Elle était tout cela, et il aimait chacune de ces facettes.

Peut-être qu'il l'avait aimée à l'instant où elle avait avoué s'être interrogée sur la couleur de ses yeux ? Ou quand elle avait déclaré que les gens présents à cette horrible fête étaient morbides et qu'il avait besoin d'être réconforté ?

Le moment exact n'avait pas d'importance. L'essentiel, c'était qu'il l'avait laissée partir et qu'elle n'égayerait plus jamais sa vie.

— J'ai merdé, murmura-t-il.

— Drôlement, même, acquiesça Achille en hochant la tête.

— Mais heureusement, tu as maintenant un atout de ton côté que tu n'avais pas avant, annonça Kenan.

Cain fronça les sourcils.

— Quoi donc ?

— Moi, plaisanta Kenan en écartant les bras.

Achille renifla et Cain éclata de rire. Un rire franc et à gorge déployée venant d'un endroit qu'il avait verrouillé il y a bien longtemps.

Il se sentait bien. Il se sentait… libre.

Il avait ses frères.

Il ne lui restait plus qu'à retrouver la femme qu'il aimait et la convaincre de lui donner une seconde chance.

Il n'avait rien à perdre et tout à gagner.

Car Devon était son tout.

- 18 -

Devon soupira en entrant dans le hall de la maison de quartier. La journée avait été longue, mais elle adorait ça, surtout en ce moment. Les enfants l'épuisaient, mais ne lui laissaient pas le temps de réfléchir. Quand elle rentrait chez elle – son « chez-elle » étant maintenant son appartement à Charlestown –, elle mangeait ce qui lui tombait sous la main et s'écroulait dans son lit.

Pour la première fois de sa vie, elle était seule. Non, c'était faux. Le week-end dernier, elle avait conduit cinq heures jusqu'au New Jersey pour passer le week-end avec sa famille. C'était comme retourner dans le passé quand tout n'était qu'innocence et bonheur. Être avec ses tantes, ses oncles et ses cousins avait été un baume pour son âme meurtrie. Le seul moment tendu avait été lorsque sa tante l'avait interrogée sur Cain et son père. Elle avait été tentée de tout déballer, mais s'était contentée de dire qu'ils allaient bien, sans rien ajouter d'autre. Aussi égoïste et malfaisant qu'ait été son père, elle ne voulait pas ternir son image auprès de la famille.

Elle était sortie de cette histoire, le cœur brisé et brouillée avec son père pour toujours, mais au moins elle avait retrouvé sa famille. Pour elle, c'était une victoire.

Même si elle fixait le plafond pendant des heures, les yeux brûlants, avant de s'endormir d'épuisement… pour rêver d'un bel homme aux yeux de loup.

Cela faisait une semaine qu'elle n'avait pas revu Cain. Il lui fallait juste un peu de temps pour l'oublier… un jour.

— Enfin la journée est finie, Devon ? demanda Harry, l'agent de sécurité de service.

— Enfin, dit-elle en souriant. Netflix m'attend.

L'agent éclata de rire.

— Ma femme vient de terminer cette série avec le gars de Superman. Sauf qu'il a les cheveux blancs comme cet elfe du *Seigneur des anneaux*. Elle a adoré. Un peu trop même, à mon avis.

Devon sourit.

— Dis-lui qu'elle a très bon goût.

Elle quitta le bâtiment avec un petit signe de la main et se dirigea vers le petit parking. Demain commençait le tournoi de basket. Elle devrait arriver tôt pour…

— Devon.

Elle ravala un cri et leva le poing, les clés sortant entre ses doigts. En reconnaissant l'homme qui s'écarta du mur en brique contre lequel il était adossé, pour s'avancer vers elle, elle eut un choc.

Incapable de bouger, elle fixait Cain alors qu'il s'approchait d'elle.

— Cain, dit-elle d'une voix rauque avant de s'éclaircir la voix. Que fais-tu ici ?

Il glissa ses mains dans ses poches avant, et ce geste étira sa chemise sur son large torse. Seigneur ! Elle essaya de ne pas le remarquer.

— Je suis là pour toi.

Pas « pour te voir ». Mais « pour toi ». Que voulait-il dire par là ?

Mais ça n'avait plus d'importance.

— Laisse-moi, dit-elle en s'efforçant de prendre une voix dure.

Elle ne demandait qu'à se blottir contre lui, mais

refusait de se contenter des miettes de son affection ou de son amour.

— Pars.

— Devon, dit-il.

Il s'avança après une brève hésitation. À la lueur du réverbère, elle remarqua les légères ombres sous ses yeux, qui lui rappelèrent les siennes quand elle se réveillait le matin ces derniers jours.

— Je n'ai pas le droit de te demander ça, mais s'il te plaît, écoute-moi. Et si tu veux toujours que je sorte de ta vie, je le ferai.

C'était le « s'il te plaît » qui la fit fléchir. Un homme comme Cain ne devait pas le dire souvent. Elle acquiesça d'un mouvement du menton, mais au lieu de parler, il baissa la tête et contempla le trottoir avant de finir par lâcher un petit rire d'autodérision.

— J'avais prévu tout ce que je voulais dire. Ça devait être simple et aller droit au but. Kenan voulait que je vienne avec la fanfare.

Quand il leva la tête, elle fut surprise de le voir sourire.

— Mais j'ai refusé. Même s'ils prévoyaient de jouer « I will always love you ».

Elle recula devant cet aveu, et lâcha un souffle tremblant, mais Cain continua.

— Je n'ai pas besoin d'artifices pour te dire que je suis désolé. J'ai tellement honte de t'avoir traitée de cette façon. C'était injuste de t'attribuer les péchés de quelqu'un d'autre. Moi, plus que quiconque, j'ai conscience que nous ne sommes pas nos parents. Et toi…

Il soupira et ajouta d'un ton révérencieux :

— Tu es la meilleure de toutes. Belle, gentille, désintéressée. Loyale et tellement courageuse que ça me terrifie et me fait honte. Et tu es à moi.

Elle recula d'un pas, bercée par cette affirmation

passionnée. Dans un ultime effort pour se protéger, elle leva la main vers lui.

— Arrête. Je ne veux plus rien entendre. Je ne peux pas…

Mais Cain ne l'écouta pas. Il s'avança jusqu'à coller son torse à la paume levée de Devon. Il couvrit alors sa main de la sienne et la tint contre lui.

— Tu avais raison, Devon. Tu mérites cent pour cent d'une personne : sa fidélité, sa fiabilité, sa protection, sa passion, son cœur… son âme. Et, chérie, tout ça, je te le donne. Tu m'appartiens depuis si longtemps, mais j'avais trop peur de te laisser entrer. J'avais peur que tu ne voies le vrai moi et que tu ne décides que je n'en valais pas la peine. J'avais peur de croire que mon cœur avait trouvé sa maison. Je suis à toi, Devon. Peut-être que je ne suis pas digne de toi, mais je te promets que je ne cesserai jamais d'essayer de l'être. Tu mérites que je me batte pour toi. Parce que je t'aime.

Elle tressaillit à ces trois mots, comme traversée par un courant électrique. Son esprit se rebella alors même que son cœur bondissait presque hors de sa poitrine pour se jeter sur lui. Il ne pouvait pas l'aimer. Ce n'était pas possible. Sans en avoir conscience, elle secoua la tête.

— Si. Je t'aime, Devon.

Il leva son autre main et passa ses doigts sur sa joue. Puis il fouilla dans la poche de son pantalon et en sortit une petite clé dorée qu'il lui tendit.

— Qu'est-ce que c'est ? demanda-t-elle en la prenant sans le quitter des yeux.

— C'est la clé d'un coffre-fort qui contient toutes les informations que tu as récupérées de ton père. Je te la donne. Il n'y a personne d'autre en qui j'ai plus confiance que toi pour ça ; pour nous protéger, ma famille et moi. Tu n'es pas ton père, Devon, et ça ne sera jamais lui que je verrai en te regardant. Je ne vois que la femme en qui j'ai confiance et que j'aime au-delà de toute raison.

Devon serra la clé contre son cœur. Ce cœur qui appartenait entièrement à Cain.

— Je t'aime, murmura-t-elle. Je t'aime tellement.

Elle jeta ses bras autour de lui et s'y accrocha. Jamais plus elle ne le lâcherait. Elle était à lui, et il était à elle.

— Chérie, dit-il en lui prenant le menton pour pencher sa tête en arrière et passer ses lèvres sur sa tempe, sa joue, son nez et enfin, sa bouche. Dis-le encore.

— Je t'aime. Je t'aime. Je t'aime, scanda-t-elle avant d'éclater de rire et de rejeter la tête en arrière pour crier au ciel : Je t'aime !

Il enfouit son visage contre sa gorge en riant et prononça quelques mots étouffés, mais elle n'avait pas besoin de l'entendre pour savoir qu'il lui jurait un amour éternel.

— Une chose, dit-elle.

Cain leva la tête, et prit son joli visage entre ses mains.

— Tout ce que tu veux.

— La prochaine fois que tu viendras me supplier – vu nos caractères, je suis sûre qu'il y aura une prochaine fois –, je veux la fanfare.

Son éclat de rire grave résonna dans l'air, et elle se joignit à lui en savourant ce son joyeux, sachant que ce rire n'était que le premier d'une longue série.

— Rentre à la maison avec moi, murmura-t-il. Viens créer de nouveaux souvenirs avec moi et exorciser les anciens.

— Oui, répondit-elle sans hésitation en déposant un doux et tendre baiser sur ses lèvres.

Elle plongea dans ses yeux de loup et se délecta de tout l'amour qui y brillait pour elle.

— De nouveaux souvenirs. Et demain…, dit-elle en levant la clé, nous avons un feu de joie à faire.

— Je pense que ce sera notre premier vrai rendez-vous galant, la taquina-t-il, passant son pouce sur sa lèvre. Je suis impatient.

Et alors qu'il l'embrassait à nouveau, elle se dit qu'elle aussi était impatiente.

Pour ce soir. Pour demain.

Pour leur éternité.

NAIMA SIMONE

Une liaison avec son patron

Traduction française de
MORGANE FROGERE

PASSIONS

HARLEQUIN

Titre original :
SECRETS OF A ONE NIGHT STAND

- 1 -

Achille Farrell avait été appelé de bien des façons au cours de ses trente années de vie.

Lourdaud, repris de justice… bâtard.

Le dernier était dit dans son dos, bien sûr, car la plupart des gens craignaient d'insulter en face un homme faisant un mètre quatre-vingt-dix et cent kilos.

Mais jamais il n'avait été qualifié d'héritier ou de frère. Et voilà qu'en l'espace d'un après-midi, il était devenu les deux.

Après un tel choc, il avait besoin de boire un verre, voire plusieurs.

Il fixa l'enseigne lumineuse au néon rouge qui affichait les différentes bières pression, et jeta un œil aux affiches encadrées disant que ce pub était le meilleur et le pire de Beacon Hill, dans le Massachusetts. Il espérait que cette ambiguïté ne soit pas en raison de la qualité de l'alcool.

Il était parti plusieurs heures auparavant, mais il pouvait encore sentir le regard critique de la « bonne société » de Boston comme des milliers de fourmis rampant sur sa peau. Le souvenir augmenta sa soif d'une Guinness parfaitement tirée, et d'un whisky lui brûlant la gorge. Il faillit même commander la deuxième tournée en même temps que la première.

— Que désirez-vous ? demanda la barmaid en s'appuyant sur le zinc balafré.

Malgré les tatouages colorés sur ses bras, la jeune

femme semblait avoir à peine l'âge de boire l'alcool qu'elle servait.

— Un shot de Jameson et une Guinness.

— Ça marche, dit-elle en commençant à préparer les boissons.

Achille poussa un soupir et sentit la tension quitter lentement ses épaules. Peut-être que ce whisky irlandais l'aiderait à réchauffer ses os glacés après cette parodie d'enterrement ?

Dire que trois jours auparavant, il était tranquillement assis dans son petit chalet, seul avec ses ordinateurs. Il avait alors reçu la lettre d'un notaire annonçant la mort de l'homme dont sa mère avait toujours refusé de lui parler, à part pour lui donner son nom de famille. La nouvelle ne lui avait fait ni chaud ni froid mais, poussé par une curiosité morbide à l'égard de son géniteur, il avait utilisé le billet d'avion fourni et avait parcouru les milliers de kilomètres à travers le pays.

En descendant de l'avion et en constatant l'expression glaciale du chauffeur, Achille avait regretté sa décision irréfléchie. Lui qui croyait que la prison l'avait guéri de son comportement bouillonnant et impulsif ! Ce n'était visiblement pas le cas. Il avait donc dû payer cette décision en assistant aux funérailles et à la lecture du testament de son soi-disant père.

Une année entière…

Il devait sacrifier une année de sa vie en séjournant à Boston auprès de demi-frères qu'il ne connaissait pas, et diriger une entreprise dont il ignorait tout. Une entreprise dont il ne voulait pas faire partie.

C'était le prix que son père avait exigé. Même dans sa tombe, Barron Farrell était un enfoiré d'égoïste et un narcissique.

Enfant, Achille avait supplié sa mère de lui révéler

le nom de son père, et de l'emmener le voir. Elle avait toujours refusé, et il lui en avait voulu. Si elle avait été vivante, il l'aurait remerciée.

Les coudes appuyés sur le bar, il se pinça l'arête du nez. Qu'est-ce qu'il n'aurait pas donné pour retourner à Tacoma, dans son chalet tout près de la chaîne des Cascades, si loin de la ville aisée de Beacon Hill. Et pas seulement en termes d'emplacement.

Oui, Tacoma avait ses nantis, mais étant le fils d'une serveuse, il ne les fréquentait pas. D'après son expérience, les riches profitaient de vous, ou bien vous trahissaient.

Quand il s'était retrouvé dans la bibliothèque au parquet de bois ridiculement immense de ce manoir, avec ses meubles en cuir, ses cheminées assez grandes pour qu'il puisse y tenir debout, son escalier en colimaçon et ses étagères allant du sol au plafond, il s'était senti bien différent des deux autres hommes présents, et pas seulement à cause de son T-shirt noir, de son jean délavé et de ses vieilles bottes marron.

Il y avait Cain Farrell, son frère aîné, héritier et fils légitime de Barron Farrell, ainsi que Kenan Rhodes, l'autre bâtard en plus d'Achille, métis et plus jeune des trois. Mais ces deux hommes venaient du même monde : l'élite de Boston. Ça se voyait dans la coupe précise et élégante de leurs costumes, leur discours cultivé, leur comportement arrogant.

Achille avait déjà fréquenté des gens comme eux… et il avait fini par tous les mépriser.

Et voilà qu'il devait les appeler ses « frères ».

La vie devait vraiment vous offrir une cigarette quand elle décidait de vous faire ce genre de coups.

— Je les mets sur votre addition ou vous payez tout de suite ? demanda la barmaid.

Elle posa devant lui une chope remplie d'un liquide

sombre et froid surmonté d'une tête crémeuse qui débordait un peu, et à côté, un petit verre de whisky ambré.

— Sur mon addition.

Parce qu'il ne faisait que commencer. Le but de cette soirée était de ne plus penser, et plusieurs tournées devraient pouvoir remplir cette mission.

— Je reviendrai plus tard alors, dit-elle en le passant en revue de son regard bleu foncé.

Il avait atteint le mètre quatre-vingt en entrant au lycée, et avait continué de grandir après. Il était donc habitué à cette lueur dans les yeux des femmes, et ça ne l'intimidait pas. La chose la plus agréable après se perdre dans l'alcool, c'était le sexe et la débauche avec une inconnue.

Son géniteur ne lui avait transmis que sa haute taille, sa carrure et ses yeux caractéristiques, que les femmes semblaient apprécier. Il prit le shot de Jameson et le but sans quitter la jolie brune des yeux. Celle-ci sourit tout en le regardant avec une lueur de désir.

— Appelez-moi si vous avez besoin de commander à manger. Vous savez, pour absorber tout cet alcool. J'aimerais que vous restiez conscient au cas où vous auriez des plans… pour plus tard.

Elle sourit avant de se rendre à l'autre bout du bar.

— Hum. Voilà qui était subtil.

Achille se raidit. La voix lui fit penser à un feu capable de repousser les vents les plus froids de l'hiver, et lui parut aussi soyeuse et séduisante que deux peaux nues et brûlantes glissant l'une contre l'autre.

Il eut envie de s'y blottir, de s'y rouler, et en même temps de s'en éloigner en grondant.

Son cœur se rua contre sa cage thoracique. Son pouls, à l'opposé, émit un avertissement sonore à la base de sa gorge. Quelque chose de primitif en lui l'avertit qu'il ferait mieux d'aller retrouver cette barmaid au regard invitant et de fuir d'ici.

Mais son côté impulsif et destructeur qui l'avait amené dans le Massachusetts devait toujours être en vie, car il ne tint pas compte de l'avertissement. À la place, il se retourna lentement sur son tabouret.

Bon sang. Ce sentiment d'auto-préservation en lui avait eu raison. Cette femme était tout ce qu'il évitait habituellement ; magnifique, choyée et riche.

Il n'avait pas besoin de voir le prix du tailleur-pantalon violet qui moulait ses courbes pleines et tentatrices pour savoir qu'il coûtait plus cher que tout ce qu'il avait mis dans sa valise.

Un cheval de Troie : voilà ce qu'elle était. Conçue pour paraître inoffensive, alors qu'à l'intérieur se trouvait un virus prêt à frapper, à infecter et à détruire. Il avait déjà subi ce genre de poison après avoir aimé une femme comme elle.

Le regard sombre de la femme le parcourut, et malgré lui, son souffle s'accéléra et son sang chauffa dans ses veines avant de pulser plus bas, vers son entrejambe. Visiblement son sexe se fichait complètement de la catégorie sociale de cette jeune femme.

Elle leva une main délicate et héla la barmaid et, à la façon magique des gens de son espèce, la barmaid abandonna la personne à qui elle parlait pour se diriger vers eux.

— Que désirez-vous ? demanda la petite brune après avoir jeté un rapide coup d'œil à Achille.

— Je voudrais..., commença-t-elle en plissant les yeux et en tapotant un doigt contre sa lèvre pleine. Je voudrais un cheeseburger au bacon accompagné de beignets aux oignons. En extra-large. Et une Budweiser.

Alors là...

Comme si elle avait entendu les mots étonnés dans sa tête, elle arqua un sourcil sombre.

— Ils font des hamburgers formidables ici, et les meilleurs beignets d'oignon de Boston.

Elle inclina alors la tête en direction de la barmaid, qui avait disparu par une porte battante de l'autre côté du bar.

— Elle a raison, vous savez. Vous devriez peut-être manger. Je vous recommande les burgers ou le fish and chips. Faites en sorte d'être suffisamment sobre pour… plus tard, ajouta-t-elle avec l'ébauche d'un sourire narquois.

Est-ce qu'elle était en train de flirter ? Dans ce cas, le taquiner sur le fait de se sustenter avant de coucher avec une autre femme était l'une des techniques de drague les plus étranges… ou les plus torrides. Peut-être les deux ?

Son sexe durcit alors que la barmaid repoussait une boucle de sa joue.

Envahi par un sentiment de dégoût envers lui-même, il prit sa Guinness et en avala la moitié avant de reposer la chope en verre sur le zinc du bar. Mais l'alcool ne fit rien pour éteindre son ardeur. Pas quand les effluves de son parfum musqué avec des notes de lavande et de cèdre dérivaient vers lui comme pour le narguer. Il baissa le regard sur une cuisse ronde et une cheville délicate. L'une invitait ses dents affamées, l'autre des caresses douces.

Il n'avait aucune raison d'être tenté. Les femmes de son genre cherchaient une seule chose avec les hommes comme lui. Certes, une nuit de sexe torride avec une inconnue ne le dérangeait pas, mais c'était le fait d'être ensuite regardé comme quelqu'un d'insignifiant qu'il n'aimait pas. Être le vilain secret de quelqu'un entachait l'âme, et ce genre de tache ne s'effaçait pas.

Elle soupira et, du coin de l'œil, il la surprit en train de plier une serviette jusqu'à la réduire à un petit carré.

— Je suis désolée. Je ne voulais pas être aussi impolie.

Elle s'interrompit lorsque la barmaid réapparut pour poser sa bière devant elle et la décapsuler. L'inconnue la remercia d'un sourire et Achille détourna les yeux alors qu'un autre éclair de désir lui transperçait la poitrine : elle avait des fossettes. Évidemment. Parce que des pommettes pointues, des yeux couleur chocolat fondu et une bouche pleine ne suffisaient pas. Parce que des boucles souples couleur miel réchauffé par le soleil n'étaient pas assez. Il fallait qu'elle ait aussi des fossettes.

— Je ne suis généralement pas si hardie. On va dire que c'est le décalage horaire, dit-elle en buvant sa bière.

Il aurait dû détourner le regard et ne pas fixer si ouvertement et ardemment la façon dont cette belle bouche se pinçait autour du goulot. Ou le mouvement de sa délicate gorge pendant qu'elle avalait. Il serra l'anse de sa chope. C'était soit ça, soit commettre un acte qui obligerait le patron du bar à le mettre à la porte, et éventuellement en prison. Il choisit donc de fixer sa propre chope de bière.

— Décalage horaire depuis où ?

Il ne vit pas son expression de surprise, mais elle crépita tout de même autour de lui. Tout comme son doux enthousiasme quand elle répondit :

— Londres. J'y étais pour affaires, et on pourrait penser qu'après une semaine loin de chez moi, la première chose que je voudrais voir, c'est mon lit. Mais je ne peux pas…

Elle s'interrompit et Achille lui lança un rapide regard. Elle ne continua pas et prit à la place une autre gorgée. Elle posa ensuite la bouteille et étudia le verre brun foncé avec un léger froncement de sourcils. Mais son expression s'éclaircit lorsqu'elle releva les yeux.

— Quoi qu'il en soit, j'ai soudain eu envie d'un hamburger bien gras et d'une bière, dans mon bar préféré.

Ayant appris depuis son plus jeune âge que détecter les

mensonges pouvait le préserver d'être malmené par les petits amis de sa mère, il savait rapidement les reconnaître.

— Tu t'es assise à côté de moi, dit-il en la tutoyant.

Elle acquiesça.

— Oui.

— C'est toi qui m'as parlé en premier.

La bouche de la jeune femme se contracta légèrement, car le « sans être y invitée » fut si fortement pensé que ça aurait pu être crié.

— C'est vrai.

— Et tu ne me reverras plus jamais après ce soir.

— C'est vrai aussi.

— Alors tu n'as pas à t'embêter à mentir. Soit tu me dis la vérité, soit tu me dis que tu ne veux pas en parler. Mais ne mens pas.

Elle le fixa, ses jolies lèvres entrouvertes. Mais elle n'était pas la seule surprise. S'il vivait et travaillait en solitaire, c'était pour une bonne raison : il n'appréciait pas la compagnie des gens, et encore moins de devoir leur parler. Le développement de logiciels comprenait la conception d'algorithmes, l'écriture de codes, les tests et la maintenance de systèmes existants. Un challenge, mais il n'était question que de chiffres et de science.

Il n'était pas question de sentiments ou de bagages émotionnels dans l'informatique. On ne regardait pas le passé d'une personne ou le côté de la rue où elle résidait.

Les gens n'étaient qu'embêtements et complications, et ça ne l'intéressait pas.

Ce qui n'expliquait pas pourquoi il avait décidé d'engager la conversation avec Mme Beacon Hill.

La fossette apparut à nouveau sur le visage de l'inconnue tandis qu'un lent sourire se dessinait sur ses lèvres.

— Tu as raison. Il y a des avantages à n'avoir que l'instant présent, n'est-ce pas ? C'est temporaire, ce qui rend la chose spéciale et excitante, commenta-t-elle avant de tendre la main. Mycah.

Après une brève hésitation, Achille prit cette délicate et petite main dans la sienne. Elle poussa un soupir.

— Achille.

— Achille, répéta-t-elle.

Ses mâchoires se crispèrent lorsqu'elle émit un petit « hum », comme si elle testait son nom sur sa langue et le trouvait à son goût.

— J'aime bien ce nom. Eh bien, Achille, dit-elle en reprenant sa bouteille de bière et en la levant pour porter un toast. Aux inconnus qui se rencontrent pour une nuit.

Il leva sa chope, et trinqua. Incapable de s'en empêcher, son regard rebelle parcourut son cou gracieux, ses épaules délicates et le renflement de ses seins. Sa veste déboutonnée lui offrait une vue imprenable sur un pantalon taille haute et un petit ventre qu'il trouva terriblement séduisant. Une femme qui commandait ce genre de repas, qui ne s'affamait pas…

Il reporta son attention sur son visage aux angles et aux courbes contrastés et plissa les yeux en l'étudiant à nouveau. Ses vêtements, ses chaussures aux semelles rouges que même un ignorant de la mode comme lui savait reconnaître, son maquillage impeccable et sa peau lisse et sans défaut, tout cela criait « richesse ».

Mais le repas décadent qu'elle avait commandé, ses courbes pleines que la société lui aurait dicté d'éliminer par un régime, même son choix décontracté de bière et de bar… tout cela indiquait une femme qui savait se faire plaisir. Une femme qui connaissait la retenue mais qui comprenait aussi que l'abandon n'était pas forcément synonyme de perte de contrôle.

Quel effet cela ferait que cette femme perde tout contrôle avec lui ?

— Aux inconnus et à une nuit.

Alors qu'ils buvaient leurs boissons respectives et que la Guinness coulait dans sa gorge, il se dit que ses paroles n'avaient jamais paru aussi prophétiques.

Heureusement qu'il ne croyait pas à ces idioties.

- 2 -

— Dean ou Sam[1] ?

Achille porta sa chope de Guinness à sa bouche et, pour une raison étrange, Mycah Hill observa la longueur de ses doigts. Avant d'entrer dans son bar préféré ce soir, elle s'était toujours dit qu'elle préférait les épaules et les bras chez un homme. Il fallait dire qu'Achille était également bien doté à ce niveau-là, comme en témoignaient ses muscles mis en valeur par ce T-shirt noir.

Mais ses doigts… Elle n'avait jamais été aussi fascinée par la longueur et l'élégance des doigts d'un homme. Jusqu'à ce soir.

— Dean, répondit-il en l'arrachant à sa contemplation. Leader naturel et désintéressé. Quant à toi, laisse-moi deviner.

Il haussa un épais sourcil sombre et émit :

— Sam ?

Elle lâcha un petit rire moqueur.

— Quelle condescendance !

Comme il la fixait sans rien dire, elle rétorqua d'un ton sec :

— Et alors ? Sam a fait preuve de résilience et a dû surmonter beaucoup d'obstacles, dont être à moitié démon et perdre son âme. Et malgré tout, il a appris la discipline,

1. Personnages de la série *Supernatural*.

surmonter la culpabilité, ainsi que le remords et le fait de se pardonner. Et il s'est sacrifié.

— Dis plutôt que tu adorais ses abdos.

— Un don de Dieu.

Le coin de la bouche d'Achille se releva. Toute la soirée, elle avait rêvé de voir sur lui un sourire radieux. Ce désir n'avait pas été exaucé, mais chaque soupçon de sourire, comme celui dont elle venait d'être témoin, la remplissait de joie. C'était ridicule, étant donné qu'elle ne le connaissait pas et qu'elle ne le reverrait jamais après ce soir. Mais c'était comme un cadeau.

Il avait fallu un repas bien calorique, quelques tournées de bières et plusieurs parties de « Qui préfères-tu ? » pour briser la glace entre eux, mais elle s'amusait bien. Et même le bourdonnement de son téléphone dans la poche de son pantalon pour la sixième fois – oui, elle avait compté – ne pouvait pas gâcher cela.

Céder aux exigences de ses parents et se rendre chez eux pour se comporter comme un parfait poney de concours, ou rester ici et percer cette énigme maussade, barbue et séduisante aux longs cheveux noirs et au regard pénétrant ?

Pas besoin de son diplôme de Harvard pour trancher.

Après une année entière à se remettre en question sur sa carrière, ses relations et même la saveur de la gelée sur son muffin, oublier sa réserve habituelle et discuter avec ce séduisant inconnu était sa meilleure décision.

Même si au premier abord, tout chez lui, depuis ses larges épaules crispées jusqu'à ses traits froids et austères en passant par sa bouche sensuelle, semblait inaccessible.

— Tu me fixes.

Mycah hésita, la bouteille de bière numéro trois à quelques centimètres de sa bouche. Elle faillit rougir alors qu'elle détachait son regard de ses lèvres et contemplait ses yeux bleu-gris. Mais après trois bières et une bonne dose d'inconscience, elle réussit à faire taire sa pudeur.

De plus, Achille n'avait pas dit ces trois mots comme d'autres hommes l'auraient fait : en flirtant et en l'invitant implicitement à exprimer à quel point elle le trouvait séduisant. Ça avait été dit sur le ton d'un constat, presque un défi… une accusation. Pourquoi est-ce qu'elle en ressentit un sentiment d'excitation au plus profond d'elle ?

— C'est vrai, dit-elle avant de prendre une gorgée de bière. Pourquoi est-ce que ça te dérange ? Parce que je vois bien que c'est le cas.

Il étrécit les yeux.

— Parce que je ne suis pas un animal dans un zoo.

Elle bascula en arrière, et seuls ses doigts agrippant le rebord du bar l'empêchèrent de perdre l'équilibre. Elle le regarda bouche bée, choquée, vexée et fâchée.

Lentement elle se retourna et fit signe à la barmaid. Lorsque celle qui avait passé la soirée à lorgner Achille s'approcha, Mycah agita un doigt vers son shot et sa chope de bière presque vides.

— Une autre tournée pour lui, s'il vous plaît. C'est pour moi.

Achille fronça les sourcils, mais Mycah leva une main pour empêcher toute protestation.

— Oh ! non, c'est pour moi, pas toi.

— Qu'est-ce que ça signifie ? demanda Achille d'une voix basse et grondante qui se répercuta sur la peau de Mycah et lui donna un frisson de plaisir.

Cette voix aussi sourde qu'un coup de tonnerre avait fait des ravages en elle toute la soirée, et bien qu'elle ait été énervée par sa remarque injuste sur le fait de le traiter comme un animal, son corps ne semblait manifestement pas plus regardant que ça.

Elle but une gorgée, et attendit que les verres d'Achille

soient remplis, puis elle se pencha en avant et croisa son regard.

— Est-ce qu'elle était noire ?

Quand il la fixa sans comprendre, elle précisa :

— La femme dont tu te venges sur moi. Était-elle noire ?

Son air renfrogné aurait pu écailler la peinture du pont Longfellow.

— Est-ce que tu me traites de raciste ?

Elle croisa les jambes et pencha la tête sur le côté.

— Intolérant si tu préfères…

— Bon sang, je sais que l'éclairage est faible, mais cette peau est brune. Ma mère était hawaïenne.

Bien sûr. Elle avait soupçonné des origines hawaïennes ou polynésiennes. C'était inscrit dans son front haut, ses pommettes saillantes, sa belle bouche large, ses cheveux épais et noirs, et sa peau dorée par le soleil et le vent.

Pourtant, la seule chose qui la frappa fut le mot « était ». Elle avait entendu l'intonation triste dans sa voix, tandis qu'il avait dit « mère » et « hawaïenne » avec fierté. Elle en ressentit une pointe de douleur pour lui.

— Et ton père ?

Un voile tomba sur son visage, et cela aussi résonna en elle.

— Mon père était un salaud.

Elle acquiesça, comme si elle le comprenait. Mais ce trait particulier transcendait la race, la religion, la croyance et la culture.

— Tu n'es pas misogyne. Ou disons que tu n'en veux pas à toutes les femmes. Parce que quand je suis arrivée, toi et la barmaid…

Elle pencha la tête en direction de la brune tatouée à l'autre bout du bar.

— Vous vous déshabilliez pratiquement du regard.

Donc, c'est quelque chose en moi qui te retient depuis le moment où je me suis assise et que j'ai ouvert la bouche.

Il ne dit rien, mais repoussa le verre de Jameson.

— Les tatouages ? demanda Mycah en tapotant ses ongles sur le zinc et en scrutant ce visage impassible. Mais je pourrais aussi en avoir sous ce tailleur…

Soudain elle se redressa, percutée par la vérité.

— C'est ça, n'est-ce pas ? Le tailleur ? Tu penses que je cherche à m'encanailler.

Il ne dit toujours rien. Ne confirma pas, mais ne réfuta pas non plus.

Mycah en ressentit un éclair de douleur, ce qui était excessif puisque c'était un parfait inconnu.

— Tu ne me connais pas, murmura-t-elle.

— Alors dis-moi pourquoi tu es là.

Il se pencha vers elle jusqu'à ce qu'elle puisse distinguer l'anneau bleu clair autour de ses iris sombres, et qu'elle puisse inhaler son parfum boisé de pin et de pluie fraîche.

— Et ne mens pas cette fois, ordonna-t-il d'un ton doux qu'une personne moins perspicace aurait pris pour de la gentillesse.

Et cette personne aurait été une idiote.

Elle fut tentée de lui dire d'aller se faire voir et qu'elle ne lui devait aucune réponse.

Mais une part d'elle voulait, et même avait besoin, de lui prouver le contraire. Elle avait besoin de partager quelque chose avec cet homme qu'elle ne reverrait plus. Quelque chose qu'elle ne pouvait partager avec personne d'autre. Peut-être parce qu'elle ne le reverrait plus justement. Il ne pouvait pas utiliser les informations contre elle et les lui renvoyer au visage. Il ne pouvait pas la traiter d'ingrate ou de déloyale.

Pour une fois dans sa vie, elle avait besoin d'être honnête avec quelqu'un et avec elle-même.

— La famille, lâcha-t-elle sans pouvoir s'en empêcher. Je me cache de ma famille.

Elle aurait pu lui en dire tellement plus. Par exemple, qu'à l'instant où son avion avait atterri à l'aéroport international de Logan, ses parents avaient fait exploser son téléphone en laissant des tonnes de messages de plus en plus insistants, pour qu'elle assiste au dîner qu'ils avaient organisé. Elle aurait pu également lui expliquer que ça ne comptait pas qu'elle rentre après un vol de huit heures et un voyage d'affaires d'une semaine. Il n'y avait aucun message de bienvenue, pas de « tu nous as manqué ». Juste un : « Dépêche-toi de venir, parce qu'on a un nombre impair d'invités et que Janet Holloway amène son fils qui travaille dans la gestion de patrimoine. Sois présentable et, par pitié, ne nous embarrasse pas en parlant de ton travail ennuyeux. »

Elle aurait pu lui raconter que comme elle pensait ses parents capables de lui envoyer leur majordome – oui, de nos jours, ils avaient encore un majordome –, afin de lui forcer la main, elle s'était réfugiée au bar.

Mais Mycah ne dit rien de tout cela. Elle le garda pour elle, car c'était incroyablement… triste.

L'expression d'Achille ne changea pas ; elle resta aussi indéchiffrable et stoïque que lorsqu'il l'avait mise au défi de prouver qu'il avait tort. Pourtant ses yeux… Ses yeux ne ressemblaient plus à des éclats de glace. Ils s'étaient réchauffés et exprimaient une émotion qui surpassait la sympathie.

— Moi aussi.

Elle le fixa, sous le choc. Deux mots simples qui, telle une énigme décodée, déverrouillèrent le sens de son regard : famille, douleur, satisfaction.

— Qui aurait cru qu'on se retrouverait ici ?

Elle s'abandonna au désir qui pulsait en elle depuis

qu'elle l'avait repéré en entrant ici et, tendant la main, elle saisit une de ses longues mèches pour la frotter entre son pouce et son index. Elle mourait d'envie de caresser aussi cette barbe épaisse. La forte inspiration d'Achille résonna entre eux, mais il ne s'écarta pas et la fixa de ses yeux de loup. Mycah prit une inspiration tremblante et relâcha la mèche de cheveux avant de reprendre une gorgée de bière.

— On a un point commun, ajouta-t-elle d'une voix mal assurée malgré ses efforts pour paraître légère.

L'imitant, Achille prit une gorgée de bière. L'air vibrait de tension. Mais ensuite il haussa un sourcil et déclara :

— Oui, incroyable, étant donné que tu penses que Daniel Craig est un meilleur James Bond que Sean Connery.

Elle émit un petit reniflement de mépris.

— J'assume complètement.

— Blasphème.

Elle éclata de rire, et quand la belle bouche d'Achille se tordit à nouveau, elle marqua mentalement un point pour elle. Elle qui était une femme d'affaires émérite, même si ses parents refusaient de l'admettre, à cet instant, toutes ses réussites lui parurent fades comparées à ce sourire réticent.

Son cœur cogna comme un tambour. Pour la première fois en vingt-neuf ans, elle voulait sauter dans les flammes et brûler de désir.

— Tu me fixes encore.

— Oui.

Elle décroisa les jambes et les recroisa. Le regard bien trop observateur d'Achille n'en perdit pas une miette. C'était probablement pour cela qu'elle l'avait fait, d'ailleurs. L'action ne réussit cependant pas à atténuer la délicieuse douleur qui palpitait en elle.

— Ça te dérange toujours ?

— Ça dépend.

— De quoi ?

— De la raison pour laquelle tu me fixes.

Elle passa le bout de sa langue sur ses lèvres, étrangement nerveuse. Encore une fois, le regard d'Achille capta le mouvement et s'attarda sur sa bouche. Un souffle de chaleur explosa en elle. Ce qu'il réussissait à faire d'un seul coup d'œil…

— Parce que tu es tellement intéressant à contempler. Non, ne fais pas ça, ajouta-t-elle rapidement quand il se raidit, le regard glacial.

La frustration s'empara d'elle et se manifesta sous forme d'un éclat de rire aigu.

— C'est ridicule. Mes aptitudes en communication font littéralement partie de ma description de poste, mais on dirait que je ne fais que tout gâcher avec toi, expliqua-t-elle avant de pousser un soupir. Tu devrais m'accorder le bénéfice du doute, parce qu'on ne se connaît pas. Je dis simplement que tu es… tout en toi est… beaucoup.

— Beaucoup quoi ? demanda-t-il, le visage fermé.

Il était toujours aussi crispé. Mais sa voix…

Elle frissonna, le souffle coupé. Ses seins se gonflèrent et ses cuisses se serrèrent. Était-il possible d'avoir un orgasme avec une simple voix ? Elle pourrait être le cas test.

— Beaucoup de volume. Beaucoup de caractère.

Elle expira en laissant retomber ses mains sur ses cuisses.

— De beauté aussi, murmura-t-elle avec un tremblement dans la voix qu'elle n'arrivait pas à maîtriser. Beaucoup de fierté. Beaucoup de…

De feu. De ténèbres. De danger. Et de protection.

De la passion aussi, et du sexe. Une promesse de sexe ardent qui la réduisait en cendres.

Elle serra les poings.

— Beaucoup d'intensité, conclut-elle.

Elle lutta pour ne pas remuer sous son regard fixe et rester immobile alors qu'il se penchait en avant. Son parfum boisé et envoûtant l'attira plus près.

— Mycah, approche.

Elle aurait dû se rebeller, s'offenser et se raidir face à cet ordre grondé. Elle aurait dû. Mais non. Au lieu de cela, elle sentit un poids dont elle n'avait pas eu conscience se retirer de ses épaules et lui permettre de respirer plus librement. Car tandis qu'Achille agrippait le revers de sa veste et l'attirait plus près, il repoussait lentement Mycah Hill, la dirigeante d'entreprise qui avait la responsabilité de plusieurs départements… Mycah Hill, la fille aînée de Lawrence et Cherise Hill, qui supportaient le fardeau de leur irresponsabilité financière et de leurs attentes irréalistes.

À la place se tenait Mycah, la femme vulnérable qui voulait lâcher prise juste une fois.

Elle se laissa donc aller, consentante, jusqu'à ce que leurs visages soient à peine à un centimètre l'un de l'autre, et que leurs souffles se mêlent. Jusqu'à ce que le feu de son regard brillant réchauffe sa peau.

À cette distance, elle distinguait les légères taches de rousseur sur le haut de ses joues et l'arête de son nez. Ces taches couleur cannelle auraient dû nuire à la brutalité sensuelle de ses traits, mais c'était l'inverse.

Comme elle avait envie de passer le bout de sa langue sur chacune d'elles.

— Quoi ? chuchota-t-elle.

— Dis-le encore, dit-il en lâchant sa veste et en passant ses doigts étonnamment doux sur sa gorge. Je veux découvrir par moi-même quel goût a le mensonge dans ta bouche.

Le désir jaillit en elle, brûlant et torride. Comme c'était

agréable. Si elle ne faisait pas attention, elle pourrait facilement y prendre goût.

— Tu crois encore que je cherche à m'encanailler ? murmura-t-elle.

— Ça m'est égal.

Elle cligna des yeux, pas certaine de ce qu'elle ressentait face à cette réponse.

— Pourquoi ?

Sans la quitter du regard, il passa son pouce sur ses lèvres.

— Parce que je veux m'enfoncer ici, dit-il en pressant plus fort. Et je veux me perdre là-dedans, ajouta-t-il en baissant les yeux sur la jonction de ses cuisses. Je le désire encore plus que ton tailleur me… rebute.

Aucun homme ne lui avait jamais parlé de la sorte. Ses paroles furent comme du petit bois jeté sur le brasier qui brûlait déjà en elle. Elle n'était pas novice avec les hommes. Elle les appréciait même. Mais à aucun moment elle ne s'était sentie aussi désirée. Non, ce n'était pas la bonne description : jamais elle ne s'était sentie aussi vitale. Comme si elle lui était aussi nécessaire que la nourriture, l'eau ou l'oxygène.

Elle savait qu'elle était attirante. Elle savait également que ses relations, son nom et son statut social étaient aussi séduisants que son visage ou son corps. Parfois plus même.

Pourtant, cet homme la voulait malgré ces signes extérieurs. Ces fardeaux.

— Alors… Est-ce que je vous apporte l'addition ?

Mycah se redressa brusquement et croisa le regard de la barmaid. Hors de sa vision périphérique, elle vit Achille reprendre lentement sa place. Contrairement à elle, il ne se comportait pas comme s'il avait été pris en « pris en flagrant délit », ce qui était ridicule de sa part, puisque ce n'était pas elle qui avait flirté du regard avec la barmaid.

— Oui, répondit-il sans la moindre trace de culpabilité ou de regret dans la voix. Vous pouvez apporter les deux additions.

— Ce n'est pas nécessaire…, dit-elle en le voyant fouiller dans sa poche arrière.

Il lui lança un regard voilé.

— Oh ! si. Ça l'est.

Il se tourna vers la barmaid et posa largement de quoi couvrir les deux additions sur le zinc.

— C'est pour les deux. Gardez la monnaie.

Puis il se leva et tendit une main vers Mycah. Elle fixa cette grande main aux longs doigts et aux ongles impeccables. Elle était sur le point de placer non seulement sa main dans la sienne, mais bien plus encore : son corps, son plaisir et sa sécurité. Tout ça avec un homme qu'elle connaissait depuis à peine trois heures.

C'était fou et absurde. Et tellement éloigné d'elle…

Elle posa pourtant sa paume sur la sienne et entrelaça ses doigts aux siens. Il l'attira vers lui, jusqu'à ce qu'ils soient poitrine contre torse, cuisses pressées ensemble et son sexe appuyé sur son ventre.

Mycah ferma les yeux, un désir brûlant tourbillonnant en elle.

— Je veux te l'entendre dire, dit-il en posant une main sur sa taille. Utilise cette jolie bouche et dis-moi ce que tu veux.

Mycah serra les mâchoires pour contenir le gémissement qui montait en elle.

— Si tu t'attends à ce que je crie au scandale demain matin, ça n'arrivera pas. Je n'aurai pas de regrets, Achille, lui assura-t-elle avant de prendre une profonde inspiration. Maintenant, si tu veux bien me lâcher, on pourra partir d'ici. Je peux prendre une chambre à l'hôtel où tu séjournes pour quand nous aurons… terminé pour la nuit.

— Terminé pour la nuit, répéta-t-il avec une note d'incrédulité.

Puis il ajouta d'un ton sombre et affamé qui vibra dans tout le corps de Mycah :

— Avec quel genre d'idiots as-tu couché qui étaient satisfaits d'avoir terminé pour la nuit ?

Le mépris dans la voix était impossible à ignorer. Peut-être qu'elle aurait dû se sentir gênée par son étonnement ? Mais le fait qu'il paraisse en colère contre les hommes qui l'avaient lésée atténua en partie ce sentiment.

— Je pense…

Elle s'éclaircit la gorge, mais le désir qui enrouait sa voix ne se dissipa pas.

— Je pense que tu devrais arrêter de parler pour qu'on puisse prendre un taxi.

Il émit un son bas – un rire ou un grognement ? – qui l'emplit d'une sensation de chaleur. Elle le laissa la guider hors du bar.

- 3 -

Pour la première fois depuis son arrivée dans le luxueux hôtel cinq étoiles au luxe ostentatoire, Achille était heureux des dispositions prises pour la succession de son père. S'il se sentait toujours aussi crispé devant les immenses baies vitrées qui lui donnaient envie de tirer les rideaux afin de cacher la ligne d'horizon de Boston et la terrible sensation d'exposition, Mycah, par contre, appréciait probablement la vue panoramique. Que penserait-elle de son chalet ? Ou des montagnes qui l'entouraient ? Apprécierait-elle la beauté de l'endroit, ou est-ce que le silence, la solitude et le manque de commodités l'ennuieraient après quelques jours ?

Il chassa aussitôt ces pensées. Pourquoi se posait-il ces questions ? C'était sans intérêt car la présence de Mycah dans sa chambre d'hôtel, et leur nuit de sexe, ne durerait pas.

Mais cette nuit leur appartenait.

Depuis qu'elle s'était levée de ce tabouret de bar, confirmant ses fantasmes au sujet de son corps, il n'avait cessé de remercier toutes les divinités chrétiennes et païennes.

La jeune femme se dirigea vers le salon en contrebas et la salle à manger. Les lumières du lustre en cristal se reflétèrent sur ses boucles couleur miel. Le regard affamé d'Achille se posa alors sur le balancement sensuel de ses hanches rondes et la perfection de ses fesses pleines.

Quand elle retira sa veste et la posa sur le dossier d'une chaise de la salle à manger, son regard fasciné s'attarda sur le tissu étiré sur ses seins. Il n'avait pas besoin de fermer les yeux pour imaginer la sensation de sa peau indubitablement ferme mais douce.

Spontanément, comme un animal flairant sa compagne, il la suivit. Mais pas pour la toucher, même s'il en avait envie à en avoir mal. Des yeux brun foncé, des cils épais qui semblaient emplis de secrets mais qui débordaient également de vulnérabilité, des pommettes arrogantes, un nez aristocrate, une mâchoire et un menton têtus mais délicats, et une bouche sensuelle qu'il ne pouvait s'empêcher de fixer.

— Tu veux que je retire mes vêtements pour qu'ils ne te rappellent pas qui je suis ? Tu trouverais ça plus facile ? demanda-t-elle en se détournant de la baie vitrée, les doigts déjà sur le bouton du haut de son chemisier presque transparent.

Sa voix avait beau être taquine, il perçut une pointe de raideur et d'insécurité. Et c'était lui, le fautif, à cause de ses paroles et de ses complexes personnels. Il était de sa responsabilité d'effacer ce doute qui ne devait pas exister entre eux. Pas ici. Pas ce soir.

— C'est ce que tu t'imagines ? suggéra-t-il en s'approchant.

Il saisit une boucle et tira dessus en regardant la chaleur briller dans ses yeux chocolat. Elle ouvrit ses lèvres pulpeuses et laissa échapper un léger halètement.

— Tu penses qu'il te suffit de retirer ce tailleur et ces chaussures pour que j'oublie la douceur et la délicatesse de ta peau ? demanda-t-il en passant un doigt sur le satin de sa joue. Pour que j'oublie à quel point cette voix relève d'une personne cultivée et attirante ?

Il baissa la main sur sa gorge et enserra son délicat

cou. Si elle s'était raidie, l'avait repoussé ou avait protesté de quelque manière que ce soit, il l'aurait relâchée. Mais elle n'en fit rien. Au contraire, ses cils se mirent à battre plus vite, et elle pressa légèrement sa joue dans sa paume, comme si elle savourait sa démonstration de virilité. Il sentit son sexe durcir derrière sa fermeture Éclair. Presque étourdi, il serra les dents contre le désir qui le brûlait et fit glisser son nez le long du cou de Mycah.

— Tu penses que retirer tes vêtements réussira à effacer ce parfum de féminité et de sexe ?

Il effleura de ses lèvres la ligne de sa mâchoire et gronda presque au contact de sa peau.

— Non, Mycah. Te déshabiller ne peut pas me faire oublier qui tu es, et je ne trouverai pas ça plus facile. Ça n'en sera que beaucoup plus dur.

— Achille.

— Oui, répondit-il en caressant sa mâchoire et son menton.

— Embrasse-moi. S'il te plaît.

Un ton si implorant. Si poli.

Il écrasa sa bouche contre la sienne, et sa saveur explosa en lui comme une météorite ; brûlante, cataclysmique, inéluctable.

Elle ouvrit la bouche sans hésitation, et il plongea en elle. Ce fut un baiser frénétique qui le laissa naufragé, sans défense et presque tremblant. Son cerveau ordonna à ses mains d'être douces, de ne pas serrer ses cheveux si fort et de ne pas tirer. Mais elles n'écoutaient pas ; elles ne se desserraient pas. Dieu merci, Mycah ne semblait pas en être gênée. C'était même le contraire. D'après les petits gémissements excitants qu'il buvait directement de sa bouche, elle en voulait visiblement plus.

Alors il s'abandonna.

Il tira sur ces boucles de soie afin d'incliner sa tête

et de plonger plus profondément en elle, de la dévorer et de l'explorer. Chaque coup de langue attisait un désir crépitant et brûlant. Mais il n'était pas satisfait de brûler dans ces flammes ; il voulait qu'elles le dévorent.

Il posa à nouveau une main sur sa gorge, et y sentit le battement erratique de son pouls. La sensation le réjouit, car c'était pour lui. C'était pour lui que le cœur de Mycah battait si fort et que son corps était empli de désir. Lui.

Cette prise de conscience l'électrisa. Il arracha sa bouche de la sienne en ignorant son petit cri de déception, et explora sa peau. Il la lécha, goûtant la richesse de son parfum et grogna à la morsure de ses ongles sur ses épaules. Ses hanches tressaillirent vers l'avant à ce soupçon de douleur se mêlant au plaisir qui bouillonnait en lui. Il frotta son sexe contre le doux renflement du ventre de Mycah et gémit.

— Bon sang, marmonna-t-il contre sa peau humide.

Levant la tête, il captura sa bouche une fois de plus, incapable de résister. Il en avait besoin, même s'il détestait se l'avouer. Il avait envie de son goût sur ses lèvres, il était avide des petits sons presque plaintifs qui lui échappaient – et qui lui faisaient savoir qu'il n'était pas le seul en proie au désir.

Bien que cela lui coûte, il s'éloigna un court instant, le temps de saisir son T-shirt et de le faire passer par-dessus sa tête. Les lèvres gonflées et les yeux voilés, Mycah l'observait. Elle leva alors la main pour faire de même avec son haut, mais il l'arrêta d'un brusque hochement de tête.

— Laisse-moi faire.

Avec des doigts qui lui semblaient soudain trop gros et maladroits, il tira sur les petits boutons de nacre et les enfonça dans les trous correspondants.

Son cœur battait contre sa cage thoracique alors qu'il dévoilait une peau brune et soyeuse recouverte de dentelle violette. Sa bouche s'assécha, mais il continua jusqu'à pouvoir passer ses mains sur les épaules délicates de Mycah et faire glisser son chemisier le long de ses bras.

— Tu es si belle, dit-il d'une voix rauque en suivant du doigt les rebords de la dentelle où étoffe et peau se rejoignaient.

Émerveillé, il leva les yeux vers son visage. Au fond de lui, il n'en revenait pas qu'elle lui permette de la déshabiller et de la toucher, et il s'attendait à tout moment à ce qu'elle change d'avis.

— Quoi que tu fasses ce soir, dit-elle en saisissant sa grande main, ne me traite pas comme si j'allais me briser. Je n'ai rien de fragile. Donne-moi tout de toi, Achille. Ne te retiens pas.

— Tu ne sais pas ce que tu me demandes, Mycah. Dire à un homme comme moi de ne pas se retenir.

Il s'était rendu dans ce bar afin de ne plus penser à son géniteur décédé, à ses frères dont il ignorait l'existence jusque-là, et au fait de devoir rester dans un monde qu'il ne supportait pas.

Pour oublier qu'il était rejeté et méprisé par ce monde, encore une fois.

Il voulait se perdre dans l'oubli grâce à l'alcool et au sexe. Une fois qu'il aurait posé sa bouche sur cette vallée entre ses seins, ou à la jonction de ses cuisses, là où se trouvait son sexe humide… le contrôle serait une chimère.

Mycah enfonça ses mains dans les cheveux d'Achille, et passa ses ongles sur son cuir chevelu.

— Fais de ton mieux alors.

Il frissonna à ses mots et à son contact, submergé de plaisir. Saisissant les hanches de Mycah, il la souleva et écarta les chaises pour la poser sur la table de la salle à manger. Son halètement doux et surpris se transforma en un cri aigu quand il se pencha sur elle pour saisir un mamelon entre ses lèvres.

Un gémissement lui échappa et couvrit presque celui de Mycah quand il posa sa bouche impatiente et vorace sur la pointe perlée de son sein. La sensation de ses doigts légers sur son cuir chevelu ne faisait qu'attiser son désir et l'encourager. De sa main libre, il dégrafa le fermoir du soutien-gorge et le retira rapidement avant de prendre ses seins en coupe.

— Achille, murmura-t-elle en se tordant contre lui et en poussant ses seins dans sa bouche. S'il te plaît.

Impossible de résister à une si jolie supplication ; il passa à l'autre sein, et frotta son nez contre le mamelon négligé avant de le couvrir de coups de langue sensuels. Quand il eut terminé avec son buste, il descendit vers son ventre, qui se creusa sous ses caresses. Mais il ne s'arrêta pas ; impensable quand il était emporté par un féroce raz-de-marée de passion et de désir. Ou quand le plaisir hurlait en lui et le griffait de l'intérieur telle une bête vorace qui exigeait d'être satisfaite.

Pas quand il doutait de pouvoir un jour être satisfait.

À cette pensée, son cœur se mit à tambouriner en signe de protestation. Il posa une main sur la poitrine de Mycah et la poussa doucement à s'allonger sur la table. Elle le regarda avec méfiance.

— Tu me fais confiance ?

Il ignorait pourquoi il avait dit cela. Il n'avait pas besoin de sa confiance ; il ne s'agissait pas de cela, ce soir. Mais il ne retira pas sa question car, même si ça n'avait aucun sens, au fond, il voulait son assentiment.

Elle finit par baisser lentement la tête, et il sentit le soulagement le gagner.

— Pour ça…, dit-elle en portant son attention sur les

doigts d'Achille pressés contre sa taille. Oui. Je te fais confiance.

C'était suffisant.

D'un mouvement rapide, il la débarrassa de son pantalon en emportant sa culotte. Il retira alors ses chaussures à talons et déposa de rapides baisers sur ses pieds avant de remonter dans un chemin d'adoration jusqu'à l'intérieur de ses cuisses. Une fois là, il ferma les yeux et inhala son parfum musqué, impatient de la goûter.

— Achille, s'exclama Mycah en saisissant sa tête et en resserrant ses belles jambes autour de lui afin de l'empêcher de bouger. Je n'ai pas… Je n'ai jamais… Je n'ai pas…

Il s'arrêta et s'assit sur l'une des chaises autour de la table, comme si avoir une femme étalée devant lui, tel un délicieux festin, était tout à fait normal. Ne pas fixer ses seins tremblants surmontés de mamelons perlés, ses magnifiques cuisses ou ses replis intimes gonflés de désir lui demanda une volonté qui défiait la force humaine.

— Tu n'as jamais quoi, Mycah ? Eu la bouche d'un homme sur toi ? Tu veux que j'arrête ?

Ça pourrait bien le tuer – d'autant plus qu'il voyait clairement la preuve de son désir sur sa chair – mais il le ferait. Une colère froide monta en lui pour tous ceux avant lui qui ne lui avaient pas donné ça.

— Non, bien sûr que j'ai… déjà eu la bouche d'un homme sur moi. Je n'arrive pas à croire que je dise une chose pareille alors que tu es littéralement assis entre mes jambes, marmonna-t-elle en pressant ses paumes sur ses yeux.

Elle se redressa sur ses coudes, ses boucles sauvages se balançant autour de son visage et de ses épaules, tandis que son visage reflétait un adorable mélange de confusion et de surprise.

— Tu veux que je m'arrête ? demanda-t-il encore.

Parce que pour lui – et son sexe –, c'était ce qui posait le plus de problèmes en ce moment.

— Non, murmura-t-elle, les yeux brillants.

— Donc, qu'est-ce que tu n'as jamais fait, Mycah ?

Elle agita alors une main d'un geste qui les englobait tous les deux.

— Ça ! Être allongée sur une table, sous une lumière si… forte, expliqua-t-elle d'une voix teintée d'embarras. Est-ce qu'on pourrait éventuellement aller… je ne sais pas… sur le canapé ou au lit ? Quelque part où je ne me sentirais pas si exposée ? Je veux dire, les gens mangent sur cette table.

— Non.

Elle le fixa en battant des cils.

— Non ?

— Non, répéta-t-il en saisissant ses hanches et en l'attirant plus près du bord de la table. Tu m'as dit de ne pas te traiter comme si tu pouvais te briser. La lumière ne te brisera pas. Te pousser hors de ta zone de confort ne te brisera pas non plus.

Sur ce, il plongea la tête dans cette zone parfumée, à la jonction de ses jambes, et l'inhala.

— Comme tu l'as dit, les gens mangent sur cette table. Eh bien, moi aussi.

Il posa les mains sur ses cuisses et les écarta largement afin de se régaler d'elle, et fit glisser sa langue dans ses replis intimes, se perdant dans son goût sucré et épicé. Il prit tout son temps pour la lécher, explorer et découvrir ce qui faisait trembler ses jambes et tressaillir son clitoris. Mycah n'était plus que gémissements alors qu'il apprenait à la connaître.

Son sexe lui faisait mal tant il la désirait, mais il aurait pu continuer à lui donner du plaisir toute la nuit. Une pensée insensée lui traversa alors l'esprit et disparut aussitôt.

J'ai trouvé mon but : amener cette femme à l'extase.

— Achille.

À nouveau, elle lui avait saisi les cheveux pour l'attirer vers elle. Ses hanches ondulaient avec désespoir, ne laissant aucune ambiguïté sur ce qu'elle attendait de lui.

— S'il te plaît. J'ai besoin de…

Un son entre gémissement et cri lui échappa.

— S'il te plaît, murmura-t-elle.

Si jusque-là il avait trouvé ses supplications plaisantes, à présent elles le rendaient fou et désireux de lui donner son orgasme. Il aspira son clitoris et enfonça deux doigts en elle.

Elle cria, traversée par un orgasme. Puis elle se laissa tomber, vidée de toute énergie, sur la table. Ses halètements remplirent le silence de la pièce, amplifiés par les respirations rauques d'Achille.

Il la désirait tellement que ça en était douloureux. Il fallait qu'il la fasse sienne.

Il se releva brusquement, renversant la chaise au passage, et prit Mycah dans ses bras pour la serrer contre lui. Il évalua rapidement la distance jusqu'à la chambre, mais son sexe décida que le canapé était le plus proche. Mycah avait toujours les yeux fermés lorsqu'il la posa en douceur sur l'immense canapé. Sans la quitter du regard, il retira rapidement ses vêtements et récupéra un préservatif dans son portefeuille.

— Hé, fit-il en s'agenouillant près d'elle et en prenant délicatement son visage en coupe. Regarde-moi.

Elle battit des cils et ouvrit les yeux. Un sentiment de satisfaction le frappa en pleine poitrine quand il vit son air alangui, car c'était son œuvre. C'était un sentiment primitif et arrogant, mais ça lui était égal.

— Ça va ? Tu es toujours avec moi ?

Elle cligna des yeux et la brume se dissipa. Elle

promena son regard sur son visage puis plus bas, sur ses épaules, son torse et encore plus bas, sur son sexe érigé. Il n'essaya pas de se cacher d'elle, et au contraire, saisit son érection à pleine main et se caressa, lui montrant l'effet qu'elle lui faisait.

— Oui, je suis toujours avec toi, dit-elle en recouvrant sa main de la sienne.

Un frisson le parcourut alors que les doigts délicats de Mycah s'enroulaient autour de lui et le serraient. Il baissa la tête et la regarda le caresser et lui donner du plaisir.

— Assez, bébé, gronda-t-il finalement en écartant sa main. Je veux être en toi.

Il prit le préservatif, l'ouvrit et l'enfila rapidement, puis d'un genou sépara les cuisses de Mycah. Le bout de son sexe se posa à l'entrée de sa chaleur humide, ce simple contact le fit trembler, mais il s'arrêta.

Même si cela lui en coûtait, il s'agrippa au canapé et pressa son front contre le sien avant d'écraser sa bouche sur la sienne. Alors qu'il écartait ses lèvres et glissait lentement sa langue en elle, il imita l'action avec son sexe et la pénétra en profondeur.

Une sensation de chaleur le brûla de l'intérieur. Il serra les mâchoires et le bras du canapé. Ses muscles hurlaient leur besoin de bouger, mais il ne voulait pas briser ce moment parfait.

Il délaissa sa bouche pour parsemer de baisers son menton, ses pommettes, ses tempes et son front.

— Parle-moi, Mycah, dit-il en cherchant le moindre signe d'inconfort sur son visage. Ça va ? Dis-moi ce que tu attends de moi.

Elle s'humecta les lèvres et croisa son regard.

— Ne te retiens pas avec moi.

Achille gémit et passa une main sous sa jambe, puis se retira entièrement avant de s'enfoncer d'un coup de reins puissant en elle. Leurs gémissements résonnèrent à l'unisson. Mycah enfonça ses ongles dans son dos et cette délicieuse douleur ajoutée au plaisir le catapulta dans une tempête de plaisir.

Il ne lutta pas, au contraire. Il lâcha prise et laissa libre cours à sa passion avec un abandon qui aurait dû l'inquiéter. S'il avait ralenti ou tenté d'analyser pourquoi cette femme l'affectait à ce point, il aurait peut-être pris peur. Mais il ne ralentit pas et n'analysa pas. Plus rien ne comptait.

D'un mouvement rapide, il les retourna et enfouit ses mains dans ses boucles afin de tirer sa tête vers le bas et d'unir leurs bouches alors qu'il soulevait ses hanches et la pressait de le prendre en elle. Elle obéit à cet ordre tacite : ses hanches s'abaissèrent lentement, comme une danse érotique qui menaçait de les envoyer dans l'oubli le plus doux et le plus impudique.

En sentant un tremblement la parcourir, Achille tendit la main entre eux et encercla son clitoris gonflé, le caressant et le pinçant. Elle jouit avec un cri rauque et, quelques coups plus tard, il la rejoignit dans l'extase. Mais alors même qu'il s'élevait dans les cimes du plaisir, il sut avec certitude qu'une fois ne suffirait pas.

- 4 -

Les portes de l'ascenseur s'ouvrirent sur la haute silhouette d'Achille à l'étage exécutif de Farrell International. Trois mois s'étaient écoulés depuis la lecture du testament de son « père », songea-t-il en réprimant un frisson. En évoquant ce mot, un sentiment de dégoût et de colère monta en lui. Il était arrivé à Boston trois mois plus tôt, à la mort de Barron. Depuis, il avait gagné deux demi-frères, et était devenu milliardaire et propriétaire d'un tiers d'une entreprise internationale.

Quatre-vingt-dix jours pendant lesquels il n'avait cessé de se sentir comme un imposteur, ou la cinquante et unième pièce d'un puzzle de cinquante pièces que le fabricant aurait ajoutée par erreur.

Le Farrell fou.

C'est ainsi qu'on l'appelait.

Pas en face bien sûr. Non, la prétendue bonne société de Boston ainsi que les nombreux associés de son frère aîné, Cain, n'étaient pas assez courageux pour risquer leur réputation ou leur entreprise en faisant quelque chose d'aussi stupide que d'insulter ouvertement un Farrell, bâtard ou pas.

Les mains dans les poches de son pantalon, Achille s'avança en regardant droit devant et en s'imprégnant du luxe discret mais évident de cet étage. Bien sûr, ce n'était pas la première fois qu'il venait ici, mais les tableaux d'une valeur plus élevée que son chalet tout entier, et les meubles probablement choisis par un architecte intérieur de renom l'irritèrent comme chaque fois. Même l'odeur de cet endroit pourrait faire une superbe bougie parfumée : « Argent à brûler. »

Il grogna intérieurement et lutta contre l'envie d'arracher sa veste et l'élastique de ses cheveux, et de retourner l'un de ces bureaux. Quel spectacle ça serait pour tous ces gens ! Après tout, c'était bien pour cela qu'ils l'observaient : dans l'espoir de le voir perdre le contrôle et de pouvoir affirmer : « Je te l'avais dit. Il n'est pas comme ses frères. Il n'est pas comme Cain l'héritier, ou Kenan le charmeur. Il n'est pas des nôtres. »

Soit dit en passant, ils n'auraient pas tort.

Il n'était pas comme Cain, que Barron Farrell – contrairement à lui – avait gardé et formé dès son plus jeune âge à diriger l'entreprise. Il n'était pas non plus comme Kenan Rhodes, qui, bien qu'étant un autre fils illégitime, avait été adopté par une famille influente et puissante de Boston.

Non, Achille était l'ancien détenu, bâtard et solitaire, qui préférait la compagnie des ordinateurs à celle des gens.

Il avait un seul souvenir depuis son arrivée dans cette ville, de s'être senti désiré et indispensable. Comme souvent – même s'il refusait de se l'avouer – son esprit retourna à cette nuit de sexe dans un hôtel cinq étoiles avec une femme magnifique. Ce rêve continuait à le hanter des semaines plus tard.

Combien de fois s'était-il réveillé, tremblant de désir ? Combien de fois s'était-il surpris à chercher ce magnifique visage familier dans les rues de la ville ?

Il s'était fixé une seule et unique nuit, et ne le regrettait pas, car comme son inconscient le démontrait, Mycah aurait pu devenir une obsession. Or, Achille ne voulait rien – ni obligations, ni promesses, ni frères – qui puisse le retenir ici une fois l'année écoulée.

Il inspira profondément et tenta de calmer les pensées moroses qui tourbillonnaient dans son esprit. Il avait promis de rester un an à Boston aux côtés de ses demi-frères, dont il ignorait encore l'existence trois mois plus tôt.

— Bonjour, monsieur Farrell, le salua Charlene Gregg, l'assistante de direction de Cain, avec un sourire sincère mais professionnel. Ils vous attendent dans la salle de conférences.

Achille hocha la tête et passa devant elle. Il ne comprenait pas pourquoi Cain insistait pour le faire participer à ces réunions d'affaires : négociations de contrats, réunions avec le conseil d'administration ou dans le cadre d'acquisitions… Que Kenan, le génie du marketing, y participe, c'était logique. Mais Achille ? Il se fichait complètement de tout cela. Qu'ils le laissent tranquille durant les neuf prochains mois au service informatique où il s'était fait une place et tout irait bien.

Serrant les mâchoires, il saisit la poignée de porte de la salle de conférences et la tourna.

— … réputation vous précède. Ah, le voilà.

Cain se leva de l'une des chaises en cuir noir qui bordaient la longue table en bois. Kenan l'imita.

— On attendait ton arrivée avant de commencer l'entretien, Achille.

Achille hocha la tête et ferma doucement la porte derrière lui.

— Excusez-moi. J'ai été retenu par un coup de fil.

C'était en partie vrai. Il avait discuté avec un commercial au sujet d'un éventuel nouvel antivirus, mais l'appel s'était terminé il y a presque trente minutes. Il avait ensuite commencé à travailler sur un projet, et il en avait perdu la notion du temps. Mais il ne pouvait pas en parler à Cain et à Kenan. À personne d'ailleurs.

Il s'installa près de Kenan en évitant son regard vif.

Son jeune frère était redoutablement perspicace pour quelqu'un qui souriait constamment, ce qui irritait Achille au plus haut point.

Comme s'il lisait dans ses pensées, Kenan sourit encore plus largement.

— Aucun problème. On n'aurait jamais commencé sans toi, quand on sait à quel point tu tiens à assister à ces réunions.

Heureusement qu'il avait été enfant unique durant trente ans.

— On commençait à peine, émit Cain en tentant de contenir un sourire face à la taquinerie pas si subtile de Kenan.

Il y a trois mois, Cain Farrell aurait réagi aux pitreries de Kenan en lançant des regards noirs à écailler la peinture des murs. Mais à présent il réprimait un sourire. C'était amusant de voir ce que tomber amoureux et se fiancer pouvait faire à un homme. Cain se tourna vers la femme qui se levait de sa chaise à l'autre bout de la table, et tendit un bras dans sa direction.

— Permets-moi de te présenter Mycah Hill. Elle passe un entretien pour le poste de vice-présidente des opérations.

Mycah.

Abasourdi, Achille se figea sur place. Ses muscles se contractèrent tandis qu'il fixait la femme en face de lui. La femme qui l'avait laissé se perdre dans son corps à plusieurs reprises dans une chambre d'hôtel. La femme qui, des mois plus tard, refusait de quitter son esprit.

Elle était magnifique.

C'était comme si le destin s'ennuyait et qu'il avait décidé de s'amuser à torturer quelqu'un au hasard. Mycah semblait tout droit sortie de ses souvenirs. Les mêmes boucles serrées couleur miel qu'il pouvait encore sentir dans sa main. Le même joli visage avec ses yeux marron de forme ovale, ses pommettes sculptées, ses lèvres pleines et son menton délicat mais têtu. Le même corps tout en courbes emplies d'une force sensuelle qui lui serrait la poitrine et durcissait son sexe.

Qu'est-ce qu'elle – comment est-ce que Cain avait dit qu'elle s'appelait ? Mycah Hill ? – faisait ici ? Ah oui : un travail. Le poste de vice-présidente des opérations… dans l'entreprise dont Achille possédait le tiers. Quelles étaient les probabilités qu'elle ait ignoré ce fait ?

Elle ignorait peut-être qui il était ce soir-là – et il le croyait, car les médias ne s'étaient pas encore emparés de l'histoire – mais elle le savait parfaitement à présent. L'attention médiatique sur les « bâtards Farrell » était un enfer depuis l'enterrement. Quand ils s'étaient rencontrés, Mycah lui avait semblé être une femme intelligente. Elle n'aurait pas postulé à un emploi sans avoir d'abord fait des recherches approfondies sur l'entreprise et ses dirigeants.

Oui, elle était entrée dans ces bureaux en sachant qu'elle serait assise en face de la personne qu'elle avait connue au sens biblique du terme.

Il étrécit son regard sur elle et croisa ses yeux couleur expresso. Elle ne l'évita pas. L'admiration et la colère se mêlèrent en lui.

Quel était son plan ? Admettre qu'elle le connaissait et qu'elle avait couché avec lui ? Ou prétendre qu'elle ne l'avait encore jamais vu ?

— Mycah, voici Achille Farrell, notre troisième frère, et directeur de la stratégie numérique, poursuivit Cain.

Mycah hocha la tête et offrit un sourire poli à Achille.

— C'est un plaisir de vous rencontrer, monsieur Farrell.

C'était donc l'option B.

Le comportement adéquat aurait été de répondre, mais il en était incapable pour le moment tant il était occupé à ruminer sa déception et sa colère.

Ce qui n'avait aucun sens.

Cette déception et cette rage étaient ridicules. Il était pourtant conscient du genre de femme qu'elle était quand il l'avait rencontrée. Comme tous les gens de cette haute société intouchable, avec leur pedigree irréprochable, leur argent et leur éducation supérieure, il savait que malgré son joli discours, s'ils s'étaient croisés en plein jour dans les rues pavées de Beacon Hill, elle n'aurait jamais voulu l'approcher.

Il avait cependant prouvé qu'elle était plus que « touchable », même si elle préférait probablement l'oublier.

Il ne dit rien cependant, et quand Kenan lui lança un regard exaspéré, il lui répondit par un sourcil arqué.

Cain se rassit et déclara :

— Comme ça va être compliqué de tous nous appeler « monsieur Farrell », pourquoi ne pas opter pour Cain, Kenan et Achille ?

Mycah sourit à nouveau et Achille serra les doigts sur sa cuisse en se remémorant la douceur de ses lèvres sur les siennes. Il détourna les yeux et fixa à la place la grande baie vitrée. Il fallait que cet entretien se termine avant qu'il fasse une monumentale bêtise. Comme la supplier de le laisser à nouveau respirer son parfum capiteux de lavande et de cèdre…

— Ça me va, convint-elle.

— Parfait. Alors commençons.

Cain passa un dossier à Achille, qui n'eut d'autre choix que de l'ouvrir et de parcourir le CV à l'intérieur.

— Nous avons parcouru votre curriculum vitæ, et je connais très bien votre réputation irréprochable. Vous avez joué un rôle clé dans la restructuration des stratégies commerciales de Ryland & Co. Grâce aux procédures simplifiées que vous avez mises en place, l'entreprise a considérablement augmenté son retour sur investissement et optimisé le workflow. J'avoue m'être entretenu avec plusieurs responsables de chez eux, et ils n'ont eu que des paroles élogieuses à votre égard. Donc cela, je le sais déjà. Ce que j'aimerais savoir…

Cain posa ses avant-bras sur la table et joignit les mains.

— C'est la raison pour laquelle vous envisagez de quitter Ryland pour venir ici ?

Mycah ne répondit pas immédiatement. Elle imita la position de Cain et croisa son regard fixe avant de les scruter tour à tour. Même s'il avait rapidement détourné les yeux, Achille était impatient d'entendre sa réponse. La femme sérieuse, réservée et confiante qu'il avait entrevue ce soir-là au bar le fascinait malgré lui.

— Ryland est une bonne entreprise, très stable. Je ne serais pas restée sept ans avec eux autrement. Mais Farrell International n'est pas qu'une bonne entreprise : c'est la meilleure. Ici je pourrai être la meilleure. Je peux commencer en tant que vice-présidente des opérations, mais je suis capable de bien plus. Je suis allée au bout de mes possibilités chez Ryland, et s'il y a une chose que je ne supporte pas, c'est de stagner.

Elle haussa alors un sourcil, et le coin de sa bouche se releva.

— J'ajoute que le salaire que vous offrez est pratiquement le double de celui que je gagne actuellement.

— Honnête, dit Kenan en s'esclaffant. Ça me plaît.

— Donc, vous ne serez pas satisfaite avec le poste de vice-présidente des opérations ? demanda Cain en penchant la tête.

Encore une fois, Mycah l'imita.

— Vous le seriez ? rétorqua-t-elle doucement.

Un lent sourire se dessina sur les lèvres de Cain.

— Non.

Ambitieuse et probablement impitoyable, songea Achille

avec dédain. Pourquoi n'était-il pas surpris ? Voilà des vertus que ses deux demi-frères admireraient. Mais il avait vu ces mêmes qualités chez des détenus avides de pouvoir qui rendaient la vie dure à ceux qui cherchaient simplement à terminer leur peine de prison sans histoires.

Les ambitieux ne lui inspiraient pas confiance.

Le reste de l'entretien se déroula sans aucune contribution de sa part. Cain et Kenan interrogèrent Mycah sur son expérience professionnelle, ce qu'elle pourrait apporter à Farrell International, ce qu'elle mettrait en œuvre, et comment elle gérerait certaines situations professionnelles. Achille était adossé au dossier de son siège, souhaitant pouvoir ignorer la présence de Mycah.

Mais c'était impossible.

Sa voix vibrait en lui, et son parfum aurait tout aussi bien pu être diffusé par le système de ventilation car il semblait remplir l'air.

Il essayait de ne pas la regarder, mais ses cheveux, ses yeux, et cette bouche… Il n'y avait pas une partie d'elle dont il arrivait à se détacher sans revivre…

À la fin de l'entretien, Achille fit semblant de ne pas remarquer le regard curieux de Kenan sur sa jambe qui remuait, ou sa main qui serrait les bras de la chaise.

Les murs n'étaient pas en train de se refermer sur lui ; il savait reconnaître les signes d'une crise de panique. Après sa sortie de prison, il en avait suffisamment souffert. C'était la conséquence d'avoir été enfermé de longues journées dans une cellule de deux mètres sur deux.

Ce qui lui pesait en ce moment, c'était l'indifférence de Mycah. Ce qui lui tordait l'estomac, c'était le dégoût qu'il ressentait pour lui-même de s'en soucier.

Il fallait qu'il sorte d'ici.

Il repoussa sa chaise, et se leva.

Cain fronça les sourcils, le regard inquiet.

— Achille, tu…

— J'avais oublié que j'attendais un appel, expliqua-t-il. C'était un plaisir de vous rencontrer, madame Hill.

Les mots lui écorchèrent presque la bouche, mais il n'y pouvait rien. Il essaya d'ignorer les coups d'œil perplexes de Cain et de Kenan, qui devaient sûrement se demander s'il y avait une part de vérité dans cette histoire de « Farrell fou ».

Surtout Cain.

Leurs rapports étaient bien meilleurs à présent que lorsqu'il était entré dans la vie de Cain. Mais Achille ne se faisait pas d'illusions. Un homme aussi brillant et prudent que son frère aîné n'autoriserait pas un loup à sa porte sans l'avoir au préalable muni d'un collier. Cain avait sûrement dû faire des recherches sur lui. Son frère devait connaître son passé de criminel et la raison pour laquelle il avait fait de la prison.

Incapable de croiser leurs regards plus longtemps – et encore moins celui de la femme dont la seule présence le faisait fuir –, il sortit à grands pas de la salle de réunion.

- 5 -

Mycah baissa les yeux sur son nouveau badge. Sa photo solennelle semblait la regarder avec calme, sentiment qui contrastait avec l'état nerveux dans lequel elle se trouvait.

Vingt-quatre heures seulement après son entretien avec les trois frères Farrell, Cain l'avait appelée pour lui proposer le poste. Elle avait beau tenir le badge qui lui donnait accès à l'étage exécutif et avoir son contrat d'embauche dans sa mallette, elle n'en revenait toujours pas d'être la salariée d'une des entreprises les plus puissantes, influentes et riches du monde.

Elle aurait dû se sentir joyeuse ou excitée : une femme noire de vingt-neuf ans qui réussissait à se faire sa place dans un monde d'hommes blancs d'âge mûr. Et comme elle l'avait dit à Cain Farrell, ce n'était que le début. Alors oui, elle aurait dû se sentir satisfaite.

Mais non. Le sentiment qui prédominait était le soulagement. À l'instant où elle avait reçu cet appel, elle avait enfin pu respirer.

Durant l'entretien, Cain l'avait interrogée sur ses motivations à travailler pour Farrell International. Elle avait dit la vérité, mais pas entièrement.

Comment aurait-elle pu expliquer à un employeur potentiel qu'elle avait besoin de ce travail afin de soulever l'énorme meule de pierre qui réduisait lentement sa cage thoracique en poussière ? Et que cette meule était sa famille ?

Non, ça ne se serait pas bien passé. Ils l'auraient tous regardée comme s'il lui avait poussé six têtes cracheuses de feu, puis ils l'auraient poliment reconduite à la porte de la salle de réunion.

Mais peut-être que l'un d'eux ne l'aurait pas fait, car il l'aurait comprise.

Elle ferma brièvement les yeux et l'image d'Achille Farrell lui apparut instantanément, ce qui lui arrivait souvent. Ça n'avait peut-être été qu'une aventure d'un soir entre eux, mais dans son esprit elle avait l'impression de sortir avec lui depuis trois mois. Trois mois qu'il s'introduisait dans son lit la plupart des nuits, et quittait ses rêves en la laissant moite de désir.

Elle poussa un soupir en fixant le voyant allumé du huitième étage de l'ascenseur. Quand les portes s'ouvrirent, son cœur cogna avec force contre sa cage thoracique et son estomac se tordit d'angoisse. Elle avait attendu 19 heures, et vérifié au préalable avec la sécurité, pour être sûre que la personne qu'elle voulait voir était encore là.

Se préparer à se retrouver face à Achille pour l'entretien d'embauche avait déjà été difficile. Seigneur, la puissance et la vitalité que dégageait cet homme… C'était comme une force qui se glissait sous sa robe pour effleurer sa peau, danser sur son ventre, et se frayer un chemin entre ses jambes… Elle avait même failli se trahir face à Cain et à Kenan Farrell en montrant son trouble.

En jean et bottes ou en élégant costume, Achille restait viril. Quand ses yeux de loup avaient croisé les siens, elle avait perdu toute pensée cohérente.

Non, c'était faux. En réalité elle avait été bombardée par les souvenirs de leur nuit : la façon dont il l'avait allongée sur la table de la salle à manger pour la dévorer, puis portée si tendrement jusqu'au canapé avant de lui faire l'amour avec férocité.

Le fait aussi qu'il ait tenu sa promesse et l'ait gardée toute la nuit. Elle n'avait pas quitté sa chambre avant le petit matin, délicieusement endolorie et fatiguée.

Pourtant, elle avait réussi à croiser son regard sans trembler de désir dans cette salle de réunion. Sa mère aurait rayonné de fierté devant sa capacité à mentir.

Une douleur sourde commença à poindre au-dessus de son œil droit, signe d'une migraine imminente. Mieux valait en finir rapidement, car elle commençait dans une semaine chez Farrell International.

Le tapis épais étouffait le bruit de ses talons, et les fenêtres aux stores relevés lui offraient une vue imprenable sur le géant aux cheveux longs qui fronçait les sourcils devant la rangée d'ordinateurs sur son bureau. Elle s'arrêta brusquement, le souffle coupé. Il était si beau. Si viril, séduisant et sauvage. Il lui faisait penser à l'œil de l'ouragan, à un calme trompeur. Un pas de trop et il était capable de vous dévaster entièrement.

Mycah ferma les yeux et se pinça l'arête du nez. Elle regardait vraiment trop de séries Netflix.

Quand elle souleva les paupières, elle vit un regard brillant posé sur elle. Baissant le bras, elle expira lentement et plaqua un sourire sur son visage avant de forcer ses pieds à avancer. Achille se redressa, comme si se lever par politesse à l'entrée d'une femme était plus un réflexe qu'une volonté.

— Achille, dit-elle, émerveillée que sa voix ne tremble pas sous l'effet de ce regard brûlant.

— Kenan m'a dit que tu avais été embauchée. Félicitations.

Son ton plat était dépourvu de sarcasme ou de sous-entendu, ce qui la dérangea.

— Merci, dit-elle avec hésitation. Tu n'aurais pas… ?

— Quelque chose à voir avec la décision ? termina-t-il à sa place. Non. Je leur ai dit que leur choix me conviendrait.

Emplie de soulagement, elle détourna les yeux. La dernière de ses inquiétudes, le fait qu'elle n'aurait pas eu ce poste sur ses mérites, venait de se dissiper.

— C'est pour ça que tu es là ?

Il contourna le bureau et s'y appuya en croisant les bras. Mycah fit semblant de ne pas remarquer sa chemise blanche qui se tendait sur ses bras puissants.

— Pour savoir si je ne les ai pas influencés ? ajouta-t-il en inclinant la tête. Ou si au contraire, je l'ai fait ?

Elle eut l'impression de recevoir un coup de poignard et battit des cils, blessée.

— C'est vraiment ce que tu penses ? Que je voulais me servir de notre lien… passé pour obtenir ce travail ?

— Que viens-tu faire ici ?

Nouvel éclair de douleur qu'elle enterra cette fois sous une plaque de glace. Avec des parents tels que les siens, elle avait appris très tôt à développer des mécanismes de défense dignes d'impressionner un général de l'armée. Si elle était capable de survivre à Lawrence et Cherise Hill, elle pouvait très bien supporter cette conversation avec Achille Farrell.

— Pour assainir la situation. Si nous devons travailler ensemble, si je dois occuper le poste de vice-présidente, il faut qu'on soit sur la même longueur d'onde. Surtout sur notre position en tant qu'employeur et employée.

— Va droit au but, Mycah. Tu ne veux pas coucher avec le patron, et tu ne veux pas qu'on sache que tu l'as déjà fait dans le passé. C'est bien ça ?

Comment était-il possible de brûler à la fois d'embarras et de désir ? C'était comme s'il déformait tout ce qu'elle disait.

— Écoute, Achille, est-ce qu'on pourrait repartir de zéro ? Tu prends mal tout ce que…

— Pourquoi as-tu fait semblant de ne pas me connaître

hier ? demanda-t-il en se redressant du bureau, mais sans s'approcher d'elle.

La honte l'envahit. Elle aurait aimé pouvoir dire qu'elle était quelqu'un d'honnête, et dans son cœur elle le pensait vraiment, mais dans sa famille le mensonge était monnaie courante. Pour ses parents, le mensonge était un outil et un fonds de commerce. Pour Mycah et sa sœur, c'était une nécessité pour survivre.

Et c'était bien cela qu'il s'agissait hier : de la survie.

— Je suis désolée d'avoir induit tes frères en erreur…

— Tu as menti.

— J'ai menti, murmura-t-elle avant de pousser un petit soupir et de lever les mains vers lui. Je suis désolée pour la position dans laquelle tu t'es trouvé. Je le suis vraiment, Achille.

Elle s'approcha de lui, mais son regard glacial l'avertit de ne pas continuer. Un frisson la parcourut. Elle se força à baisser les mains et à les garder le long de son corps au lieu de se frotter les bras.

— Je ne te demande pas de comprendre ou d'accepter mes raisons, mais je suis une femme dans une entreprise dominée par les hommes. Malgré mes études et mon parcours, si on découvrait que j'ai couché avec un employeur ou un supérieur hiérarchique, tout ce que j'ai accompli jusque-là irait à la poubelle, et je serais considérée comme la femme qui a eu une promotion canapé.

Achille ne répondit pas, mais lui fit un signe du menton, qu'elle prit pour un encouragement à continuer. Mycah poussa un soupir en passant une main dans ses boucles.

— Je ne sais pas si tes frères auraient eu ce genre de réaction misogyne, mais je ne pouvais pas prendre le risque.

Car elle avait besoin de ce travail. Et pas seulement parce qu'elle voulait percer le plafond de verre, ou pour le prestige d'occuper un poste de direction au sein d'une entreprise qui figurait régulièrement dans le classement Fortune 100.

Non, si elle avait désespérément besoin de ce travail, c'était à cause de sa famille, et plus précisément de ses parents.

Bien que la famille Hill soit une vieille fortune issue d'une ancienne lignée, les revenus de l'entreprise familiale ne suffisaient pas à financer le train de vie excessif de Lawrence et Cherise. Ses parents en étaient donc venus à dépendre de l'emploi de Mycah, même s'ils ne cessaient de la railler. Ils considéraient son travail comme commun et en avaient honte. Pourtant, ils s'attendaient à ce qu'elle paye les factures lorsque leurs comptes étaient vides. Qu'était-ce qu'un impayé d'hypothèque ou de crédit de voiture ou le salaire du personnel lorsque le salon devait être décoré à la dernière mode ? Pourquoi devaient-ils s'occuper de factures inutiles alors qu'elle était là pour le faire ?

S'il ne s'agissait que d'eux, elle aurait pu les envoyer au diable. Mais il y avait Angelique, sa brillante sœur de quinze ans qui était scolarisée dans un prestigieux lycée privé dont l'enseignement – ainsi que le prix – rivalisait avec celui de Harvard. Mais sa sœur le méritait largement et, pour Angel, Mycah était prête à tous les sacrifices.

Même si cela impliquait de payer également les factures de leurs parents.

Le battement au-dessus de son œil droit s'intensifia, mais elle s'empêcha de le masser. Elle avait eu une aventure avec l'homme qui se trouvait face à elle. Devant lui elle s'était déshabillée et avait été aussi vulnérable qu'une femme pouvait l'être avec un homme. Mais c'était du passé : elle ne pouvait plus se permettre d'être faible et vulnérable. Cet homme, si différent de celui qui l'avait embrassée et qui lui avait fait l'amour avec tendresse et passion, comptait ne lui faire aucun quartier. Son regard impitoyable cherchait la moindre faille à exploiter.

— Est-ce que le mensonge était la seule limite que tu étais prête à franchir ? demanda-t-il en s'approchant d'elle.

Il s'arrêta si près qu'elle fut enveloppée par son odeur de pin et de pluie fraîche. Elle se souvint alors du goût de sa peau sur sa langue.

— De quoi parles-tu ? murmura-t-elle.

— Tu es trop intelligente pour ne pas avoir fait de recherches sur l'entreprise. Tu devais bien te douter qu'il y aurait des chances que j'assiste à l'entretien. « L'embuscade Mycah » : voilà ce que j'ai pensé. Était-ce ton plan ? Qu'aurais-tu fait si on ne t'avait pas proposé le poste ? Est-ce que la prochaine étape aurait été le chantage ?

Brûlant de l'intérieur sous l'effet de l'indignation, elle fut incapable de parler durant quelques secondes. Puis l'indignation fut remplacée par la douleur. Elle ne méritait pas et n'accepterait pas ça.

— Tu as raison, dit-elle doucement en redressant les épaules. J'ai fait des recherches sur Farrell International, mais pas sur toi et Kenan Rhodes. Je savais déjà qui vous étiez puisque vous faites la une des médias jusqu'à la nausée depuis trois mois.

Rendue imprudente par la colère qui bouillonnait en elle, elle s'avança également vers lui. Le regard d'Achille brilla alors d'une émotion qu'il masqua immédiatement derrière une expression blasée.

— Je me suis excusée de ne pas avoir été honnête lors de l'entretien, et je le referai si tu en as besoin. Je suis désolée. Mais je ne m'excuserai pas pour une histoire de chantage sortie tout droit de ton imagination. J'ignore si je dois me sentir offensée ou flattée que tu puisses m'attribuer quelque chose d'aussi ingénieux. Criminel et sournois certes, mais ingénieux, tout de même, dit-elle en se tapotant la lèvre inférieure en plissant les yeux, avant de déclarer : Ah si ! Offensée.

Elle se pencha alors vers lui, et tenta de maîtriser la colère et la douleur dans sa voix :

— Pourquoi ai-je à nouveau le sentiment d'être punie à la place d'une autre ?

Achille se raidit et, cette fois, elle n'eut aucun mal à percer le mystère de son regard, car il reflétait les émotions qui bouillonnaient en elle. Pendant une seconde, elle regretta presque sa question et eut envie de lever la main pour caresser sa mâchoire ciselée en lui demandant d'oublier ce qu'elle venait de dire.

Mais s'il pouvait lancer des horreurs, elle aussi. Pourtant elle aurait menti en prétendant ne pas vouloir connaître la réponse. Cependant elle ne pensait pas qu'il le ferait, ou il s'attendrait également à une explication de sa part, et cela, il n'en était pas question.

— Si tu es venue me voir, c'est pour une bonne raison, Mycah. Je te soupçonne de ne rien faire au hasard. Alors continue, parce que j'ai du travail. Qu'est-ce que tu veux ? gronda-t-il en s'éloignant d'elle.

Elle ressentit ce pas en arrière comme un rejet… une claque, et elle se détesta pour cela.

— Je ne voulais pas ça, dit-elle en agitant une main entre eux.

Elle se sentit soudain fatiguée et triste. Si inexplicablement triste.

— J'aurais pu t'éviter le déplacement, dit-il en retournant à grands pas derrière son bureau.

Il étudia un instant les moniteurs devant lui en fronçant les sourcils, comme s'il l'avait oubliée, avant de la fixer de son regard bleu-gris.

— Le fait que je n'ai rien dit lors de ton entretien montrait que j'avais accepté de ne jamais évoquer notre…

comment as-tu dit déjà ? … notre lien passé. Crois-le ou non, je comprends tes raisons, je t'assure. Je comprends aussi que tu ne veuilles pas faire de galipettes avec le patron. Ma mère était serveuse douze heures par jour dans un restaurant de routiers avec des clients qui s'imaginaient qu'elle était au menu avec le steak et les œufs. Et puis, comme si esquiver les clients n'était pas suffisant, elle devait aussi éviter les patrons qui trouvaient qu'une mère célibataire avec un besoin urgent de travailler était une proie facile. Alors non, tu n'auras pas ce genre de problèmes avec moi.

Il haussa soudain un sourcil et demanda :

— Donc, s'il n'y a rien d'autre…

Seule une imbécile aurait pensé qu'il l'invitait à poursuivre, et si Mycah avait ses défauts – menteuse, masochiste, guichet automatique ambulant –, elle était par contre loin d'être une idiote.

Après un bref signe de tête, elle quitta le bureau. Qu'aurait-elle pu ajouter ? Il avait parfaitement compris où elle voulait en venir : établir une frontière dans le cadre du travail.

Pourtant elle partit avec le sentiment qu'ils venaient de se lancer leurs gants à la figure. Pourquoi avait-elle l'impression qu'entre eux c'était le début de la guerre ?

- 6 -

— Comment se passe ton deuxième semestre, Angel ? demanda Mycah à sa sœur tandis que Beth, la domestique de ses parents, lui servait de la bisque de homard.

Mycah murmura un remerciement à la jeune blonde, et prit sa cuillère en souriant à sa petite sœur.

— La dernière fois qu'on a discuté, tu me disais à quel point les cours d'informatique te passionnaient. Ça te plaît toujours autant ?

Angelique se tapota rapidement la bouche avec sa serviette avant de répondre avec fougue :

— J'adore ! Mme Ferrara est incroyable. J'apprends tellement avec elle, s'exclama-t-elle en se penchant et en manquant de faire tomber ses boucles brunes dans la bisque de homard. Et devine quoi ?

Elle poursuivit sans laisser à Mycah le temps de deviner :

— On développe nos propres jeux vidéo ! C'est cool, non ? Mme Ferrara dit que les universités et les futurs employeurs verront notre portfolio de jeux comme une preuve de notre capacité de conception. Le lycée est donc le moment idéal pour s'y mettre. On va télécharger le moteur de jeu Unity…

— Angelique, s'il te plaît, l'interrompit Cherise Hill d'un ton sec, sans pour autant élever la voix.

Une dame n'élevait jamais la voix, car c'était une preuve de mauvaise éducation. Tout comme adopter un langage vulgaire, rire fort et se présenter à un événement sans avoir été invité.

— Mange avant que ça refroidisse. Et toi, Mycah, ajouta-t-elle d'un ton soudain chaleureux, comme un interrupteur qu'on aurait actionné, c'est la première fois que tu dînes avec nous depuis que tu travailles chez Farrell International. Nous avons été blessés que tu ne sois pas venue nous parler de ton nouveau travail.

Irritée, Mycah serra sa cuillère en voyant l'expression embarrassée et peinée de sa sœur, qui baissa aussitôt la tête. Mycah lança un regard noir à sa mère, une réplique acerbe sur le bout de la langue, mais elle se ravisa au dernier moment. Cherise nierait son attitude dédaigneuse et blessante envers sa cadette qui en subirait en plus les conséquences. Des conséquences que Mycah connaissait très bien : bouderies et critiques acerbes.

Son cœur se serra tant elle aurait voulu prendre Angelique dans ses bras. Mais elle se força à croiser les chevilles afin de rester assise.

— Eh bien, j'ai été occupée à prendre mes marques, à m'adapter à la culture de l'entreprise et à me familiariser avec mes responsabilités. Mais pour ma défense, vous n'avez jamais montré d'intérêt pour mon travail et je ne pensais pas que vous seriez intéressés par celui-ci.

Oui, c'était une pique qu'elle aurait pu éviter, mais ça avait été plus fort qu'elle.

— C'était avant que tu commences à travailler pour Cain Farrell, rétorqua son père assis en bout de table.

Lawrence était un grand adepte de la diplomatie, qui s'efforçait toujours de ne jamais froisser personne. Sauf avec ses filles. Avec ses associés ou durant les réceptions auxquelles Cherise et lui assistaient, ses yeux bruns brillaient d'humour. Mais avec ses filles, ce regard devenait aussi tranchant qu'un scalpel et mettait en lumière toutes les insécurités, les failles et les échecs.

Bien que le travail de Mycah permette à ses parents de conserver leur train de vie, il n'avait visiblement de valeur que grâce à Cain. Les Farrell représentaient la royauté de Boston alors que les Hill étaient des sortes de comtes ou vicomtes. Mycah était donc devenue le billet d'entrée dans ce cercle très select.

Un sentiment de malaise la saisit, et elle posa sa cuillère.

— As-tu déjà rencontré Cain Farrell ? demanda son père.

— Bien sûr, dit-elle d'un ton neutre. J'ai passé un entretien avec lui.

— Et ? demanda Cherise en haussant un sourcil parfaitement arqué.

— Et j'ai obtenu le poste de vice-présidente des opérations, répondit Mycah en fixant sa mère.

— Ça ne te va pas de faire semblant d'être bête, Mycah, répondit sa mère d'un ton glacial. J'ai une fille qui gaspille notre argent dans une école privée pour faire des jeux vidéo, et l'autre qui est toujours célibataire et sans perspectives, et quand elle se trouve devant un beau milliardaire célibataire, tout ce qui l'intéresse, c'est le travail plutôt qu'un mari potentiel.

— Te rends-tu compte de ce que représenterait une union entre Cain Farrell et toi pour l'entreprise Hill-Harper ? demanda son père.

Hill-Harper, la société holding fondée par l'arrière-grand-père maternel de Mycah, jouissait d'une réputation de respectabilité et de conservatisme. Mais pour quelqu'un qui ne se rendait au bureau que deux ou trois jours par semaine et qui n'était qu'un simple prête-nom, Lawrence recherchait toujours plus : plus d'argent, plus de relations, plus de renommée. Et il considérait ses filles comme des outils pour atteindre ses objectifs.

— Pour une femme qui se targue d'avoir un esprit critique, je trouve que tu as du mal à prendre de la hauteur face à la situation. Parfait, mets le pied dans la porte avec ce travail. Mais le but, c'est Cain Farrell.

Seigneur ! Mycah s'appuya contre le dossier de sa chaise et ferma brièvement les yeux en comptant silencieusement jusqu'à dix… quinze… et poussa finalement à vingt. Mais cela ne la calma pas.

Elle inspira profondément avant de leur répondre :

— Premièrement, si j'ai postulé chez Farrell International, c'était pour un poste prestigieux qui profitera à ma carrière, et non pour trouver un mari. Deuxièmement, je ne vois pas comment j'aurais pu flirter ou grimper sur la table de la salle de réunion et faire des avances à Cain Farrell, car ses deux demi-frères étaient également présents. Troisièmement – et peut-être le plus important – Cain Farrell est fiancé depuis des mois à Devon Cole, et vous le savez parfaitement.

Les fiançailles soudaines et dignes d'un conte de fées de Cain avec la peu connue Devon Cole avaient pris la haute société de Boston par surprise. Certains s'étaient montrés sceptiques, laissant quelques semaines à Cain pour se séparer de la jolie mais modeste jeune femme qui travaillait dans une maison de quartier. Mais trois mois plus tard, ils semblaient plus amoureux que jamais.

— Cette petite rien du tout ? demanda sa mère avec un rire cruel. S'il te plaît. Il peut mieux faire. Il a juste besoin d'avoir le choix.

— Tu as donc rencontré les célèbres « bâtards Farrell » ? demanda son père, un sourire aux lèvres et le regard lançant un éclair. Quelle a été ton impression ?

Les bâtards Farrell…

Comme elle détestait ce surnom stupide et irrespectueux, ainsi que la façon dont la haute société prenait plaisir à médire sur les fils illégitimes de Barron Farrell : Achille, un géant aux cheveux longs et à la peau fauve, et Kenan, un grand métis à la courte barbe et à la carrure svelte mais puissante. Ils avaient tous deux hérité des yeux bleu-gris distinctifs des hommes Farrell, exactement comme leur frère, Cain.

— Bonne, dit-elle catégoriquement pour le décourager de continuer.

— Franchement, je suis surpris qu'il les ait laissés participer à l'entretien, continua Lawrence, pas du tout découragé.

Il émit un gloussement désagréable et familier avant de poursuivre :

— Je sais que d'après le testament de Barron, Cain doit les garder dans l'entreprise pendant un an, mais de là à les inclure dans les décisions importantes ? Kenan Rhodes, à la limite. Sa famille dirige une entreprise, même si elle est loin d'égaler Farrell. Mais l'autre ?

Il secoua la tête et sourit de plus belle.

— Le Farrell fou ? intervint Cherise. Avec ses cheveux longs et cette barbe hideuse ! Et vous avez vu comme il est immense et grossier ? Cain a beau l'attifer de costumes, il ne trompe personne. On dirait un voyou.

— Est-ce qu'il a parlé durant l'entretien ? Ou a-t-il juste grogné ? demanda Lawrence en ricanant tandis que Beth remplissait son assiette de filet mignon, d'asperges sautées et de risotto.

Sa mère joignit son rire au sien. Un sentiment de colère et de honte gronda dans la poitrine de Mycah. C'étaient ses parents. Elle n'était pas responsable de leurs actes et de leur snobisme, mais elle se sentait comme contaminée et souillée.

Vous ne le connaissez même pas !

Elle voulut leur expliquer l'homme qu'il était : intelligent, tendre, sensible et réservé, mais sur la défensive. Elle avait entrevu ces aspects de lui, bien qu'il ait tenté de la repousser, et, d'après les bribes d'informations qu'il avait laissées échapper sur son passé, elle ne lui en voulait pas d'ériger ces murs imprenables autour de lui.

Bon sang, elle aussi avait ses propres barrières pour empêcher les gens – y compris ses propres parents – de trop s'approcher.

Elle savait qu'elle avait des problèmes de confiance et, en observant les visages souriants de ses parents, la raison lui parut évidente.

Soudain, elle repoussa sa chaise et se leva de table.

— Si vous voulez bien m'excuser, dit-elle en posant sa serviette à côté de sa bisque oubliée.

— Où crois-tu aller ? demanda Lawrence en fronçant les sourcils. Le dîner n'est pas terminé, et nous n'avons pas fini de te parler de ton nouveau travail.

— J'ai bien peur d'en avoir fini pourtant, rétorqua Mycah en prenant une voix peinée.

C'était de la comédie, bien sûr, mais elle préférait cela à leur avouer que leurs propos la rendaient malade.

— Je viens de me rappeler que j'ai une réunion à préparer. Je ferai de mon mieux pour revenir dîner la semaine prochaine. Je vous appellerai plus tard.

Puis sans leur laisser le temps d'objecter, elle quitta la pièce à grands pas en ignorant l'appel strident de son père. Mais aucun d'eux ne la suivrait, car non seulement ils refuseraient d'être l'objet de commérages de leurs employés, mais l'étiquette leur commandait de rester à leur place. Et rien – pas même une fille en fuite – ne l'emportait sur l'étiquette.

Parfois Mycah détestait leur dévouement aux bonnes

manières, mais d'autres fois elle en était reconnaissante. Comme maintenant.

Un instant plus tard, elle récupéra son manteau des mains de leur majordome et sortit dans la nuit glaciale de janvier. Elle s'arrêta sur la plus haute marche du manoir de Back Bay et respira profondément.

N'était-ce pas triste qu'en s'éloignant, ce qu'elle ressentait ne fut pas l'air frais, mais le goût de la liberté ?

- 7 -

Achille envoya son poing dans le sac de boxe et le fit tournoyer en arrière. Il frappa une fois de plus et accueillit avec bonheur la vibration accompagnée d'une pointe de brûlure dans son bras et son épaule. C'était ce qu'il recherchait en martelant le sac au point de faire trembler ses bras de fatigue et couler la sueur de son visage et de son torse nu. La salle de sport de Farrell International était rapidement devenue son endroit préféré, juste après son bureau. Dans ces deux endroits, il se perdait soit dans le codage informatique, soit dans l'engourdissement de l'exercice, et il pouvait s'isoler des autres, y compris de Cain et de Kenan.

La culpabilité l'envahit. Il réprima l'envie de passer sa main sur sa poitrine, comme s'il pouvait effacer ce sentiment de la même manière qu'une tache. Si seulement c'était aussi simple.

Il fronça les sourcils et se dirigea vers le banc de musculation où il avait laissé sa serviette et sa bouteille d'eau. Il s'essuya et vida la moitié de la bouteille. À 19 heures, l'endroit lui appartenait. Après une longue journée de travail, la plupart des employés avaient hâte de rentrer. Mais pas lui. Il retardait son retour dans ce luxueux appartement dont il avait hérité en même temps que de sa nomination au poste de codirecteur. Cela faisait trois mois qu'il y vivait, et il avait toujours l'impression d'être un squatteur. Mais pour être honnête, c'était tout simplement parce qu'il n'avait aucune envie d'être là.

L'appartement était immense, avec de grandes baies vitrées, une cheminée assez large pour qu'un homme de sa taille puisse s'y tenir debout, une cuisine à faire pleurer d'envie un chef cinq étoiles, et une bibliothèque dont sa mère aurait rêvé.

Ça n'avait aucun sens qu'il vive dans un endroit aussi immense et qu'il fasse encore des crises de claustrophobie.

Plus que neuf mois ; c'était devenu son mantra. Encore neuf mois et sa promesse envers Cain sera tenue. Il pourra alors retourner dans son chalet, vivre sa vie et retrouver la paix.

Vingt minutes plus tard, douché et vêtu d'un jean usé mais confortable et d'un T-shirt à manches longues, il s'installa derrière son bureau, l'esprit déjà concentré sur le travail. Ce projet ne concernait pas Farrell cependant. Il enfreignait sûrement une dizaine de règles de l'entreprise, mais il profitait du calme une fois les bureaux vidés pour se plonger dans son projet favori, celui sur lequel il travaillait depuis plus d'un an.

Un jeu vidéo d'action-aventure fantasy, en monde ouvert, destiné aux jeunes en difficulté. Avec un univers qui était un mélange entre les quartiers défavorisés et la Terre du Milieu de J.R.R. Tolkien, le jeu visait à défier les joueurs, et à leur apprendre travail en équipe, prise de décision, discipline, résolution de problèmes, et comment sortir des sentiers battus.

Pour cela, il avait travaillé durant six mois avec un psychologue. Ensemble, ils avaient déterminé les éléments à inclure dans le jeu afin d'intéresser le genre de jeune qu'il avait été, ceux qu'il avait connus ou côtoyés en prison. Ce jeu n'était pas uniquement un investissement, mais une passion. Et comme il ne voulait rien entendre sur le fait que ce n'était pas commercialisable ou réaliste malgré ses intentions louables, il n'en avait parlé à personne.

Il était peut-être millionnaire et vivait au dernier étage d'un gratte-ciel, mais il n'avait pas oublié les leçons apprises par les poings des agresseurs ou les gifles des amants de sa mère.

Personne ne s'intéresse à ton intelligence. Garde ça pour toi.

Achille se laissa tomber sur sa chaise, et cliqua sur la souris afin de rallumer les trois moniteurs posés sur son bureau. Ses doigts volèrent sur le clavier et, en quelques minutes, il fut plongé dans le code.

— Bonsoir, Achille !

Un poing frappa la surface de son bureau et le sortit à contrecœur du monde du code.

— Nous savons tous les deux que je n'ai aucun problème à me comporter avec immaturité si ça peut attirer ton attention.

Achille poussa un soupir et s'adossa au dossier de sa chaise en croisant un regard bleu-gris identique au sien. Kenan lui sourit et s'assit sur la chaise visiteur en étalant ses longues jambes devant lui. Contrairement à Achille, son demi-frère était encore en tenue de bureau : un costume bleu foncé coupé à la perfection et aussi impeccable que s'il venait de l'enfiler.

— Que fais-tu ici ? demanda Achille.

Kenan poussa un grand soupir théâtral.

— Occupé à vieillir bien avant l'âge en me faisant du souci pour toi. Je suis trop jeune et beau pour avoir ces rides d'inquiétude sur mon front, dit-il en passant un doigt sur ses rides inexistantes. Alors, je te pose la même question : que fais-tu ici si tard ?

Achille émit un reniflement de mépris, à la fois en réponse au ton dramatique de son frère et pour éviter de répondre. Kenan était peut-être très doué pour cacher son ambition et sa soif de réussite derrière son charme et ses sourires séducteurs, il ne trompait pas Achille. Son jeune frère était également en proie à ses démons, sauf qu'Achille ne le connaissait pas assez pour savoir lesquels.

— Je travaille, répondit-il en levant la tête. Et toi ?

— Je termine plusieurs choses, dit Kenan avec un sourire narquois et en étudiant Achille de son regard perspicace. Mais contrairement à toi, Jan, je ne passe pas la nuit au travail.

— Jan ? demanda Achille en tentant de gagner du temps.

— Tu sais ? Jan. L'enfant du milieu dans la série *The Brady Bunch*. Tu présentes le syndrome classique de l'enfant du milieu, ajouta-t-il en affichant un large sourire. Premièrement : un comportement antisocial. Au lieu d'opter pour un bureau à l'étage exécutif avec Cain et moi, tu as délibérément choisi d'être au sous-sol dans un placard.

— Ce n'est pas le sous-sol, marmonna Achille.

Kenan l'ignora et poursuivit :

— Deuxièmement : des problèmes de confiance. Bien que Cain tente de te faire participer aux décisions de l'entreprise et qu'il fasse des efforts pour établir une relation avec nous, tu es aussi froid que les Cent Ans d'hiver.

Quand Achille haussa un sourcil à sa référence à *Narnia*, Kenan se renfrogna.

— Quoi ? Je lis, tu sais. Et troisièmement, l'argument qui risque de me faire virer d'ici à coups de pied sur mon magnifique derrière, mais je vais le dire quand même…

Il se pencha en avant, les coudes sur les cuisses et le regard perdant soudain toute trace d'humour. Achille se sentit comme un papillon épinglé sur un tableau de liège.

— Tu ne veux pas être trop proche de Cain et moi. Bon sang, tu as même probablement déjà acheté ton billet de retour pour Tacoma. Que tu l'admettes ou non, tu nous veux en tant que frères, mais tu as peur qu'on ne veuille pas de toi. Ce qui est faux, parce que nous ne sommes pas Barron. Ou…

Kenan se tut, la bouche dure et le regard de silex avant de conclure :

— Nous ne sommes pas Barron.

Achille le considéra, stupéfait. S'il avait pu bouger, il l'aurait peut-être expulsé de son bureau comme prédit.

Les paroles de son frère résonnèrent en lui. Il faillit s'énerver et lui ordonner de s'occuper de ses affaires. Leur ADN commun ne lui donnait pas le droit de jouer au psychologue de salon. Il fut même tenté de tout nier et de lui dire qu'il ne voyait pas de quoi il parlait, que ce soit pour le bureau, la confiance ou le fait de vouloir leur amour.

Achille leur rendait service en restant. N'était-ce pas suffisant ? Que voulaient-ils de plus ? C'était tout ce qu'il avait à donner ; tout ce qu'il était prêt à donner.

Tout ce qu'il pouvait se permettre de donner !

Lentement, il ouvrit ses doigts en réalisant qu'il avait serré les poings, puis força son corps à se détendre. Ce ne fut qu'alors qu'il osa affronter le regard fixe de Kenan. Il s'attendait à y trouver du défi, voire de la suffisance, mais il n'y vit qu'une compassion désarmante.

Une part de lui aurait préféré la suffisance.

— Les psychologues seraient soulagés de t'entendre. Avec toi ils ne risquent pas de manquer de travail.

Le coin de la bouche de Kenan se souleva alors qu'il se levait.

— Je vais rentrer. Et toi ? Tu vas rester encore longtemps ?

Dire oui aurait entraîné d'autres commentaires non désirés. Il secoua donc la tête.

— Non, je vais éteindre dans quelques minutes.

— Dans ce cas, viens dîner avec moi.

Achille n'avait pas prévu cela ! Comme s'il lisait dans ses pensées, Kenan sourit en ajoutant :

— Tu me rendrais service. Mes parents m'ont appelé et reproché de ne jamais leur rendre visite. Si tu m'accompagnes, ils n'oseront pas laver leur linge sale devant un invité. Ça ne se fait pas.

Une lueur brilla dans son regard et disparut avant même qu'Achille puisse la déchiffrer. Mais le sourire demeura.

— Tu seras ma fausse barbe.

— Aussi tentant que ce soit…

Un bourdonnement résonna dans la pièce. Achille baissa les yeux sur le voyant rouge de la ligne d'assistance informatique qui clignotait. Il n'était visiblement pas le seul à travailler tard.

— Sauvé par le gong, plaisanta Kenan. Si seulement j'avais cette excuse.

Sur ce, il quitta le bureau avec un salut moqueur.

— À plus tard, Jan.

Achille décrocha le téléphone et appuya sur le bouton clignotant.

— Service informatique.

— Oh ! merci, mon Dieu. J'avais peur que tout le monde ne soit parti.

Bon sang.

Achille ferma les yeux en se pinçant l'arête du nez. Dieu devait sûrement le haïr.

— Allô ? dit Mycah. Vous êtes toujours là ?

— Oui, Mycah. Je suis encore là, répondit Achille en baissant le bras.

— Achille ? fit-elle avec un doux halètement.

— C'est moi, rétorqua-t-il avec impatience. Que veux-tu ?

Il remarqua sa brève hésitation, et pensa qu'elle allait répondre par un « laisse tomber ». Mais ce ne fut pas le cas.

— Mon ordinateur a fait un drôle de bourdonnement, puis l'écran a affiché cette image avec des parasites. Je l'ai redémarré mais je ne retrouve plus le document sur lequel je travaillais, et j'essaye de ne pas paniquer.

Elle essayait mais sans succès visiblement, car il décelait clairement de la panique dans sa voix.

— J'arrive tout de suite.

— Attends.

Il attendit et écouta sa respiration agitée.

— Quoi ?

— Tu ne peux pas…, hésita-t-elle avant d'émettre un son entre toux et gémissement. Tu ne peux pas m'expliquer comment le réparer par téléphone ?

— Non, je ne peux pas, répondit-il en réussissant à peine à ravaler son grommellement. Qu'y a-t-il, Mycah ? Tu as un problème à te retrouver dans la même pièce que moi ?

— Bien sûr que non, protesta-t-elle.

Cette fois, il ne prit pas la peine de contenir un grognement.

— Très bien. Je t'attends, dans ce cas, dit-elle avant de raccrocher.

Il garda le combiné contre son oreille durant quelques instants, un sourire crispé sur les lèvres.

Il devait vraiment être masochiste, car il aurait très bien pu accomplir la tâche à distance, et avec n'importe qui d'autre, c'était ce qu'il aurait fait. Mais à l'idée de la revoir, des étincelles d'excitation s'étaient allumées dans sa poitrine pour la première fois depuis longtemps.

Non vraiment, il était sûrement masochiste.

Achille serra les dents en essayant de se concentrer

sur l'écran d'ordinateur, et non sur la femme derrière lui. C'était extrêmement difficile, avec son parfum de lavande et de cèdre qui le narguait.

La prochaine fois, il lui enverrait les instructions par Powerpoint et ne mettrait pas les pieds dans ce bureau.

— Qu'est-ce que tu fais, là ? demanda-t-elle en se penchant sur son épaule.

Ne pas respirer n'était pas possible, hélas.

— Je localise ton dossier de sauvegarde automatique pour voir si tes fichiers s'y trouvent.

Ses doigts volaient sur le clavier. Ça paraissait simple, mais il y avait plusieurs étapes nécessaires. Il travailla en silence, et en quelques minutes retrouva le dossier.

— Quels sont les noms des fichiers ?

Mycah s'approcha, et sa hanche effleura son bras. Il réprima un grognement et se força à ne pas broncher à ce contact qui envoyait un éclair de désir jusqu'à son sexe.

Elle était son employée à présent. Interdit de la toucher ! De plus, elle lui avait clairement fait comprendre que leur aventure avait été une folie. C'était aussi son sentiment car, au lieu d'un coup d'un soir, il avait l'impression d'avoir vécu le lien le plus intime et émouvant depuis très longtemps. Si ce n'était pas la chose la plus triste au monde, il voulait bien savoir ce qui l'était.

Le pire, c'était qu'il ne contrôlait pas son désir, même en sachant qu'elle mentait. Pas sur le fait de vouloir garder des rapports professionnels. Il n'avait pas menti en lui disant qu'il comprenait ses raisons. Mais elle mentait sur le pourquoi. Et le pourquoi était toujours le plus important.

— Mince alors, tu es très fort. Ceux-là, dit-elle en tapotant l'écran. « Politiques et procédures de publication », « Ordre du jour des opérations Trimestre un Grisham Inc. ».

Elle poussa un soupir qui se termina par un bref éclat de rire.

— Merci, Achille. J'étais dans un tel état de stress en me disant que j'allais devoir tout récrire.

— De rien, dit-il en déplaçant rapidement les documents avant de les sauvegarder. Ça devrait aller maintenant.

Quand il voulut se lever, une main délicate se posa sur son avant-bras telle une menotte d'acier. Il baissa les yeux sur ses longs doigts aux ongles soignés. Une sensation de chaleur et d'intensité s'infiltra dans sa chair, comme si elle le marquait au fer rouge. Il s'attendait presque à garder l'empreinte de sa paume.

Pourtant, il ne bougea pas car, tout masochiste qu'il était, il apprécia la douleur de cette brûlure.

— Achille, murmura-t-elle, hésitante.

Puis, comme si elle réalisait qu'elle le touchait, elle baissa les yeux et retira sa main. Mais l'empreinte fantôme resta.

— J'étais sur le point de, euh… commander à manger, hésita-t-elle en se frottant les bras de haut en bas. Tu veux te joindre à moi ?

Il la fixa et nota qu'elle ne le regardait pas.

— Est-ce que ça ne franchit pas la frontière professionnelle que tu as fixée ?

Elle leva brusquement la tête et ses magnifiques boucles retombèrent en arrière. Quand ses yeux se rétrécirent, il éprouva un sentiment de satisfaction familier. Un sentiment qu'il avait souvent connu en grandissant, quand il avait été en mesure de riposter et d'avoir le dessus. C'était l'excitation qui précède une bataille.

— Pas quand il s'agit de partager un repas en tant que collègues, déclara-t-elle avec un calme démenti par l'éclair de colère dans son regard.

Était-ce pervers de sa part d'être ravi de la voir en

rogne ? Peut-être, mais le plus pervers, c'était que son sexe se soit durci contre sa fermeture Éclair.

— De un, nous ne pourrons jamais être de simples collègues. Pas tant que je serai moi. Les gens ne le permettront pas. De deux, tu es une bien meilleure actrice que ce que j'imaginais, si tu peux t'asseoir en face de moi et parler de potins de bureau autour d'un poulet au parmesan, et prétendre que tu ne sais pas ce que ça fait quand je te pénètre.

Il marqua alors une pause avant de conclure :

— Pardon si je ne suis pas un si bon acteur.

Les yeux de Mycah s'agrandirent et ses pupilles engloutirent presque ses iris.

— Donc, tu n'as pas besoin d'amis ? demanda-t-elle.

— Pas de toi.

Le tressaillement imperceptible de Mycah n'échappa pas à Achille, et une part de lui – celle qui n'avait pas été rendue insensible par la prison et les leçons de la vie – faillit l'attirer contre lui et lui caresser la joue.

— As-tu seulement besoin de quelqu'un ? murmura Mycah.

Un « non » plana sur le bout de sa langue, abrupt et précis, mais Achille n'arriva pas à le dire, car une petite voix lui chuchotait que c'était un mensonge.

— Achille…

— Chérie ! Je suis tellement contente de te trouver, ronronna une voix féminine.

Surpris, Achille se raidit et s'éloigna de Mycah avant de se tourner vers la porte du bureau.

La mère de Mycah.

Il n'avait pas besoin de présentation pour le savoir. Il suffisait d'un simple regard pour le comprendre. Contrairement aux boucles tumultueuses de sa fille, les cheveux bruns de la femme étaient parfaitement raides. Mais elles avaient les mêmes yeux chocolatés de forme ovale, les mêmes traits élégants et la même bouche généreuse.

Il y avait pourtant des différences subtiles. Une dureté calculatrice dans les yeux de sa mère. De légères rides autour de sa bouche, comme si elle avait passé un temps fou à pincer les lèvres de désapprobation.

Est-ce qu'un jour Mycah aurait ces mêmes rides ? Ce même regard rusé ? À cette idée, un poids comprima la poitrine d'Achille.

— Maman ?

Mycah considéra brièvement Achille, qui crut voir passer en elle une émotion qu'il aurait qualifiée d'inquiétude chez n'importe qui d'autre. Mais ça ne pouvait pas être cela. Pourquoi serait-elle inquiète pour lui ?

— Que fais-tu sur mon lieu de travail ? demanda-t-elle d'un ton tranchant.

Sa mère laissa échapper un éclat de rire joyeux qui agaça Achille.

— Je suis passée voir ma fille, bien sûr. Est-ce donc une façon de saluer ta mère ? Ton ami va nous prendre pour des sauvages, répondit-elle en s'avançant à grands pas, les bras tendus.

Si Achille n'avait pas été attentif, il n'aurait peut-être pas remarqué l'hésitation de Mycah avant qu'elle se dirige vers sa mère et l'embrasse brièvement sur les deux joues.

— C'est beaucoup mieux, déclara la femme en effleurant l'épaule de Mycah. Recevoir un petit coup de fil de toi tient du miracle, alors tu ne m'as pas laissé d'autre choix que de venir te chercher ici.

Puis, comme si elle se souvenait de la présence d'Achille, elle se tourna vers lui en affichant un sourire chaleureux.

— Je suis désolée de vous avoir interrompus. Je suis Cherise Hill, la mère de Mycah. Et vous ?

— Achille Farrell.

Le regard sombre de la femme brilla en entendant son nom, et un sentiment de malaise s'empara d'Achille. L'instinct l'avertit qu'elle n'avait pas été surprise.

— C'est un plaisir de vous rencontrer enfin, monsieur Farrell. Vous et votre famille avez fait sensation ces derniers mois, dit-elle en tendant la main.

Tout en lui se révoltait à l'idée de toucher cette main, mais malgré les rumeurs qui circulaient sur son compte, il avait de bonnes manières.

— C'est un plaisir de vous rencontrer, madame Hill, répondit-il en lui serrant brièvement la main.

— Hum.

Elle l'étudia et, bonnes manières ou pas, il lui rendit la pareille. Il connaissait bien ce genre de personnes. Si elle s'attendait à lui faire perdre contenance et le rendre nerveux par son inspection condescendante, elle en serait pour ses frais. L'époque où il courbait l'échine était révolue depuis longtemps.

— Je suis désolée que tu aies dû faire tout ce chemin, mais que voulais-tu ? demanda Mycah en éloignant l'attention de Cherise Hill de lui.

Pourquoi avait-il l'impression qu'elle excellait à ce genre de manœuvre ?

— Si tu avais daigné répondre à mes appels ou à ceux de ton père, tu aurais su que nous organisons un dîner la semaine prochaine.

— Un dîner, répéta Mycah d'un ton plat.

Elle croisa les bras, et Achille fronça les sourcils face à ce geste qui traduisait plus de l'autoprotection que de l'agacement.

— Oui, chérie, un dîner, dit Cherise avec une nuance dure dans la voix. Considère cela comme une invitation officielle. Et vous aussi, monsieur Farrell.

Elle se tourna brusquement vers lui en lui adressant

un sourire d'hôtesse parfaite, en contradiction avec son regard froid.

— Nous serions ravis de vous avoir parmi nous.

— Maman…

— Merci. J'accepte.

Les mots étaient sortis avant qu'il puisse réfléchir aux conséquences. Mais il ne se rétracta pas, même en voyant la lueur de satisfaction dans les yeux de Cherise et celle d'inquiétude dans ceux de Mycah.

Il devait être complètement masochiste.

- 8 -

« L’orgueil précède la chute. »

Combien de fois Achille avait entendu cette phrase de la bouche de sa grand-mère ? Et elle ajoutait immédiatement : « Ne sois pas comme ta mère. »

Natia Lee avait effectivement beaucoup d’orgueil, chose qu’Achille avait toujours adorée chez elle.

Poussant un soupir, il hocha la tête pour remercier le chauffeur qui avait ouvert la portière arrière de l’élégante voiture noire Lincoln. Une des commodités offertes par Cain, mais celle-ci ne le dérangeait pas autant que les autres. Conduire à Boston était de la folie, et Achille s’en passait très bien.

— Merci, Dave. Si je n’appelle pas avant 22 heures, considère que je suis en danger et envoie les renforts.

Dave émit un petit rire en refermant la portière derrière lui.

— Compte sur moi. En attendant, essaye de ne pas trop froncer les sourcils, et ne fais pas tes besoins sur les tapis.

Achille fit claquer ses doigts avant de se frapper le front.

— J’avais failli oublier.

Ils se regardèrent et éclatèrent de rire. À force de discuter football américain, anciennes musiques rap et vieux films sur la mafia, l’homme avait fini par devenir un ami durant ces trois derniers mois. Dave lui adressa un petit salut et retourna à la voiture en le laissant seul devant l’imposant manoir de Back Bay. Contrairement aux autres demeures de la rue, celle des Hill était faite d'un matériau blanc semblable à du marbre, et se démarquait des autres. De grandes et complexes baies vitrées ornaient les trois étages et, même s'il ne connaissait rien à l'architecture, Achille savait qu'une main talentueuse et habile avait prêté une attention amoureuse aux détails de la façade.

Un employé se tenait devant le portail métallique. Afin de laisser entrer les invités et repousser les intrus, songea Achille. Il s'approcha en se demandant dans quelle catégorie les Hill l'avaient placé.

Quelques minutes plus tard, il tendait, résigné, son long manteau de laine à un autre jeune homme. C'était son orgueil qui l'avait mis dans cette situation et il n'avait d'autre choix que d'endurer ce qui l'attendait : trois heures de dîner ennuyeux et de bavardages abrutissants…

— Achille.

Il se retourna en entendant son nom et se figea. L'air se vida de ses poumons et sembla se raréfier dans l'élégant vestibule.

Mycah.

Il se força à détourner le regard afin de ne pas fixer son cou gracile et ses délicates épaules dénudées, mises en valeur par ses boucles relevées en couronne au-dessus de sa tête. Ou de ne pas admirer le magnifique renflement de ses seins, qu'il pouvait cartographier les yeux bandés. Un haut noir de style corset soulevait sa poitrine et enserrait une taille déjà fine, attirant le regard sur l'évasement de ses hanches, qui donnait à ses doigts l'envie de s'y enfoncer et de la marquer. La jupe moulante épousait ses magnifiques courbes et des talons aiguilles incroyablement hauts complétaient l'ensemble.

Un sentiment de désir s'empara de lui et, si le bruit des rires et des bavardages n'avait pas résonné dans le couloir, il aurait été capable de relever cette jupe et de presser la jeune femme contre le mur lambrissé pour s'enfoncer en elle.

— Achille, répéta-t-elle en s'approchant et en faisant claquer ses talons sur le sol en marbre. Merci d'être venu. Est-ce que… ça va ?

Comment est-ce que ça pouvait aller quand il brûlait ainsi de désir ?

— Oui parfaitement.

Incapable de s'en empêcher, il jeta un autre rapide regard dans sa direction en espérant qu'elle ne s'en rende pas compte.

— Tu es belle.

Elle posa ses doigts sur son cou gracile, et il se souvint d'avoir fait la même chose la nuit de leur rencontre. Bon sang. Il devait se ressaisir !

— Merci, murmura-t-elle. Toi aussi.

— Beau ? demanda-t-il, étonné.

Elle croisa son regard alors que ses pommettes se coloraient de rouge.

— Oui.

Ils se scrutèrent, et l'air entre eux sembla vibrer et se charger de tension.

D'habitude il n'était pas du genre à se soucier de son apparence mais, pour une fois, il avait tenu compte des remontrances de Kenan, et opté pour un costume trois pièces noir assorti à une chemise noire et une cravate bleu glacier. Il avait attaché ses cheveux en chignon et, bien qu'il ait refusé de se couper la barbe, il avait laissé le barbier de Kenan la tailler. En remarquant la lueur d'appréciation et de désir dans le regard de Mycah, il fut content d'avoir fait l'effort.

— Vous devez être notre invité d'honneur, déclara

une voix grave qui lui parut comme un vent arctique après un doux été.

Détournant son attention de Mycah, Achille croisa le regard noisette d'un élégant homme noir d'âge mûr et de grande taille. Encore une fois, le doute n'était pas permis : Lawrence Hill, président de Hill-Harper Inc. Et père de Mycah.

Et comme avec sa femme, Achille éprouva un sentiment de malaise. C'était quelque chose dans les yeux, dans le trop large sourire ou le ton trop accueillant.

L'homme sentait le mensonge.

Mycah sembla soudain se refermer. Cette famille était construite sur des mensonges.

— Lawrence Hill, déclara l'homme en tendant la main. Soyez le bienvenu chez nous. Nous sommes ravis de votre présence.

— Achille Farrell. Merci de m'avoir invité, dit-il en acceptant sa main comme il l'avait fait avec sa femme.

— Le plaisir est pour nous. Lorsque notre fille nous a appris qu'elle avait décroché un emploi chez Farrell International, nous n'aurions pas pu être plus fiers. C'est une entreprise avec une longue histoire basée sur la tradition et la famille. Et la famille, c'est tout, n'est-ce pas ? ajouta Lawrence.

Les mots étaient anodins, mais pas la lueur vorace dans son regard…

Ça allait donc être ce genre de soirée ? Seigneur, les riches ! Malgré la bile qui lui montait à la gorge, Achille était décidé à ne pas laisser paraître sa colère, car c'était précisément ce que cet homme cherchait : une réaction de sa part. En dehors de l'argent et de la lignée, rien ne différenciait les gens comme lui des criminels en prison. Il suffisait qu'ils réussissent à vous faire sortir de vos gonds – s'ils identifiaient vos faiblesses – pour ne plus jamais vous lâcher.

Eh bien, ils pouvaient tous aller se faire voir, et Lawrence Hill en premier lieu.

— Oui, la famille est importante, répondit-il en évoquant le souvenir de sa mère et de sa grand-mère afin de garder une voix égale.

Sans le vouloir, une autre image se forma dans son esprit : celle de Kenan et de lui dans la bibliothèque de Beacon Hill – l'horrible maison d'enfance de Cain – soutenant leur frère aîné alors qu'il se confiait sur sa vie auprès de leur ordure de père maltraitant.

— Te voilà, chéri.

Cherise Hill s'avança vers eux, magnifique dans une robe de cocktail dorée. Elle passa son bras sous celui de son mari et sourit à Achille.

— Monsieur Farrell, c'est merveilleux de vous revoir. Vous permettez qu'on vous appelle Achille ? Vous êtes si nombreux chez les Farrell à présent qu'on finit par être déroutés, conclut-elle en gloussant.

Seigneur, ces gens-là…

— Achille me convient très bien.

— Maman, papa, si ça ne vous dérange pas, je vais faire visiter la maison à Achille et le présenter aux invités, déclara Mycah en imitant le geste de sa mère et en passant son bras sous celui d'Achille. Si vous voulez bien nous excuser.

Sans attendre leur réponse, elle l'entraîna dans le couloir, puis ils passèrent devant un escalier en colimaçon, une large cheminée avec un coin salon et plusieurs portes donnant sur des pièces vides et luxueusement aménagées. Elle semblait tendue et, à l'instant où ils s'arrêtèrent à l'entrée d'une pièce remplie d'invités souriants et habillés de manière formelle, elle se tourna vers lui avec un regard indéchiffrable.

— Pourquoi es-tu ici ? chuchota-t-elle, presque véhémente. Pourquoi venir ici ce soir ?

Il ne fit pas semblant de ne pas comprendre sa question.

— Parce qu'elle ne voulait pas que je vienne.

Mycah battit des cils et exhala un souffle qui se termina par un petit rire sans humour.

— Je ne comprends pas que certains puissent te sous-estimer, dit-elle en secouant la tête.

Puis, collant la réplique du sourire d'hôtesse de sa mère sur son visage, elle désigna la pièce d'un geste de la main.

— Prêt ?

Absolument pas, songea-t-il.

— Après toi.

En pénétrant dans l'immense salon, Achille ne put se défaire de l'impression d'être exposé. Il avait un jour accusé Mycah de le dévisager comme un animal de zoo. Il avait eu tort. Alors qu'il faisait le tour de la pièce en compagnie de Mycah, qui le guidait d'invité en invité, de groupe en groupe, il éprouva de la sympathie pour ces bêtes en cage. Il ressentait le poids des regards curieux et évaluateurs, et entendait les murmures et les chuchotements. Ces trois derniers mois passés à évoluer au sein de la haute société lui avaient appris à se débrouiller avec les bavardages polis, mais cela ne rendait pas la chose moins étouffante.

Mycah resta à ses côtés pendant tout ce temps.

Il en fut surpris, car il s'était attendu à ce qu'elle fasse quelques présentations puis le laisse se débrouiller. Mais elle resta à ses côtés et refusa de l'abandonner.

La dernière personne qui avait fait ça était sa mère, quand il était sorti de prison.

Il repoussa ses pensées. Il était peut-être reconnaissant

envers Mycah en ce moment, mais elle n'avait rien en commun avec sa mère ou avec lui. Ils venaient de deux mondes différents, et aspiraient à des choses différentes. Il suffisait de jeter un œil à cette maison pour voir ce qui était important pour elle et sa famille.

Des choses qui ne l'intéressaient absolument pas.

— Est-ce que ça arrive souvent ? demanda Mycah en lui tendant le whisky qu'il avait demandé au barman.

— Quoi donc ?

Il prit une gorgée de la boisson ambrée, et savoura la brûlure de l'alcool dans sa gorge.

— Ça, dit-elle en indiquant d'un geste de la tête le petit groupe d'hommes qu'ils venaient de quitter. Lorsque tu rencontres des gens, ils en profitent pour essayer d'organiser une rencontre avec Cain ou te demander des informations sur lui.

Il la considéra par-dessus le bord de son verre en prenant une autre gorgée.

— Souvent.

Tout le temps.

— Je trouve ça énervant. Comme si ton identité se résumait à être le frère de Cain Farrell, expliqua-t-elle, irritée. Comme si tu n'étais pas un brillant développeur et concepteur de logiciels qui a été courtisé par l'une des plus prestigieuses entreprises d'informatique dès ta sortie d'université. Tu as remporté des prix et de nombreuses récompenses pour un total de plus de cinq millions de dollars. Tu étais millionnaire avant même d'arriver à Boston. Mais ils ne prennent pas la peine de se renseigner sur toi. Tout ce qui les intéresse, c'est ton nom de famille et qui sont ton frère et ton père, fulmina-t-elle, les doigts agrippés à son verre de vin.

Achille la fixa, sous le choc.

— Tu as fait des recherches sur moi.

Elle détourna les yeux et haussa une délicate épaule.

— Ma sœur Angelique est un as en informatique. Depuis qu'elle a découvert qu'on travaille ensemble, elle ne parle que de toi. Autant te prévenir. Mes parents ne l'ont pas autorisée à assister à cette soirée, mais je ne peux pas te promettre qu'elle ne tentera pas de s'incruster pour te rencontrer. Je ne dis pas qu'elle est du genre harceleuse, juste très enthousiaste…

— Mycah.

Il prit son menton entre ses doigts, et tourna sa tête vers lui. Elle entrouvrit ses lèvres tremblantes, et la chaleur éclaira ses yeux sombres.

— Merci.

— De quoi ?

— D'avoir tenté de me défendre en me mettant en garde contre ta petite sœur harceleuse, dit-il en souriant.

Mycah éclata de rire, et il l'imita.

— Achille, Mycah. Le dîner va être servi, annonça Cherise en s'approchant.

Son regard se concentra sur la main qui tenait toujours le visage de sa fille. Achille baissa lentement le bras et se tourna vers elle.

— Nous vous avons réservé la place d'honneur à table, déclara-t-elle.

Achille ne faisait confiance ni à ce sourire ni à la lueur froide de ses yeux. Et quarante-cinq minutes plus tard, la suite des événements lui donna raison.

La « place d'honneur » était une chaise en bout de table coincée entre un galeriste raté à gauche et une experte âgée en gestion d'entreprise à droite… Du moins, si Mycah n'avait pas insisté pour échanger sa place avec l'experte, au grand dam de ses parents furieux. Achille n'avait pas entendu la brève conversation étouffée entre eux mais, d'après les regards qu'ils lui lançaient, Lawrence et

Cherise le tenaient pour responsable de l'acte de rébellion de leur fille.

— Alors, Achille, racontez-nous, dit Cherise d'une voix claire et forte dans le silence soudain de la salle à manger.

Vingt-cinq paires d'yeux se tournèrent vers lui, tandis qu'Achille croisait calmement son regard.

— Comment trouvez-vous Boston ? Ça doit être tellement différent de… Seattle, n'est-ce pas ? C'est bien de là que vous venez ?

Achille posa sa cuillère près de la mousse au chocolat-cerise qui avait été posée devant lui quelques instants plus tôt, et concentra son attention sur Cherise. Parce que seul un imbécile ne concentrerait pas toute son attention face à un serpent.

— Je suis né et j'ai grandi à Seattle, oui, mais j'ai vécu à Tacoma ces dernières années. En ce qui concerne Boston, c'est une belle ville, semblable à Seattle. Elles ont leurs similitudes. Quelques différences aussi.

— Des similitudes ? répéta Lawrence en gloussant et en parcourant ses invités du regard comme s'il les prenait à témoin. Comment cela ?

— Elles ont toutes les deux beaucoup à offrir en matière de culture, d'art et d'économie. Elles ont un passé riche en histoire et des quartiers très mixtes au niveau ethnique. Les discriminations liées aux classes sociales existent, bien sûr, mais d'après mes constatations, la population est au cœur de ces villes.

Seule une toux gênée provenant de quelque part à sa gauche brisa le silence. Malgré la longue distance qui les séparait, il remarqua la bouche pincée de Lawrence et l'éclair de colère dans ses yeux noisette. Mais l'instant d'après, l'homme émit un petit rire et s'adossa au dossier de sa chaise.

Près d'Achille, Mycah se raidit et sa respiration s'accéléra, comme si elle le mettait en garde. Mais il n'avait pas besoin d'avertissement.

Costume italien ou combinaison orange, quelle que soit la classe sociale, un prédateur restait un prédateur. Il avait appris il y a longtemps de cela à les affronter.

— Pourtant, tout cela doit être si nouveau pour vous : ce monde… notre monde, déclara Lawrence en désignant le lustre en cristal au-dessus de la table et ses invités parés de bijoux. Corrigez-moi si je me trompe, mais votre mère était bien… serveuse ?

La rage l'envahit. Lawrence avait dit « serveuse », comme il aurait dit « prostituée ». Il l'avait sûrement fait exprès afin de susciter une réaction chez Achille, et probablement d'inciter le Farrell fou à faire une apparition pour ses invités. Et à en croire les murmures sourds autour de la table et le sourire suffisant que Lawrence n'essayait même pas de dissimuler, ils n'attendaient tous que cela.

— Papa, ce n'est pas…

Achille referma sa main sur celle de Mycah.

— Oui, ma mère était serveuse, rétorqua-t-il sans rien laisser paraître de la fureur qui grondait en lui. Tout comme votre arrière-grand-mère était domestique. Et votre grand-mère…

Il se tourna vers Cherise avant d'ajouter :

— … était serveuse dans un bar clandestin.

Ignorant les halètements qui résonnèrent dans la pièce, il plongea sa cuillère dans sa mousse et savoura le dessert comme si c'était le mets le plus exquis qu'il ait jamais mangé, alors qu'en réalité ça avait le goût de cendre.

— Ce sont des professions admirables dont nous devrions tous les trois être fiers, car ces femmes ont travaillé dur afin de subvenir aux besoins de leurs familles et de faire en sorte qu'elles ne manquent de rien.

— Oh ! bon sang, murmura Mycah à côté de lui.

Achille garda un calme parfait. Les ordinateurs étaient toute sa vie, et il pouvait tout faire avec – ou tout trouver.

— Il y a quand même une grande différence entre votre mère serveuse et nos ancêtres ! s'écria Cherise, dont la voix trahissait la colère. En rencontrant Barron Farrell, votre mère a dû croire qu'elle avait touché le jackpot, et pourtant, elle s'est retrouvée coincée dans un relais routier.

— Fermez-la, mère ! s'exclama Mycah.

Cherise haleta.

— Excuse-moi, Mycah ?

— Ça suffit. Achille est notre invité.

— Oh ! je t'en prie ! s'écria Cherise, le visage enlaidi par ses lèvres tordues de mépris.

— J'ai été élevé par une mère célibataire qui se tuait au travail afin de subvenir aux besoins de son fils. Parce qu'elle m'aimait. Elle est morte en travaillant et en faisant ce que je l'ai vue faire toute ma vie : se sacrifier pour pouvoir aller plus loin, faire plus, évoluer. C'était la meilleure personne au monde. Croyait-elle avoir touché le jackpot avec Barron ? Je ne sais pas, car elle ne m'a jamais dit qui il était et, à ma connaissance, elle n'a pas reçu le moindre chèque de sa part. Aurait-elle aimé vivre ainsi ?

Il imita le geste précédent de Lawrence et désigna la salle somptueuse d'un geste de la main avant de fixer le couple en les comparant à des parasites. Des insectes se nourrissant du travail, de la sueur et de la dignité de ceux qu'ils considéraient comme étant inférieurs à eux.

— Peut-être. Probablement même, poursuivit-il. Mais il y a une autre différence entre vous et ma mère. Elle ne comprenait pas les privilèges hérités. Elle ne comprenait pas qu'on puisse s'enrichir du travail acharné des autres pour une question de naissance. Elle croyait au dur labeur et à la satisfaction après une longue journée de travail. Alors oui, peut-être qu'elle aurait apprécié votre belle maison et votre dîner à sept plats – parce qu'elle adorait la bonne bouffe – mais je ne sais pas si elle serait restée longtemps dans votre monde. Elle ne se serait pas contentée d'une vie en cage.

Le silence qui suivit fut si assourdissant qu'il résonna dans ses oreilles. Personne ne bougea, pas même les serveurs, qui s'étaient figés derrière les invités, leurs carafes de café à la main. Les montagnes entourant son chalet étaient probablement plus douces que les visages de Lawrence et de Cherise à ce moment-là. Achille ne broncha pas : ils avaient cherché à l'humilier et à rabaisser sa mère devant leurs invités. Il s'était sans aucun doute fait l'ennemi des Hill ce soir, mais c'était le cadet de ses soucis.

— Nous sommes prêts pour le café, déclara Cherise en ignorant Achille et en faisant signe au personnel.

Elle tenta de reprendre une conversation normale, mais la raideur de ses épaules trahissait l'effort que cela lui demandait.

Achille n'avait plus qu'une envie : quitter cette maison et en finir avec cette mascarade de dîner. Mais la fierté le maintint à sa place. Il termina cette mousse insipide et joua le jeu des apparences en faisant semblant d'être à sa place et en se retenant d'arracher ce costume.

— Achille, dit Mycah en posant une main sur sa cuisse sous la table. Je suis désolée.

Cependant, elle faisait partie de ce monde et était à sa place ici. Il détestait son propre corps d'être attiré par elle quand son cœur et sa tête ne voulaient rien avoir à faire avec ces gens.

— Laisse tomber, dit-il en écartant sa cuisse.

Il n'avait pas besoin de ses excuses ou de sa pitié.

Après vingt autres atroces minutes, il se leva enfin de

table et s'échappa dans le salon avec les autres. Mais il ne resta pas. Il avait eu sa dose pour la soirée.

Indifférent à ce que les Hill ou les gens de la haute société bostonienne pourraient penser de lui, il enfila son manteau dans le vestibule sans prendre la peine de dire au revoir. Qu'ils lui pardonnent ou pas, ça lui était égal.

Et alors qu'il sortait à grands pas dans la nuit de janvier, préférant attendre Dave sur le trottoir dans le froid glacial plutôt que de passer une seconde de plus à l'intérieur, il jura que ce serait la dernière fois.

La dernière fois qu'il viendrait dans cette maison, et la dernière fois qu'il serait affecté par ce genre de choses.

- 9 -

La colère était un merveilleux facteur de motivation. La honte venait en deuxième position. C'était suffisant en tout cas pour lui donner le courage de quitter la réception de ses parents et supporter le poids de leur indignation, braver la nuit glaciale de janvier, puis le regard de jugement de l'agent de sécurité.

La sécurité des immeubles de luxe n'était donc pas censée être du genre « rien vu, rien entendu » ? Après une longue hésitation, l'agent décrocha le téléphone et composa un numéro.

— Je suis désolé de vous déranger si tard monsieur Farrell, mais c'est John Ward à la sécurité. Il y a une jeune femme ici qui demande à vous voir. Une certaine Mycah Hill.

Il marqua une pause et regarda Mycah avec méfiance en écoutant ce qu'Achille disait à l'autre bout du fil.

— Bien. Je vous l'envoie dans ce cas. Merci, monsieur.

Il raccrocha et se tourna vers elle.

— Si vous voulez bien remplir ce formulaire et signer, dit M. Ward en faisant glisser vers elle un livret noir ouvert sur une feuille blanche avec un stylo posé par-dessus.

Elle le suivit ensuite vers une rangée d'ascenseurs. Il utilisa une carte-clé et les portes de l'un d'eux s'ouvrirent. Puis il appuya sur un bouton à l'intérieur et s'écarta en lui faisant signe d'entrer.

— Cela vous mènera directement chez lui. Bonne nuit, madame Hill.

Sur ce, les portes se refermèrent et l'ascenseur monta trente-deux étages. Quelques secondes plus tard, les portes s'ouvrirent à nouveau et elle se retrouva nez à nez avec Achille.

Elle eut l'impression de recevoir un coup de gourdin dans la poitrine. Ils s'étaient quittés moins d'une heure plus tôt, mais cela lui semblait représenter des jours. Il avait retiré sa veste et sa cravate, mais la chemise noire était toujours là, ainsi que le gilet ouvert sur son torse puissant, et le pantalon moulé sur ses cuisses qui s'arrêtait sur ses pieds nus.

Pourquoi est-ce que la vue de ses pieds nus lui parut comme le bruit de deux cymbales contre ses oreilles ? Peut-être parce que cela lui faisait penser à l'intensité et à la force brute cachées sous la civilité du costume ?

Les mamelons de Mycah se dressèrent et son sexe pulsa sous sa robe. Son ventre se tordit comme si elle avait faim, mais pas pour le dîner que ses parents avaient servi une heure plus tôt : non, seul l'homme face à elle pouvait la rassasier.

Elle inspira et détourna le regard par-dessus l'épaule d'Achille, à l'intérieur de l'appartement, ce qui réussit à la distraire. Elle était pourtant habituée au luxe, mais ça… Tout ce verre, ce marbre et cette pierre la firent doucement haleter d'étonnement.

Achille se poussa sur le côté, l'invitant silencieusement à entrer. Il ne dit rien et se contenta de glisser ses mains dans ses poches en la suivant alors qu'elle s'avançait bouche bée dans le penthouse qui faisait paraître la maison de ses parents comme un taudis à côté. Bon, peut-être pas un taudis, mais en tout cas une modeste résidence.

Trois murs de verre invitaient le ciel sombre et la ligne d'horizon de Boston dans l'appartement, donnant l'illusion à ses occupants de vivre parmi les nuages. Des structures flottantes et autoportantes séparaient les pièces en différents espaces de vie : des canapés, un piano blanc, des cheminées, une table à manger chromée, des coins salons dispersés ici et là. Une cuisine ultramoderne en acier et en marbre se trouvait à l'arrière, tandis qu'un escalier suspendu menait au deuxième étage.

Elle admira le tout avec émerveillement avant de se tourner vers lui.

— Vas-y, dis-le, déclara-t-il avec un sourire moqueur. Dis que je suis un hypocrite.

— Pardon ? dit-elle en battant des cils.

— D'avoir sermonné tes parents sur leurs excès et le fait de s'enrichir avec le travail des autres alors que je vis ici, expliqua-t-il avec un sourire sombre. Je crois que je suis la définition même de l'imposteur.

— Étant donné qu'un imposteur ou un hypocrite serait le dernier à l'admettre, j'en doute, rétorqua-t-elle. Laisse-moi deviner. C'est à Cain ?

Devant son air stupéfait, elle émit un petit gloussement.

— Ce n'était pas difficile à deviner. Kenan est de Boston. Mais toi, tu viens d'arriver, donc tu n'avais pas de logement. Et demi-frère inconnu ou pas, Cain ne t'aurait jamais fait vivre quelque part où il ne vivrait pas lui-même. Et cet endroit fait surtout penser à lui.

Elle avait dit la dernière phrase en tournant sur elle-même et en admirant à nouveau le palais de verre dans le ciel.

— Et quelle partie fait penser à moi ?

Mycah savait reconnaître un défi quand on lui en lançait un.

— Une partie du verre et du ciel. Il faudrait plus de murs en revanche. Moins d'acier, de chrome et de commodités. Je ne pense pas que les cheminées te dérangent. Par contre, qu'elles soient au gaz…

Elle marqua une pause et réfléchit à ses prochains mots.

— Je pense que tu ressembles à la description que tu as faite de ta mère ce soir. Tu aimes voir le fruit de ton travail. Donc, tu aimerais couper ton propre bois pour ta cheminée. Ce qui veut dire des arbres, de la nature et non un château de verre au trente-deuxième étage. J'ai juste ?

Il ne répondit pas et se contenta de la fixer d'un air qui à la fois la déconcertait et l'enflammait.

— Pourquoi es-tu ici ? demanda-t-il sèchement.

— Pour m'assurer que tout va bien.

À nouveau, il l'étudia avec ce regard scrutateur, sans ciller. Finalement, il secoua la tête et se dirigea vers le salon.

— Tu veux un verre ?

— Étant donné que j'ai sauté le digestif chez mes parents, avec plaisir.

— Je suis sûr que tout s'est très bien passé.

Elle lui adressa un sourire machinal.

— Bien sûr. Si on peut appeler « très bien » de terribles mises en garde sur le fait de détruire la réputation de la famille en courant après toi comme une vulgaire gourgandine – mais qui dit encore « gourgandine » de nos jours ? Alors oui, ça s'est très bien passé.

— C'est assez… théâtral, dit-il en sortant une Samuel Adams du mini-réfrigérateur sous le bar intégré. Qu'est-ce que je te sers ?

— La même chose que toi.

Sans rien dire, il décapsula la bière et la lui tendit avant de s'en prendre une autre. Il attendit qu'elle en prenne une gorgée et la relança :

— Pourquoi es-tu vraiment ici, Mycah ?

Lentement, elle baissa la bière et affronta son regard perçant.

Pour m'excuser du comportement de mes parents.

Pour te regarder dans les yeux et être sûre que tu ne me méprises pas.

Tout cela était vrai. C'étaient des réponses qu'elle aurait pu lui donner, et il les aurait probablement acceptées. Elle n'avait qu'à les dire…

— Parce que je ne me sentais pas en sécurité dans cette maison, répondit-elle sans savoir pourquoi.

Le regard d'Achille lança des éclairs.

— Et tu te sens en sécurité ici ? Avec moi ? demanda-t-il d'une voix grondante.

— Oui.

Aussi fou que cela puisse paraître, et malgré leur relation tumultueuse… c'était la vérité. Elle savait qu'il ne l'avait jamais sciemment blessée ou exploitée. Si elle lui demandait de la protéger, non seulement il accepterait, mais il se servirait de son propre corps pour cela. Il était ainsi.

Après avoir vu toute la mesquinerie et la cruauté dont ses parents étaient capables, elle avait besoin d'un refuge où elle se sentait en sécurité. Elle était venue sous prétexte de prendre de ses nouvelles, mais c'était elle qui avait désespérément besoin d'être rassurée.

Est-ce que ça faisait d'elle une profiteuse et une égoïste ?

— Arrête.

Elle cligna des yeux et s'arracha à la spirale descendante de ses pensées.

— Pardon ?

— Je ne sais pas où tu étais, mais on aurait dit un animal pris au piège.

— Je suis une égoïste. Je me sers de toi, chuchota-t-elle.

— Il va falloir m'expliquer, dit-il en lui prenant le bras et en la conduisant vers un fauteuil noir. Assieds-toi, parce que tu sembles à deux doigts de t'évanouir.

— Je me suis convaincue que je venais ici pour toi. Mais il s'agissait de moi, uniquement de moi. Une égoïste, répéta-t-elle en croisant son regard. Je suis venue ici pour t'utiliser.

Elle s'attendit à une réaction de dégoût, à tout le moins de gêne. Mais sûrement pas à ce scintillement de désir.

— M'utiliser de quelle manière, Mycah ?

Un autre homme aurait pu s'accroupir près de la chaise afin qu'elle ne se sente pas dominée ou intimidée par sa taille. Pas Achille.

Mais elle ne se sentait ni intimidée ni dominée. Au contraire. Elle se sentait à l'abri et protégée. Et si excitée par son odeur de pin, de pluie fraîche et de sexe.

— Mycah.

— Je veux… Je voudrais…

Elle ne pouvait pas le dire. Impossible de laisser sortir les mots.

Dans sa famille, demander ce dont on avait besoin – à part des vêtements à la mode ou la voiture dernier cri – revenait à exposer son cou à un prédateur, car cela révélait une faiblesse. Cela avait été plus facile le soir de leur rencontre. En effet, il était alors un étranger, quelqu'un qu'elle ne s'attendait pas à revoir. Mais il n'était plus un étranger.

L'avait-il jamais été en fin de compte ?

Mais bien qu'elle soit venue à lui ce soir et qu'elle lui fasse confiance, ce qu'il était capable de faire par inadvertance à son cœur ferait ressembler une tempête à une averse d'avril.

— Laissons ça de côté pour le moment, proposa-t-il en s'asseyant sur la chaise en face d'elle.

Il étendit ses longues jambes entre les siennes et porta la bouteille à sa bouche sans rien dire. Elle fit de même, sans le quitter du regard, hypnotisée par ses lèvres sensuelles et le mouvement de sa pomme d'Adam. Peut-être était-ce à cause de ces quelques gorgées d'alcool, mais elle n'avait qu'une envie : se pencher en avant, refermer lentement ses dents autour de cette gorge et passer sa langue sur sa peau. Goûter sa saveur salée.

« Profiteuse ! » cria une petite voix dans sa tête. La pomme ne tombait jamais loin de l'arbre.

— Je suis désolée, Achille, murmura-t-elle en passant son doigt sur les gouttes de condensation autour de la bouteille. Tu ne méritais pas ce genre de traitement. Je sais que tu ne voulais pas de mes excuses plus tôt, mais j'ai besoin de te les présenter. Ou en tout cas d'essayer.

— Regarde-moi.

Elle leva la tête. Le regard d'Achille brillait de désir en même temps que d'une lueur d'agacement face à sa docilité.

— Je n'en voulais pas, parce que ce n'était pas à toi de t'excuser. Et ça n'a pas changé.

Il se pencha en avant, posa sa bière sur le sol avant de caler ses avant-bras sur ses cuisses.

— C'est vrai que j'étais furieux, et j'essayais de le cacher pour ne pas donner à tes parents et à tous ceux autour de la table la satisfaction de prouver que j'étais celui qu'ils croyaient. La bête. Le voyou. Le Farrell fou.

— Tu es au courant ?

— Je ne suis ni sourd ni aveugle, rétorqua-t-il avec dédain.

— Oui, je sais. J'espérais simplement que tu n'avais pas…

— Ma mère me disait toujours que ce qui compte, ce n'est pas la façon dont on nous appelle, mais notre façon d'y répondre. Tes parents ou qui que ce soit à Boston ne peuvent pas définir qui je suis.

Il se tut et recommença à l'étudier. Elle lutta pour ne pas reculer devant ce regard incisif et ne pas s'en dérober de peur qu'il n'en voie trop.

— Alors pourquoi leur permets-tu de dicter qui tu es ? demanda-t-il.

— Je ne…

Maudit soit-il. Elle ferma les yeux comme pour se cacher de lui. Non, au diable, tout ça. Elle les rouvrit et lui lança un regard noir.

— Je te l'ai déjà dit : tu ne me connais pas. Arrête de croire le contraire.

— Explique-moi alors.

S'il s'était moqué d'elle, elle serait peut-être partie. Elle aurait quitté son appartement avec une indignation légitime en lui disant d'aller se faire voir. Mais cette offre silencieuse emplie de curiosité et d'intérêt sincère apaisa sa colère et sa douleur.

— Pendant l'entretien, Cain m'a demandé pourquoi je voulais travailler pour Farrell. Les réponses que j'ai données – promotion, opportunité, expérience – étaient toutes vraies. Mais il a posé la mauvaise question. Il aurait dû me demander pourquoi j'avais besoin de travailler là. Parce que j'en ai effectivement besoin. J'ai besoin de ce travail.

Elle souffla un rire triste tout en faisant tourner la bouteille froide entre ses paumes.

— Ce dîner que mes parents ont organisé ce soir. Sais-tu qui l'a payé ? Moi. Du moins, je le ferai à la fin du mois. Parce que la rente mensuelle qu'ils reçoivent de Hill-Harper aura disparu, dilapidée en vêtements, bijoux, déjeuners, spa et cadeaux pour leurs amis. Et ce sera à moi de payer l'hypothèque, les employés de maison, les charges et toutes leurs autres dettes. Tu vois, mes parents se moquent de ma carrière, mais ils en dépendent.

— C'est parce que tu les y autorises. Ils en profitent parce qu'ils savent que tu payeras, gronda-t-il en sentant la colère monter en lui. Ce n'est pas ça, l'amour ou le sacrifice.

Elle secoua la tête.

— C'est la famille, insista-t-elle. Si ta mère…

Il leva une main et la coupa immédiatement.

— Ma mère ne m'aurait jamais demandé ça, et c'est justement la raison pour laquelle je lui aurais donné le monde entier. Et tu sais ce qu'elle aurait fait, Mycah ?

Il se pencha en avant, la brûlant de ses yeux bleu-gris.

— Elle m'aurait dit non. Elle aurait refusé jusqu'à ce que je la fasse céder à force d'insister.

Il lui fit signe d'approcher, et ajouta d'une voix incroyablement douce :

— Tu ne crois même pas aux foutaises que tu racontes.

Des larmes montèrent aux yeux de Mycah. C'était souvent ce qui se passait face à la vérité.

— Qu'est-ce qu'il y a, bébé ? murmura-t-il. Tu es en sécurité. Dis-moi.

Elle lutta intérieurement durant cinq bonnes secondes avant de céder.

— Encore trois ans et demi. C'est tout ce qu'il me reste. Encore trois ans et demi avant que ma sœur obtienne son bac et entre à l'université. Je serai alors libre. Je paye ses frais de scolarité et je ne peux pas l'abandonner. Elle est brillante, Achille, et elle mérite la meilleure éducation possible. Je ne lui enlèverai pas ça, et je ne veux pas la perdre. Elle est ma seule vraie famille. Ça ne m'étonnerait pas que mes parents m'interdisent de la voir si j'arrête de payer leurs factures. Mais dans trois ans et demi, elle aura dix-huit ans : ça sera une adulte, et j'aurai enfin ce dont je rêve depuis des années.

— De quoi rêves-tu, Mycah ? insista-t-il devant son silence.

Elle passa ses doigts dans ses boucles – ou tenta de

le faire – avant de se souvenir que ses cheveux étaient attachés.

— Mycah.

— La liberté.

Elle grimaça en entendant le mot résonner dans la pièce, et émit un petit rire embarrassé. Puis, afin de se donner une contenance, elle se retourna et posa sa bouteille de bière sur la table basse. Tout plutôt que de le regarder.

— La liberté, répéta-t-elle avec moins de véhémence et une dose d'autodérision. Tu dois sûrement me trouver théâtrale.

— Tu penses que je ne comprends pas le besoin de liberté ?

Elle tourna la tête vers lui.

— Comme tout le monde, tu dois sûrement connaître les termes du testament de Barron. Pour la plupart des gens, ça ressemble à un rêve devenu réalité : être propriétaire d'une entreprise de cette envergure et devenir milliardaire en un instant. Mais je ne l'ai jamais demandé. Je ne l'ai jamais voulu, et je compte les mois… les jours jusqu'à ce que je parte d'ici et que je quitte Boston. Jusqu'à ce que je sois libre de tout.

Il se leva et se dirigea vers la fenêtre en arrachant l'élastique de ses cheveux, puis posa la main sur la vitre, comme s'il essayait de toucher le ciel.

— Sais-tu pourquoi je déteste tant le surnom Farrell fou ? Parce que j'ai bien peur qu'il y ait une part de vérité dedans. Parfois, j'ai l'impression de devenir fou dans les limites de ce monde.

Il marqua une pause, et ses épaules s'affaissèrent.

— En quittant Seattle, j'ai délibérément choisi un mode de vie totalement différent. Une vie plus calme, plus simple. Celle-ci… est trop bruyante. Trop dure. Trop perfide. Je sais que Cain et Kenan pensent que je garde mes distances, mais je ne peux pas me permettre de trop m'attacher à eux, parce que je ne peux pas habiter ici. Ils sont tous les deux nés ici. C'est leur maison. Moi, je n'appartiens pas à cet endroit.

Elle le rejoignit, incapable de rester plus longtemps sur sa chaise, et se plaça derrière lui en pressant son front contre son dos et en passant ses bras autour de sa taille.

Achille se raidit, mais ne la repoussa pas. Prenant cela pour un signe positif, elle ferma les yeux et le respira, absorbant son odeur comme si c'était une drogue.

— Tu m'as demandé comment je voulais t'utiliser, murmura-t-elle contre son gilet. Je suis venue ici parce que j'avais besoin que tu me tiennes contre toi. Que tu me touches. Que tu me protèges du monde pendant un petit moment avant que je reparte l'affronter.

Elle fit glisser ses mains sur son ventre, et remonta le long de ses abdos saillants pour atteindre son cœur battant. Puis elle tourna la tête et appuya sa joue contre son dos.

— Je pense qu'on peut se donner ça. Je ne vois rien de mal à ce qu'on s'utilise tous les deux.

Il ne dit rien durant un long moment. Les battements de son cœur contre la main de Mycah furent son seul mouvement. Puis, il s'arracha soudain à son étreinte et se retourna pour lui sauter pratiquement dessus.

Brûlant d'excitation et de désir, Mycah accueillit son baiser avec fougue dans un choc de lèvres, de langues et de dents. Sa barbe lui griffait le menton et la bouche dans une caresse sensuelle. Ça faisait si longtemps qu'elle n'avait pas été touchée. Non, c'était faux. Il y avait si longtemps qu'elle n'avait pas été touchée par lui.

Elle aurait dû se sentir embarrassée du gémissement qui lui échappa, mais elle était au-delà de ça. Elle passa ses mains dans ses cheveux épais et tira sa tête vers elle afin de se régaler de cette bouche qui la narguait depuis des semaines. Impatiente et affamée, elle le lécha, exigeant qu'il lui donne la pareille.

Les grandes mains d'Achille agrippèrent sa tête, pour l'incliner dans une direction, puis une autre, comme s'il n'en aurait jamais assez. Elle s'abandonna avec délice, tirant sur ses cheveux et griffant son cuir chevelu dans une supplication silencieuse.

Ce n'était pas un baiser, mais une guerre. Une guerre dont elle voulait être la victime.

— Cette robe m'a rendu fou toute la soirée. Comment est-ce que je peux te l'enlever ? murmura-t-il contre sa bouche.

La respiration lourde, elle se tourna et lui présenta son dos.

— Crochets à l'arrière. Fermeture Éclair à la hanche, dit-elle en le regardant par-dessus son épaule. Dépêche-toi.

Les instants suivants furent un exercice de patience alors qu'il manipulait les délicats crochets du corset, mais les effleurements de ses doigts sur le dos de Mycah et la caresse de ses jurons dans ses oreilles ne firent qu'accentuer l'excitation de la jeune femme. Au moment où le corset se détacha et tomba autour de sa taille, elle tremblait de désir. Et lorsqu'il baissa la robe, l'étoffe noire fit un petit monticule autour de ses chaussures, la laissant uniquement vêtue d'un string en soie et de bas à mi-cuisses. Elle enfonça ses dents dans sa lèvre inférieure afin d'étouffer le gémissement qui lui montait à la gorge.

— Tourne-toi, dit-il avant d'ajouter : s'il te plaît.

Ce « s'il te plaît » prononcé de sa voix bourrue, et empli d'un désir semblable au sien, faillit la faire tomber à genoux. Mais avant qu'elle puisse s'exécuter, il saisit son coude.

— Attends.

Quand il s'agenouilla devant elle, ses poumons se

vidèrent, le corps et l'esprit impatients en se souvenant de la dernière fois que son visage et sa belle barbe avaient été entre ses jambes. Mais cette fois, l'attention d'Achille n'était pas focalisée sur son sexe mais sur ses pieds. Il retira ses chaussures à talons avec précaution, et poussa la robe sur le côté. Puis il s'assit et la fixa. Elle n'avait jamais fait une taille 36, au grand désarroi de sa mère, mais, avec l'âge, Mycah avait appris non seulement à accepter mais à aimer son corps sans s'attacher aux opinions des autres.

Et tandis que le regard d'Achille caressait ses cuisses qui n'avaient jamais été fines, ses hanches qui avaient toujours été arrondies, et ses seins qui avaient toujours fait plus qu'un bonnet A, elle se sentit désirée et adorée… parfaite.

— Tu es belle.

Son ton était sincère ; de cela, elle était sûre.

— Tu es trop habillé, répliqua-t-elle en désignant d'un geste du menton sa chemise, son gilet et son pantalon.

Achille retira promptement son gilet, mais lorsqu'il voulut s'attaquer aux boutons de sa chemise, Mycah tomba à genoux. Un désir chaud et capiteux la traversa tandis qu'elle écartait ses mains et s'occupait de cette tâche. À chaque parcelle de peau brune recouverte de tatouage dévoilée, son excitation augmentait. Elle serra les jambes contre la douce douleur de son sexe, sachant que son string en dentelle ne réussirait pas à cacher la preuve de son désir. Et alors qu'elle repoussait sa chemise de ses épaules, Achille en eut la confirmation en posant une main entre ses jambes pour caresser délicatement ses replis intimes avant de porter ses doigts luisants de la preuve de son désir à sa bouche.

— Touche-moi, le supplia-t-elle. Touche-moi, s'il te plaît.

Il l'attira vers lui et l'embrassa, leurs torses nus pressés l'un contre l'autre. Elle se goûta sur lui, et s'enflamma.

Quand Achille saisit ses fesses et la serra contre lui, Mycah se cambra, adorant la façon dont il lui faisait comprendre à quel point il aimait son corps.

Arrachant sa bouche de la sienne, elle fit courir ses lèvres sur sa mâchoire et sa gorge puissante. Elle accorda une attention particulière aux motifs géométriques et aux lettres qui recouvraient son épaule, son bras et sa poitrine. Devant tant de beauté, elle ferma les yeux afin d'empêcher les larmes de monter. Seigneur, elle se comportait comme une folle.

— Mycah ?

Il lui caressa le visage. Du moins tenta de le faire, car elle esquiva ses grandes mains et baissa la tête pour passer la langue sur son mamelon. Son gémissement viril gronda sous sa bouche, et elle passa ses dents sur le pic érigé avant de le sucer et de tirer doucement dessus.

— Bon sang, bébé.

Il retira soigneusement ses épingles et libéra ses cheveux. Puis il enfonça ses doigts dans ses boucles, et tira doucement dessus.

— Refais-le.

Elle s'exécuta avec bonheur. Plaçant ses paumes sur ses larges épaules, elle le poussa légèrement. Un de ses bras musclés s'enroula autour d'elle et il retomba sur la moquette. Elle en profita pour ramper sur son corps et chevaucher son ventre, gémissant à la sensation de ses muscles saillants contre son sexe humide et gonflé. Elle commença alors à faire onduler son bassin contre lui, incapable de s'arrêter même si sa vie en dépendait.

Achille encercla son cou, et une vague érotique tourbillonna dans le bas-ventre de Mycah et entre ses jambes.

— Oui, gémit-elle presque en se penchant dans sa main.

Elle continua à onduler sans pouvoir s'arrêter, si près

de la délivrance entre ce simple frottement et sa main puissante contre sa gorge. Comment était-ce possible ?

— Je ne veux pas te désirer, affirma-t-il en caressant son mamelon.

Malgré l'électricité qui grésillait dans ses veines et les étincelles qui éclataient dans sa tête, elle l'entendit clairement. Et sous le plaisir, la douleur vibra en elle. Elle leva la main afin de le repousser, mais quand il pinça son mamelon, elle en fut incapable. Elle s'abandonna au plaisir sans pouvoir fuir ses paroles.

— Tu es tout ce que je me suis interdit d'avoir. Tout ce qui est destructeur pour moi. Et pourtant…

Il saisit ses fesses et la souleva avant d'écraser un baiser sur ses lèvres.

— Tu es devenue mon fantasme.

— Et tu nous détestes tous les deux pour ça, murmura-t-elle contre ses lèvres.

Il la fixa de ses yeux de loup si brillants et si intenses qu'ils en faisaient presque mal.

— Oui. Presque.

La douleur s'enfonça en elle. Elle voulait le haïr, lui en vouloir d'être attirée par lui. Ce n'était que du sexe, après tout. Pourtant son cœur battant susurrait « menteuse ».

Rompant le baiser, elle glissa le long de son corps, éparpillant des baisers sur son torse, et baissant sa fermeture Éclair. Elle s'installa alors entre ses cuisses et saisit son érection. Son grognement masculin brisa le silence et elle en ressentit une immense satisfaction. Peut-être qu'il détestait la désirer, mais son sexe, non. Cette partie de lui l'aimait.

Elle ne perdit pas de temps à le taquiner. Pas quand l'odeur de son excitation la rendait folle. S'abaissant sur lui, elle l'avala. Un autre gémissement rauque retentit dans la pièce et deux grandes mains saisirent sa tête, étrangement douces comparées à ce corps tendu.

Fermant les yeux, elle se perdit en lui ; dans la sensation de le sentir glisser contre sa langue, dans sa virilité qui était à sa merci, dans sa saveur à chaque va-et-vient sur son sexe.

Quand il repoussa ses boucles de son visage afin de la contempler en train de lui donner du plaisir, elle se sentit puissante. Il était à elle.

Et elle à lui.

Pendant cet instant.

— Assez, ordonna-t-il en lui saisissant les épaules et en la soulevant de son corps.

En un instant, il récupéra son portefeuille dans la poche de son pantalon et en sortit un préservatif dont il se gaina. Puis il la souleva et la replaça à nouveau sur lui. D'une main, il saisit sa hanche et de l'autre son sexe, qu'il positionna à l'entrée de son intimité.

— Prends-moi, Mycah.

C'était peut-être un ordre ou une supplication. Elle céda aux deux et lentement, elle se laissa tomber sur lui.

Son souffle se bloqua dans sa gorge tant il était imposant, et elle s'arrêta, tremblante. Oui, elle avait déjà fait ça avec lui, mais cette position le faisait paraître plus grand, plus volumineux. Ses ongles s'enfoncèrent dans les muscles denses de son torse, et elle trembla sous la pression croissante alors qu'elle poussait vers le bas, un peu plus loin.

La sensation d'étirement et de brûlure… et derrière, le plaisir. Le plaisir de sentir Achille en elle, qu'il la remplisse et la marque, la revendique.

— Doucement, bébé. Prends ce dont tu as besoin.

Il prit ses seins en coupe et passa ses pouces sur les mamelons perlés. Sous ses paupières à demi fermées, rien ne semblait lui échapper, ni sa lutte ni même son plaisir. Son expression traduisait un désir si intense que Mycah en eut le souffle coupé.

— Tu es tellement étroite. Si humide. Des mois que j'en ai rêvé, et rien ne s'est jamais approché de ta perfection.

Des mois ? Elle n'avait donc pas été la seule à ne pas oublier cette nuit ?

Un cri silencieux résonna dans sa tête, et elle s'enfonça davantage. Il fallait qu'elle bouge… qu'elle fasse quelque chose. Utilisant son torse comme levier, elle se souleva de lui avant de s'abaisser à nouveau, son sexe massif l'appelant, de la même manière qu'elle l'appelait.

Leurs gémissements s'élevèrent à l'unisson, lui caressant ses seins et elle le chevauchant. Avec précaution, au début, mais petit à petit avec plus d'abandon, jusqu'à ce qu'il la remplisse entièrement et que ses fesses rondes tapent sur les cuisses d'Achille. C'était tellement bon.

Achille remplaça ensuite ses mains par sa bouche, la léchant et la torturant tout en l'encourageant à accélérer.

Il passa une main dans ses cheveux et tira sa tête vers lui alors qu'il immisçait une main entre eux et encerclait son bouton de plaisir du bout des doigts.

— Je veux te sentir jouir sur moi, bébé.

Elle obéit. Il lui suffit de quelques caresses sur sa chair engorgée et palpitante pour qu'elle explose et se brise contre lui. Et tandis qu'il la suivait de près dans l'extase avec de puissants coups de reins, elle s'accrocha à lui, se déhanchant jusqu'à la fin de l'orgasme, qui la parcourut comme le plus chaud des éclairs.

— Tu veux me parler d'elle ?

Le corps d'Achille sursauta sous elle avant de se figer,

comme si la réaction lui avait échappé. Son cœur battait soudain à un rythme plus élevé sous l'oreille de Mycah.

Ils étaient allongés dans son lit au milieu des draps froissés après leur dernier rapport sexuel. Durant la nuit, il l'avait portée dans l'escalier jusqu'à la chambre, et elle avait découvert une fois de plus que faire l'amour lentement et tendrement avec Achille était tout aussi enivrant que lorsqu'il était rapide et intense. Mais à présent, alors que la sueur séchait sur leurs peaux, ses pensées avaient recommencé à tourbillonner sans qu'elle puisse les arrêter.

Mycah n'insista pas et ne précisa pas non plus de qui elle parlait. Ce n'était pas nécessaire : ils savaient tous les deux à qui elle faisait référence.

Il resta silencieux durant un si long moment qu'elle pensa qu'il ne voulait pas répondre. Elle en fut déçue mais pas surprise. Avoir couché ensemble ne voulait pas dire qu'il devait soudain se confier à elle. Surtout au sujet d'une personne qui avait eu une telle importance dans sa…

— Que veux-tu savoir ?

Les mots avaient jailli comme s'il les avait expulsés. Elle cligna des yeux en se demandant si elle l'avait vraiment entendu, mais elle se ressaisit rapidement par peur de laisser passer cette chance.

— Es-tu toujours amoureux d'elle ?

Oh ! pour l'amour de Dieu !

Elle se morigéna intérieurement. C'est donc ça, sa première question ? Elle avait l'air de… mendier.

— Non.

Il la souleva doucement et se redressa pour appuyer son dos contre la tête de lit.

— Pourquoi est-ce que tu me demandes ça ?

Elle haussa les épaules. Comment répondre à cela alors qu'elle se posait la même question ?

— Quand on reste si en colère après quelqu'un, c'est généralement parce qu'on a encore des sentiments.

— Je ne suis pas en colère contre elle, dit-il en fronçant les sourcils. Elle m'a appris une leçon que je n'oublierai jamais.

— Quelle était la leçon ? chuchota Mycah, certaine de le savoir déjà.

Il la regarda un long moment, avant de répondre d'une voix plate mais douce :

— La plupart des femmes riches aiment s'amuser avec quelqu'un qui n'est pas de leur condition sociale mais, en fin de compte, il restera leur vilain petit secret.

Ses mots furent comme un coup de poing pour Mycah, mais elle réussit à ne pas broncher à force de volonté. Croyait-il qu'elle le considérait comme un vilain secret ? Un être inférieur ? En dessous de sa condition sociale ? Elle fit défiler leurs interactions, commençant par le bar et terminant par la soirée chez ses parents. Puis ici, dans le salon avec son aveu sur le fait qu'il ne voulait pas la désirer.

Oui, il le pensait.

Un sentiment de douleur et de colère s'empara d'elle, mais elle réussit à l'éteindre tout aussi rapidement qu'il était apparu. Ce n'était pas d'elle qu'il était question, même si elle avait très envie de se défendre.

— Tu veux bien me dire ce qui s'est passé ?

Il inclina la tête, manifestement surpris.

— Pourquoi est-ce si important ?

— Parce que je veux savoir à la place de qui je suis punie, et pourquoi.

Et aussi parce que, même s'il affirmait ne pas être en colère, en parler cautériserait cette blessure.

Encore une fois, il ne répondit pas immédiatement, mais finit par hocher la tête. Il tourna alors son regard vers le mur de verre qui, en journée, devait offrit une vue imprenable sur le port de Boston.

— Je l'ai rencontrée peu de temps après la mort de ma mère. Ma mère et moi vivions à Tacoma à ce moment-là. Tu ne l'as peut-être pas remarqué, mais je ne suis pas très sociable…

Il eut un léger sourire moqueur qui disparut aussitôt.

— Je n'avais donc pas vraiment d'amis proches. Juste des connaissances. Au décès de ma mère, j'étais seul, et quand cette belle femme sophistiquée et cultivée m'a approché lors d'une soirée donnée par l'entreprise pour laquelle je travaillais, ça a été le coup de foudre.

Bon, finalement elle n'avait peut-être pas envie de savoir. La jalousie la frappa avec force, bien que ce soit elle qui ait posé la question. Impossible d'étouffer ce sentiment ou de repousser l'idée de cette « belle femme sophistiquée et cultivée » aux côtés de cet homme viril et magnifique.

— Elle a prétendu m'aimer, a dit qu'elle se souciait de ma carrière et de mon bien-être. Elle m'a même encouragé à voir un thérapeute afin de surmonter le deuil de ma mère. Mais quand le thérapeute m'a mis en garde sur le fait de m'investir dans une relation si peu de temps après la mort de ma mère, elle a trouvé le moyen d'y mettre fin en me faisant croire qu'il était contre nous. Et moi, idiot que j'étais, je l'ai crue.

Il laissa échapper un rire rauque avant d'ajouter :

— J'étais tellement naïf et en manque d'affection.

— Arrête ça, dit-elle en lui prenant la main.

Il détourna le regard de la fenêtre et contempla leurs mains jointes.

— Le fait que tu aies reconnu avoir besoin d'un thérapeute était déjà courageux en soi. Encore plus que tu y sois allé. Qu'elle t'ait manipulé pour que tu arrêtes les séances en se servant de ton amour, c'est honteux pour elle et non pour toi. Alors arrête de culpabiliser.

Il l'étudia sans acquiescer, mais sans réfuter non plus. Mycah prit cela comme une victoire.

— Nous sommes restés un an et demi ensemble, même si c'était un an de trop. Je n'ai jamais rencontré sa famille, malgré ses promesses. Elle me présentait à ses amis, m'achetait des vêtements, me disait comment m'habiller, m'emmenait dans des clubs, des bars, des soirées. Elle prétendait se soucier de ma carrière, mais si mon travail interférait avec ses événements sociaux, elle se fâchait. Elle a même appelé mon responsable en demandant que je sois placé sur des projets moins exigeants. Elle s'attendait à ce qu'on lui obéisse puisqu'elle était une investisseuse. Tu vois, elle croyait que sa fortune et sa naissance pouvaient tout acheter, y compris avec moi. Parce que j'étais son jouet qu'elle habillait, manipulait et qu'elle reposait sur l'étagère quand elle avait fini.

— Achille.

Mycah ne voulait plus écouter. Mais là encore, il ne s'agissait pas d'elle, même si chaque mot creusait un trou dans sa poitrine. Elle ne dit donc plus rien et continua simplement à lui tenir la main.

— J'ai fini par rompre, mais pas parce que je me suis réveillé ou que j'en ai eu assez. Un collègue qui était au courant de notre liaison a eu pitié de moi et m'a envoyé par mail l'annonce de ses fiançailles dans les pages people de Tacoma : ses fiançailles avec l'héritier d'un empire financier.

Sa bouche se tordit en un sourire sardonique.

— Quand je l'ai mise en face de la vérité, elle a balayé ça d'un geste de la main, comme si ça ne comptait pas. Elle s'attendait à ce que je continue à jouer les petits toutous, sauf que je n'en avais pas conscience jusque-là.

Elle a semblé choquée quand j'ai refusé. Apparemment, personne ne lui avait jamais dit non.

Il soupira en se pinçant l'arête du nez, puis passa ses doigts dans ses cheveux pour les repousser de son visage.

— J'ai grandi dans les quartiers difficiles de Seattle. Je me considérais comme quelqu'un de malin. J'avais traversé des choses difficiles, dit-il avec un regard dur. Mais il a suffi qu'une jolie femme me montre un peu d'attention pour que je perde la raison. Je suis devenu quelqu'un que je ne reconnaissais pas, et je ne me le suis jamais pardonné. Je ne sais pas si je le pourrai un jour, parce que ça voudrait dire que j'ai oublié et que je pourrais recommencer. Et c'est hors de question.

Il déclara cela d'un ton passionné, presque furieux. Mais cette fureur n'était destinée qu'à lui ; l'homme qui était tombé amoureux d'une femme qui l'avait trahi.

Mycah comprenait ce qu'il ressentait. Les histoires pouvaient différer, mais la douleur restait la même. Elle pouvait briser l'esprit d'une personne, sa confiance en elle et dans les autres.

— Quel était son nom ? demanda-t-elle.

Il l'étudia un instant, la tête penchée sur le côté.

— Yvette. Pourquoi ?

— On dit que si tu donnes un nom à ton démon et que tu le dis à voix haute, il – ou elle – n'aura plus de pouvoir sur toi.

Il émit un petit reniflement moqueur.

— On dit ça ?

Un léger sourire souleva le coin de sa bouche avant de disparaître.

— Yvette.

Il le répéta, plus bas cette fois, et si elle n'avait pas été attentive à lui, elle ne l'aurait peut-être pas entendu.

— Comment s'appelle ton démon, Mycah ? demanda-t-il.

Une étincelle de panique éclata dans sa poitrine. Par où commencer ? Le mieux était de ne rien dire, car elle avait peur de ne plus pouvoir s'arrêter.

— Je n'en ai pas.

— Menteuse, murmura-t-il.

Il passa son bras autour de sa taille et l'attira sur ses cuisses afin qu'elle le chevauche. Mycah gémit à la sensation de son sexe durci contre le sien. Il prit alors son visage entre ses mains pour la forcer à le regarder.

— Mycah Hill, dit-il en passant son pouce sur sa pommette. Tu es une menteuse. Mais ce n'est pas grave. Nous avons eu assez de révélations comme ça. Quand tu seras prête, je serai là. Et tu me le diras, parce que nous savons tous les deux que tu as des démons.

Puis il s'empara de sa bouche et de son corps.

- 10 -

— Un jour tu devras m'expliquer pourquoi tu préfères rester au sous-sol alors qu'un bureau parfait avec des fenêtres t'attend à l'étage exécutif.

Achille soupira tandis que Cain pénétrait dans le bureau en examinant l'endroit comme si c'était la première fois qu'il y mettait les pieds. Ce qui n'était pas le cas. Son frère aîné ne laissait jamais passer une occasion de râler sur la taille et l'emplacement de son bureau. Cela semblait vraiment l'irriter qu'Achille préfère rester au service informatique plutôt qu'au trente-deuxième étage avec lui et Kenan.

Chaque fois qu'il posait la question, Achille lui donnait sa réponse toute prête en disant qu'il se sentait plus à l'aise avec les gens qui « parlent son langage ». Ce n'était pas un mensonge. Mais pas la vérité non plus.

Il ne pouvait pas dire à ses frères que même quelque chose d'aussi insignifiant que d'avoir son bureau près des leurs constituait un lien qui le mettait mal à l'aise et dont il ne voulait pas.

Il prévoyait de retourner à Tacoma dans quelques mois, et cela rendrait la rupture encore plus difficile, le moment venu. Si la perte de sa mère et la trahison d'Yvette lui avaient appris une chose, c'était que l'amour faisait mal. Que ce soit dû à l'abandon, aux mensonges, à la trahison… ou à la mort.

L'amour se terminait toujours par la douleur.

L'absence d'attachement et d'amour préservait de la douleur.

Donc il préférait rester au huitième étage et garder une distance prudente avec ses frères. Ce serait mieux pour eux à long terme, et certainement pour lui aussi.

— Comme je vous l'ai dit à plusieurs reprises, à toi et à Kenan, on n'est pas au sous-sol.

— Est-ce qu'on a prononcé mon nom ? demanda leur jeune frère en apparaissant dans l'embrasure de la porte. Vous disiez que vous m'adoriez ? J'ai l'habitude, vous savez.

Cain émit un reniflement de mépris.

— Ce bureau est suffisamment étriqué comme ça. Il n'y a vraiment pas assez de place pour ton ego.

— Je t'ai bien dit qu'il fallait faire cette réunion dans le placard à balais du couloir. C'est plus spacieux, répondit Kenan en prenant l'autre chaise à côté de Cain.

— Vous avez fini tous les deux ? demanda Achille, fâché. Si vous êtes claustrophobes, les téléphones existent. Vous n'avez qu'à vous en servir pour m'appeler.

— Et en quoi ça aurait été plus amusant ? demanda Kenan. En plus, j'adore l'odeur de l'amiante fraîche de bon matin.

En voyant l'expression d'Achille, il éclata de rire en levant les mains en signe de reddition.

— Ça va. J'ai fini. Cain, on peut commencer avant qu'il oublie que je suis son frère ?

Comme si c'était possible. Achille serra les poings pour s'empêcher de passer la main sur sa poitrine à la sensation de pincement que les mots de Kenan avaient provoqué.

Cain se pencha en avant et fit glisser un dossier sur le bureau.

— Je te l'ai également envoyé par mail, mais voici la copie papier. Et pas de commentaires, ajouta-t-il en pointant un doigt vers Kenan puis Achille. Je sais, je sais. Et alors ? Je préfère avoir les choses en main. Quoi qu'il en soit, nous envisageons d'acquérir un éditeur de logiciels à San Francisco. D'après ce que nous savons, ils bouleversent l'industrie avec leur technologie de sauvegarde sur le cloud. C'est mieux pour la sécurité et ça réduit les coûts. Je suis sûr qu'il y a des variables que nous ne connaissons pas encore, et c'est là que tu interviens. Avant d'investir cent cinquante millions de dollars, nous voulons savoir si c'est solide et rentable. Peux-tu l'étudier et nous donner ton avis non seulement sur le logiciel mais aussi sur l'entreprise ?

Achille se figea de surprise. Cain réclamait souvent sa présence aux réunions, mais il avait l'impression d'y jouer un rôle de figurant. Il ne donnait jamais son avis, et on ne le lui demandait pas non plus. Au service informatique, il était au moins capable de répondre aux appels, d'offrir son aide et de résoudre les problèmes en cas de besoin, car il n'avait pas peur de se salir les mains.

Mais ça…

Il détourna les yeux un bref instant, incapable de maintenir un contact visuel avec ce même regard pénétrant qu'il croisait chaque matin dans le miroir. Son frère, qui avait trop souffert entre les mains abusives de leur père et qui en voyait trop. Cain, héritier de Farrell et homme d'affaires de renom, ne risquerait pas des millions de dollars s'il ne faisait pas confiance à Achille. Et Achille craignait que Cain ne comprenne à quel point cette marque de confiance comptait pour lui.

Les liens se resserraient malgré ses efforts désespérés pour l'empêcher. Une image de son projet privé – son jeu vidéo – surgit dans son esprit et il eut soudain l'envie insensée d'en parler à ses frères. Le désir s'enfonçait en lui à chaque instant. Il avait besoin de le partager avec ces deux personnes qui pourraient le comprendre s'il s'ouvrait un peu et les laissait entrer…

L'amour se termine toujours par la douleur. L'absence d'attachement et d'amour préserve de la douleur.

Ces paroles résonnèrent douloureusement dans sa tête et son cœur.

— Je le ferai, répondit-il en prenant le dossier. Il te le faut pour quand ?

— Lundi prochain ? demanda Cain.

Cela lui laissait une semaine, ce qui était plus que suffisant.

— Parfait, dit Cain en se levant avant d'ajouter avec nonchalance, au fait, je voulais t'avertir que Devon va t'appeler. Elle commence un nouveau cours informatique à la maison de quartier depuis qu'un donateur anonyme leur a fait livrer des ordinateurs.

Kenan toussa.

— La ferme, aboya Cain. Bref, c'était pour que tu ne sois pas pris au dépourvu.

Il marqua une pause avant de continuer.

— Sache que ma fiancée a un cœur tendre. Alors si tu décides de lui dire non, fais-le gentiment ou je volerai tous tes objets de collection Doctor Who du tiroir de ton bureau dont tu penses que nous ne sommes pas au courant, et je les vendrai en ligne pour un centime.

Achille en resta bouche bée, partagé entre le choc et le rire.

— Je pense que tu viens de le briser, murmura Kenan.

Davantage de liens…

— Ça va, j'ai compris, déclara Achille d'une voix rauque.

Quelques instants après le départ de ses frères, il fixait toujours la porte. Il finit par secouer la tête et se remit au travail. Et s'il se sentait plus léger, il l'attribua au défi d'un nouveau projet, rien d'autre.

Quelques heures plus tard, un coup frappé à la porte de son bureau lui fit relever la tête, et une autre sorte de chaleur le traversa, voire le saisit. Mycah se tenait sur le seuil. Cela faisait quelques jours qu'il ne l'avait pas vue, ce qui n'avait fait qu'augmenter son désir.

Il jeta un coup d'œil à l'horloge au bas de l'écran de son ordinateur : 19 heures. Ils devaient être les seuls à l'étage. Il se leva de sa chaise alors qu'elle entrait et refermait la porte derrière elle.

Cela faisait pratiquement deux mois depuis ce dîner désastreux chez ses parents – depuis qu'ils avaient fait l'amour sur le sol de son salon, sur le canapé et dans son lit.

Ça n'avait pas été leur dernière nuit ensemble. D'autres avaient suivi… beaucoup d'autres. D'un accord tacite, ils avaient gardé cela entre eux. Comme ils se voyaient rarement, ça n'avait pas été un problème. Il était conscient d'être l'un des dirigeants de l'entreprise – du moins durant les mois à venir –, et parce qu'elle avait clairement fait part de ses inquiétudes concernant sa réputation professionnelle, il veillait à ce qu'aucune rumeur ne circule sur eux.

Cependant, il aurait menti en affirmant que ce secret ne l'irritait pas. Après Yvette, il s'était juré de ne jamais redevenir un secret honteux et de ne plus permettre à quiconque de lui donner le sentiment d'être indigne. Même s'il comprenait les préoccupations très valables de Mycah, il ne pouvait empêcher les germes du doute, toujours présents, de croître. Chaque fois qu'elle dormait auprès de lui ou qu'elle quittait son appartement, les similitudes entre son passé et cette histoire actuelle ne lui échappaient pas : le retrouver en soirée, prétendre qu'ils n'étaient pas amants, le faire vivre dans le mensonge…

Mais elle l'émouvait, et le désir finissait par l'emporter sur tout le reste, même son passé avec Yvette. Avec elle, la solitude qu'il prétendait ne pas craindre disparaissait.

Mais peut-être qu'il s'inquiétait pour rien. Il savait que de toute façon, contrairement à sa liaison avec Yvette, son histoire avec Mycah avait une date d'expiration.

— Bonsoir, dit-il en faisant le tour du bureau. Qu'est-ce que tu fais ici ? Je pensais qu'on devait se retrouver au… Qu'est-ce qui se passe ?

Il s'arrêta en remarquant la tension qui émanait d'elle.

Elle entrouvrit les lèvres ; aucun son n'en sortit. Pris d'un sentiment de malaise, il fit un pas en avant, mais elle secoua la tête en levant une main pour l'arrêter. Tout en lui exigeait d'aller vers elle et de la prendre dans ses bras afin de chasser ce qui avait assombri son regard.

— Je suis enceinte.

- 11 -

Je suis enceinte.

Son annonce avait résonné comme un cri. Sauf qu'elle avait l'impression que, au lieu de s'éteindre progressivement, ça gagnait du volume et devenait de plus en plus fort jusqu'à agresser ses oreilles et exploser dans sa tête. Bien sûr, c'était son imagination mais, en observant l'expression sévère d'Achille, ses pommettes saillantes et ses mâchoires serrées, elle se dit qu'elle pouvait bien se permettre ce genre d'élucubrations.

Elle ne pouvait pas lui en tenir rigueur : elle avait eu deux jours pour assimiler la nouvelle. Car finalement, c'était son corps et sa responsabilité. Non, tout n'était pas sa faute non plus, parce que lui aussi avait été là. Ils avaient pourtant pris leurs précautions…

Un sentiment de peur s'empara d'elle et la glaça. Elle avait tellement peur et elle se sentait si seule. Pendant deux jours, elle avait prétendu être malade et avoir contracté une grippe intestinale alors qu'en réalité, elle était recroquevillée dans son lit, sous le choc face à cette nouvelle apparue sous forme d'une petite barre sur un bâtonnet.

Ses premières pensées avaient été pour son travail, son mode de vie et sa famille. Elle reconnaissait que cela pouvait paraître égoïste, mais elle avait travaillé dur pour arriver là où elle était. Et ce n'était que le début ! Il lui restait encore tant à accomplir professionnellement qu'elle ne s'était pas imaginée avec un homme et un bébé pour le moment. Certaines femmes le désiraient et y parvenaient parfaitement, mais ce n'était pas son cas. De plus, elle était très heureuse de sa vie de célibataire et de la liberté dont elle bénéficiait. Elle pouvait mener sa vie comme elle l'entendait, dîner au restaurant, faire les magasins à tout moment, partir en vacances. Elle avait suffisamment d'amis avec des enfants pour savoir qu'elle pouvait dire adieu à sa vie insouciante.

Et puis il y avait aussi sa famille. Un enfant hors mariage ! Ils la renieraient. Et découvrir qu'Achille était le père ne ferait qu'empirer la situation, car à leurs yeux c'était un bâtard et un voyou : un rien du tout. Une vague de colère l'avait parcourue. Ils ne savaient même pas de quoi ils parlaient puisqu'ils ne lui avaient jamais donné la moindre chance.

Mais la colère avait disparu aussi soudainement qu'elle était apparue, laissant la place à un sentiment d'épuisement. Quelle importance finalement car, alors qu'elle regardait l'aube chasser la nuit à l'horizon, une certitude profonde avait chassé ses doutes.

Elle garderait le bébé. Son bébé.

Avec cette prise de conscience était venu un amour profond. Et en se tenant face à Achille, elle réalisa que cet amour pour ce quelque chose – quelqu'un, parce que c'était déjà quelqu'un pour elle – de la taille d'un haricot la consumait déjà.

— Tu es enceinte.

C'était une affirmation et non une question, mais elle hocha quand même la tête et croisa instinctivement les bras sur son ventre où dormait leur enfant. Bien sûr, le regard perspicace mais indéchiffrable d'Achille ne manqua pas le geste. Il fixa son ventre un long moment avant de revenir sur son visage.

— Comment est-ce que ça a pu arriver ?

— Je l'ignore. C'est arrivé, c'est tout.

— Que comptes-tu faire ? demanda-t-il d'une voix égale et presque trop calme.

Son expression réservée et son ton prudent ne laissaient rien paraître de ses pensées. C'était à nouveau l'Achille du bar. En constatant cela, le cœur de Mycah cogna avec plus de force dans sa poitrine.

Qu'est-ce que tu penses ? Dis-moi si tu veux de ce bébé.

Mais elle se tut. Elle n'alla pas vers lui, et ne frappa pas ses poings contre le mur de son torse. Peut-être qu'il avait raison ? Les émotions n'avaient pas leur place entre eux.

Si elle n'avait passé qu'une nuit avec lui comme elle se l'était promis, si elle n'avait pas cédé aux émotions qu'il lui faisait ressentir, ils ne seraient pas dans cette situation. Mais pour elle, il n'avait pas été uniquement question de plaisir physique. Aussi incroyable que cela puisse paraître, le bonheur de se débarrasser des couches « Hill » et d'être tout simplement Mycah s'était avéré beaucoup plus addictif, et elle n'avait pas pu y renoncer.

À présent ils devaient en payer le prix. Du moins, elle. Mais elle était prête à le faire, et avec joie.

Levant le menton et redressant les épaules, elle soutint son regard froid de loup.

— Je le garde, dit-elle en serrant ses bras autour de sa taille. Je garde le bébé.

Le feu qui flamba dans les yeux d'Achille aurait pu faire fondre la glace.

— Bien.

— Bien ? murmura-t-elle, abasourdie.

Elle ne s'attendait pas à ça.

— Tu es content ? demanda-t-elle.

Pour la première fois depuis qu'elle avait lâché la bombe, une réaction le trahit. Non, pas tout à fait : il y avait déjà eu ce scintillement brûlant dans ses yeux. Cette fois il passa une main dans ses cheveux et se débarrassa de l'élastique qui les attachait, puis s'appuya sur le bureau derrière lui, son large dos tendu contre l'étoffe de sa chemise blanche.

En voyant les ombres dans ses yeux, la poitrine de Mycah se serra comme si une pince invisible lui comprimait les côtes et l'empêchait de respirer.

— Content… Je ne pense pas que ce soit aussi simple. Tu sais qui était mon père : un homme qui a mis ma mère enceinte et qui l'a abandonnée. Il l'a jetée, nous a jetés, comme si nous étions des déchets. Mais de tous les hommes qui ont suivi, Barron a finalement été le plus gentil.

Le pincement dans la poitrine de Mycah s'accentua, et elle serra les dents pour faire taire le gémissement qui lui griffait la gorge. Elle ne pensait pas qu'Achille apprécierait la moindre marque de sympathie ; au contraire, il prendrait cela pour de la pitié alors que ce n'était pas le cas. Il n'y avait absolument rien à plaindre chez cet homme.

— Je n'ai pas eu de modèle masculin positif. J'avais ma mère et ma grand-mère, mais elles ne pouvaient pas m'enseigner la paternité. Ce que je sais de la virilité, je le tiens des hommes que ma mère amenait. Et ils m'ont appris ce que je ne voulais pas être, ce qu'il ne fallait pas faire, et comment ne pas traiter une femme et un enfant. Mais est-ce suffisant ? Je ne sais pas.

Il leva alors la tête et la regarda.

— Donc suis-je content ? Oui. Peut-être. Mais plus que tout, j'ai peur de ne pas être à la hauteur.

— Tu as rencontré mes parents, n'est-ce pas ? murmura Mycah.

Quand Achille émit un reniflement de mépris, elle rit doucement.

— J'ai eu deux jours pour digérer ça. Et j'ai peur aussi. J'ai grandi dans un foyer riche, un quartier aisé.

J'ai fréquenté de grandes écoles et j'ai bénéficié de tous les privilèges et les opportunités qui m'étaient offerts. Pourtant, je suis une personne que certains pourraient qualifier d'émotionnellement retardée. Je me soucie trop de ce que les autres pensent, je cherche une validation dans ma carrière et je suis terrifiée à l'idée que mes parents me rejettent, même en sachant qu'ils sont élitistes, méprisants et tout simplement méchants. J'ai donc aussi un bagage émotionnel et, oui, je suis tout aussi terrifiée à l'idée de ne pas être à la hauteur. Mais peut-être que c'est ce qui fera de nous de bons parents. Quand on se croit parfait, on s'expose à l'échec. Si on se lance en sachant qu'on fera des erreurs et qu'on est loin d'être parfaits, on sera vigilants, et surtout, on pardonnera. Que ce soit nous ou notre enfant.

Il expira et hocha la tête.

— D'accord, c'est logique, déclara-t-il avant de marquer une pause. Merci.

Il tendit alors un bras vers elle, avant de se raviser.

— Que faut-il faire maintenant ? demanda-t-il en fronçant les sourcils. Tu as vu un médecin ?

— J'ai pris rendez-vous pour demain matin. Je…

Elle croisa les bras sur sa poitrine en frottant ses bras comme si elle pouvait se réchauffer. Mais impossible quand le froid émanait de l'intérieur.

— Je ne veux pas t'exclure de la grossesse, je te promets que non. Mais tu ne pourras peut-être pas venir avec moi demain.

Son froncement de sourcils s'accentua et ses yeux lancèrent des éclairs.

— Pourquoi ?

— Parce que je partage le même gynécologue que ma mère et, même si la confidentialité médecin-patient est censée être sacrée, je ne veux pas prendre de risques. Je vais donc faire confirmer ma grossesse, puis je trouverai un autre cabinet médical pour qu'on puisse se rendre aux rendez-vous ensemble.

Lentement, l'expression d'Achille s'éclaircit, mais des ombres restèrent dans son regard. Pourtant, il hocha la tête.

— D'accord.

— Et si ça ne te dérange pas, je ne veux pas l'annoncer pour l'instant. Au moins pendant le premier trimestre. Tu ne comprends peut-être pas…

Il serra les doigts contre les rebords du bureau.

— Alors explique-moi.

Mycah passa une main dans ses boucles et s'éloigna de quelques pas afin de mettre de l'ordre dans ses pensées chaotiques. Comment lui expliquer sans tout faire tourner autour d'elle ? Mais en fin de compte, il était bien question d'elle. Parce que, comme Barron l'avait démontré avec sa mère, Achille pouvait à tout moment la quitter, et elle se retrouverait seule dans une vie irrévocablement changée.

Elle s'arrêta à plusieurs mètres devant lui.

— Je suis peut-être superstitieuse mais le premier trimestre est le moment le plus délicat d'une grossesse, où les fausses couches sont courantes. Je préfère attendre d'être au deuxième trimestre avant d'en parler. Deuxièmement, je viens de commencer chez Farrell. Je vais devoir trouver le moyen d'annoncer à tes frères que non seulement je suis enceinte, mais en plus de leur frère, un des dirigeants de l'entreprise, un homme que j'ai fait semblant de ne pas connaître lors de mon entretien d'embauche. Et il va falloir que j'affronte la façon dont ça sera perçu par mes collègues et mes pairs, et la répercussion que ça aura sur ma réputation. Troisièmement, je dois décider comment je vais l'annoncer à mes parents et me préparer aux retombées. Alors oui, je te demande du temps.

Il garda le silence avant finalement de se pousser du

bureau contre lequel il était appuyé et de s'avancer vers elle. Son torse et ses cuisses frôlèrent les siennes. Malgré la situation, son parfum viril et la sensation de son grand corps contre elle éveillèrent le désir de Mycah.

— C'est vraiment bête que tu sois enceinte du Farrell fou, n'est-ce pas ?

Il avait demandé cela d'un ton doux, presque gentil, ce qui rendait sa question encore plus insultante.

— Ne dis pas ça, dit-elle avec véhémence et colère. Ne dis plus jamais ça, bon sang.

Il arqua un sourcil, le regard toujours aussi indéchiffrable.

— Ne t'inquiète pas. Je ne dirai rien. C'est tout ? D'autres conditions ?

Elle secoua la tête.

— Achille…

— Bien. Appelle-moi après le rendez-vous et tiens-moi au courant.

Sur ce, il retourna à son bureau comme s'il la congédiait. La douleur dans sa poitrine n'aurait pas dû la surprendre ; elle y était habituée. Elle eut pourtant l'impression que ses poumons se vidaient.

Mais elle refusa de le lui laisser voir. Elle s'était promis il y a longtemps de ne plus s'impliquer émotionnellement, et de ne jamais donner à quelqu'un l'occasion de la rejeter. Elle avait échoué sur les deux points ?

Ça ne devait plus se produire, car à présent elle avait trop à perdre.

- 12 -

J'arrive. Je dois te parler. C'est important.

Mycah regarda le SMS, tentée de faire comme si elle n'avait rien vu. Non, ça ne marcherait pas. Sa mère verrait qu'elle l'avait lu.

Elle baissa les yeux sur son T-shirt blanc, son pantalon de survêtement noir et ses pieds nus. Elle pouvait encore mettre ses baskets, enfiler un manteau et prendre ses clés de voiture pour se sauver avant l'arrivée de sa mère.

La sonnette retentit, chassant cet espoir.

Zut.

Pourquoi avait-elle acheté un appartement dans le même quartier que ses parents ? Elle aurait dû prendre ce joli appartement à Charlestown qui lui plaisait tant. Ah oui. C'était pour Angelique. Quand elle avait l'âge de sa sœur, elle rêvait d'un endroit où s'échapper quand ses parents devenaient insupportables. Mycah avait voulu offrir ce refuge à sa sœur. Malheureusement, Lawrence et Cherise connaissaient également l'endroit.

Résignée, elle se dirigea vers la porte en soupirant. L'état d'épuisement qui lui avait fait quitter le bureau de bonne heure lui pesa soudain lourdement.

Elle avait eu son premier rendez-vous chez le médecin durant la semaine et, depuis, tous les symptômes dont elle avait entendu parler – nausées matinales, fatigue, douleurs aux seins et au ventre – semblaient s'être donné le mot pour s'abattre sur elle comme les dix plaies d'Égypte. Achille l'avait soutenue, posant des questions sur le rendez-vous, s'enquérant de sa santé, allant même chercher ses vitamines après le travail quand elle était trop fatiguée pour faire autre chose que rentrer à la maison.

Par contre, ils n'avaient pas repris leur ancienne liaison. Si on pouvait appeler « liaison » une relation secrète basée uniquement sur le sexe. Quoi qu'il en soit, c'était terminé. Il n'avait plus essayé de la toucher, et ne l'avait plus invitée à venir chez lui.

Elle aurait dû en être soulagée, car tout type d'attachement autre que la coparentalité n'aurait pas été judicieux. D'ailleurs, ils n'avaient même pas encore pu se mettre d'accord à ce sujet et voir comment ils pourraient exercer une coparentalité en étant à deux extrémités du pays.

Jusqu'à ce que je sois libre de tout.

Ses mots continuaient à la hanter, même des mois plus tard : il partait. C'était un paramètre à ne pas oublier.

Avant l'apparition de cette petite barre sur un bâtonnet, elle avait presque oublié que leur liaison n'était basée que sur du sexe et que leur histoire ne se terminerait pas comme dans un conte de fées. Et même si ça avait été le cas, il y avait tant d'obstacles entre eux que l'avenir n'était même pas visible.

Les ressentiments d'Achille envers tout ce qui était en rapport avec son monde, leur situation employeur/employée, les dommages potentiels à sa réputation professionnelle si jamais leur relation était révélée.

Sans compter le problème principal qui prévalait sur tout le reste : il n'y avait pas « d'eux ». Achille n'avait jamais eu l'intention de rester à Boston. Sa vie était à Tacoma.

Et pour être honnête, aurait-elle pu abandonner sa carrière pour lui ? Elle avait déjà été prête à se sacrifier pour le bonheur et la carrière d'un homme. Elle l'avait tellement aimé qu'elle avait fermé les yeux sur sa personnalité, même lorsqu'il lui avait montré son vrai visage. Mais quand il avait volé le projet innovant sur lequel elle travaillait en le faisant passer pour le sien, et qu'il avait raflé sa promotion, elle avait été dévastée et presque détruite par la trahison.

Ce chagrin lui avait appris que tout le monde – hommes, parents et collègues – pouvait la décevoir et même l'écraser. C'était à elle de ne pas le permettre.

Personne ne pouvait lui faire de mal si elle ne se laissait pas approcher. C'était elle qui les avait autorisés à s'introduire dans sa vie, et leur avait permis de l'utiliser et de la trahir. Voire de la détruire.

Achille n'avait commis aucun de ces crimes. Du moins, pas encore. Mais lui, plus que tous ceux de son passé, avait le pouvoir de causer les pires dégâts. Des dégâts dont elle ne pourrait peut-être pas se relever.

Alors oui, elle était soulagée qu'ils n'aient pas repris leur relation. C'était pour le mieux.

La sonnette retentit à nouveau, plus insistante cette fois. Plus vite elle en aurait fini, plus vite elle pourrait retourner se coucher.

Elle jeta tout de même un coup d'œil par le judas avant d'ouvrir. Certes, elle habitait à Back Bay, mais on n'était jamais à l'abri du crime.

— Maman.

— Bonjour, chérie.

Cherise entra en apportant son délicat parfum floral, et embrassa sa fille sur les deux joues.

— Je suis heureuse que tu sois chez toi. Tu n'arrêtes pas de dire que tu es trop occupée ces derniers temps. Trop occupée pour tes parents.

Toujours ce même discours culpabilisant.

— Tu disais dans ton message que c'était important, répondit Mycah en fermant la porte avant de se diriger vers le salon.

En voyant sa fille se laisser tomber sur le canapé, Cherise fronça les sourcils de désapprobation. Mais Mycah était épuisée, et c'était peut-être son sixième sens, mais quelque chose lui disait qu'elle aurait besoin d'être assise pour pouvoir supporter les reproches qui allaient suivre.

— C'est effectivement important, chérie.

Cherise s'assit avec grâce dans le fauteuil en face du canapé, parfaite et impeccable, même à 18 heures, dans un élégant tailleur-pantalon vert foncé.

— Margaret Dansing m'a dit t'avoir vue déjeuner en compagnie de Cain Farrell, la semaine dernière.

Mycah haussa un sourcil, gagnée par l'irritation.

— Mme Dansing aux yeux d'aigle a raison. C'était un déjeuner d'affaires. C'était ça, la question importante ?

— Non, j'ai simplement trouvé cela intéressant. Elle s'est extasiée sur le couple saisissant que vous formiez. Je dois admettre que j'étais d'accord.

Cherise joua avec une boucle d'oreille, mais Mycah n'était pas dupe du geste ou du ton désinvolte.

— Maman, s'il te plaît, dis-moi que tu as mis un terme à ces commérages. Pour la millionième fois, Cain n'est que mon patron. Si Margaret Dansing était restée un peu plus longtemps, elle aurait vu d'autres personnes de mon service se joindre à nous. Et pour la millionième fois encore, Cain a une fiancée, et je t'assure que leur couple est encore plus saisissant.

Sa mère fit un geste dédaigneux de la main.

— Les fiançailles se rompent tout le temps. Je dis simplement qu'il ne faut pas se fermer les portes.

— Maman, gronda Mycah entre ses dents serrées. Qu'est-ce qui était si important ?

Cherise poussa un soupir.

— Très bien. Mycah, ton père et moi sommes inquiets pour toi.

Par respect, Mycah réussit à ne pas lever les yeux au ciel. Ce « nous sommes inquiets pour toi » arrivait environ une fois par trimestre. C'était un peu tôt, mais pas inattendu.

— Je vais bien, maman. Maintenant, si c'est tout…

— D'abord cette insistance à passer d'entreprise en entreprise…

— Deux, maman. J'ai travaillé pour deux entreprises et je suis restée sept ans dans la dernière.

— Si au moins tu travaillais pour Hill-Harper.

Mycah émit un reniflement de mépris. Hors de question ! Être non seulement sous la coupe de son père, mais à la merci d'un conseil d'administration qui se souvenait d'elle en couche-culotte ? Aucune chance qu'elle puisse se faire respecter.

— Ensuite tu ramènes cet… cet homme à dîner, continua sa mère en ricanant.

— Si ma mémoire est bonne, et c'est le cas, c'est toi qui l'as invité à dîner, et tu l'as fait dans de mauvaises intentions : pour l'humilier et divertir tes invités.

La colère monta en Mycah alors qu'elle se redressait et foudroyait sa mère du regard.

— Toi et papa êtes juste en colère parce qu'il a renversé les rôles. Il vous a renvoyé votre snobisme au visage et vous a embarrassés devant vos invités.

— Fadaises, rétorqua sa mère en faisant semblant de ramasser une peluche inexistante sur son pantalon. Il a simplement montré sa mauvaise éducation et ses manières déplorables.

— Je suis sûre qu'il pense la même chose de vous deux.

— Mycah Hill ! s'exclama Cherise. Je ne te permets

pas de me parler comme ça. Je suis ta mère et tu me dois le respect.

— Crois-moi, maman. C'est ce que je fais, dit Mycah en poussant un soupir. Toi et papa m'avez déçue ce soir-là. Pourquoi croyez-vous que je ne suis pas revenue depuis ?

— Eh bien, c'est réciproque, déclara sa mère d'une voix aussi froide qu'un vent d'hiver. Prendre son parti au lieu de celui de ta famille et courir après lui. Tu connais à peine ce voyou, alors que nous sommes ta famille.

— Tu ne le connais pas non plus, donc ne l'insulte pas dans ma maison ou devant moi.

Sa mère se redressa légèrement au ton tout aussi froid de Mycah. Puis ses yeux se rétrécirent et sa bouche s'amincit.

— Ah, tu le prends comme ça ! dit-elle en inclinant la tête sur le côté. Tu as une liaison avec ce… cet homme ? Est-ce pour ça que tu le défends avec autant de zèle ?

— Non, nous n'avons pas de liaison.

C'est du passé. Mais c'est le père de ton petit-enfant.

Elle avait envie de le crier, mais elle réussit à se retenir.

— Mais il ne mérite pas votre antipathie. Vous avez fait de lui une cible à cause de sa mère et de ses origines. Mais si les circonstances avaient été différentes – étant donné votre couleur de peau et le pays dans lequel vous vivez –, sans votre argent et votre maison dans les beaux quartiers, certaines personnes que vous appelez des amis vous traiteraient de la même manière.

Le visage crispé, Cherise se leva de sa chaise, le corps raide de colère.

— Ton père et moi avons voulu le meilleur pour toi. Nous avons essayé de te guider dans la bonne direction, mais tu ne fais que te rebeller et mépriser nos efforts. As-tu déjà baissé les yeux du haut de ton grand piédestal pour te demander ce que cela nous fait ? Tu n'es qu'une ingrate. Excuse-nous de t'aimer.

Puis, avec la majesté d'une reine, elle traversa le salon et quitta l'appartement, mais sans claquer la porte car, même en colère, sa mère ne claquait jamais les portes.

Mycah fixa le salon, comme engourdie.

Tu n'es qu'une ingrate. Excuse-nous de t'aimer. Tu n'es qu'une ingrate. Excuse-nous de t'aimer.

L'accusation tournait en boucle dans sa tête comme un disque rayé, rebondissant sur les murs de son esprit et glaçant son corps un peu plus chaque fois.

Tant mieux, parce qu'elle ne voulait plus rien ressentir.

— Mycah ?

Elle s'écarta brusquement de la main qui se posa sur sa joue. La chaleur qui émanait de cette paume était presque trop forte pour son corps froid. Elle avait besoin de froid.

— Mycah ?

Une autre main se posa sur son visage, la forçant à regarder la personne qui refusait de la laisser dans le froid réconfortant.

— Bébé, regarde-moi. Qu'est-ce qui se passe ?

N'ayant pas le choix, elle tourna les yeux vers un spectacle trop familier : le froncement de sourcils d'Achille.

— Achille ? murmura-t-elle. Que fais-tu ici ?

— J'ai frappé mais tu n'as pas répondu. Et la porte n'était pas fermée.

Son ton de reproche ne lui échappa pas, mais elle était trop engourdie pour s'en offusquer.

— Je t'ai appelée, mais tu ne répondais pas, répéta-t-il en caressant ses pommettes de ses pouces. Qu'est-ce qu'il y a ? Tu as l'air éteinte.

Elle voulut répondre « rien » car elle était tellement fatiguée d'expliquer, de gaffer et de blesser les gens. « Rien » semblait le plus sûr, mais quand elle entrouvrit les lèvres…

— Elle m'a traitée d'ingrate. Et peut-être que je le suis.

Je le pense souvent de moi. Je suis égoïste aussi. Regarde ce que j'ai fait de toi. Je t'ai utilisé pour ton corps, même si tu as fait pareil avec moi. Mais on a tous les deux eu du plaisir alors c'était peut-être équitable ? Mais ingrate envers eux ? Comment ? Explique-moi comment ? En essayant d'être la fille parfaite même quand je voulais m'enfuir dans un cirque ? J'avais dix ans et j'étais en voyage de classe. Je me suis faufilée derrière la tente et j'étais à deux doigts de me cacher dans le wagon d'un clown. Seule la peur d'être le prochain repas des tigres m'a décidée à retourner auprès de ma classe.

— Mycah…, dit Achille, choqué.

Elle s'agrippa à ses épais poignets, s'accrochant à lui comme si son corps était la seule chose qui l'ancrait à la vie.

— Non, je suis sérieuse. En obtenant des A et en terminant première de ma classe et en allant dans la meilleure université ? En subvenant à leurs dépenses depuis des années alors qu'ils méprisent mon travail ? Je ne vaux rien parce que je n'ai pas de mari milliardaire, que je ne dirige pas plusieurs comités caritatifs et que je ne donne pas de réceptions ? Mon annulaire, mon vagin et mon utérus sont donc plus importants que mon cerveau ? Pourtant sans moi, ils seraient à la rue. Et c'est moi, l'ingrate ? Ils me détruisent avec leurs critiques et en dénigrant mes réussites. Parfois j'aimerais arrêter de porter cette famille et ses attentes. Et pourtant je continue. Tu m'as demandé pourquoi, une fois. Tu te rappelles ?

— Oui, bébé, je m'en souviens, murmura-t-il.

— Parce que je veux leur amour. Je veux qu'ils m'acceptent telle que je suis, qu'ils m'aiment pour moi. Mais ça signifie sacrifier mes propres rêves, mes propres désirs et me conformer aux leurs. Ils commencent déjà à le faire avec Angelique. Ma mère s'est excusée de m'aimer. Je ne peux pas.

Mycah s'accrocha encore plus fermement à lui et ferma les yeux.

— Je ne peux pas l'excuser. Parce que leur amour a un prix trop élevé : mon identité, ma paix, mon âme.

Au dernier mot, elle se recroquevilla sur elle-même, comme si toute cette effusion avait sapé ses dernières forces. Achille la serra contre lui et se leva en la tenant dans ses bras. Puis il se rassit en la prenant sur ses genoux. Et quand l'engourdissement en elle céda la place à la douleur, la colère et le chagrin, elle s'effondra et pleura sa déception, son indignation, sa douleur et sa peur.

Combien de temps resta-t-elle recroquevillée sur ses genoux, pressée contre son torse ? Elle l'ignorait. Mais au moment où elle leva les yeux, le ciel était passé du violet au noir, projetant des ombres sombres sur le visage d'Achille.

Sa poitrine n'était qu'un large gouffre mais, contrairement à l'engourdissement de tout à l'heure, c'était une sensation purifiante. Elle remua, et grimaça à la sensation de ses membres raides. Il fallait qu'elle se lève, qu'elle bouge, qu'elle dise quelque chose. Qu'elle s'excuse auprès d'Achille d'avoir craqué et de l'avoir inondé de larmes.

Mais avant qu'elle décide par quoi commencer, Achille se leva en la portant. Elle haleta et enroula ses bras autour de son cou. Mais même cet effort était presque au-dessus de ses forces pour le moment.

— La chambre ? demanda-t-il.

— Dans le couloir. Dernière porte à droite.

Il suivit ses instructions sans rien dire et la posa sur son lit sans prendre la peine d'allumer. Puis il se dirigea vers la salle de bains attenante.

La lumière s'alluma et, quelques secondes plus tard, le bruit de l'eau se fit entendre. Elle en fut surprise, mais elle n'eut pas le temps de s'y attarder car il revint, la prit doucement par la taille et la mit debout. Avec une efficacité dépourvue de sensualité et uniquement emplie de tendresse, il lui retira ses vêtements et la souleva à nouveau contre son torse.

Aucune parole ne fut échangée tandis qu'il l'installait dans le bain chaud. Il détacha ses cheveux et utilisa son propre élastique pour attacher les boucles de Mycah sur sa tête. En d'autres circonstances, elle aurait objecté. Elle avait toujours été la protectrice, le soutien, celle qui contrôlait. Mais en cet instant, alors qu'Achille passait le gant de toilette sur ses épaules, ses bras et ses seins, elle lui laissa le contrôle, s'occuper d'elle, la laver, la sortir de la baignoire et la sécher.

Lorsqu'il la ramena dans sa chambre, la glissa entre les draps et s'allongea derrière elle, elle ne protesta pas. Non, elle accueillit son corps protecteur autour d'elle.

Et alors qu'elle sombrait dans le sommeil, un sentiment de paix l'envahit pour la première fois depuis bien trop longtemps.

- 13 -

Achille étira les bras vers le magnifique plafond voûté du salon de Mycah et gémit à la sensation de brûlure dans ses muscles. Il examina alors la pièce qu'il avait temporairement réquisitionnée pour travailler.

Aussitôt que Mycah s'était endormie, il s'était glissé hors du lit, avait récupéré sa sacoche d'ordinateur dans sa voiture et s'était installé dans le salon afin de pouvoir l'entendre en cas de besoin. Après l'avoir trouvée dans cet état, il ne comptait pas la laisser seule ce soir. Il avait le sentiment qu'elle était trop souvent seule d'ailleurs.

Adossé aux coussins du canapé, il admira l'appartement étonnamment chaleureux et confortable. Ce n'était pas n'importe quel appartement : d'immenses baies vitrées, une gigantesque cheminée qui occupait pratiquement tout un mur, une bibliothèque allant jusqu'au plafond et entièrement remplie, ainsi que de magnifiques moulures. Pourtant, l'endroit lui plaisait bien plus que son appartement. D'ici on voyait les arbres et, depuis sa chambre spacieuse aux murs de briques, il avait entrevu un jardin par la fenêtre. Même sa cuisine ressemblait à une vraie cuisine : intime et habitée, avec une table, des chaises, des meubles en bois et des fenêtres, au lieu d'une décoration de film de science-fiction futuriste.

Mycah avait choisi des meubles confortables plutôt que tape-à-l'œil. Des canapés et des chaises rembourrées dans les tons ocre, des coussins ornés, de petits tapis, des lampes sur pied, des objets de décoration d'Afrique qui invitaient à s'asseoir, à replier les jambes et à bavarder. Une ambiance bien éloignée de celle de la maison de ses parents qui cherchaient plutôt à montrer leur opulence.

L'appartement n'avait pas été sa seule découverte sur Mycah. Il avait également constaté sa douleur ; une douleur au point de la faire craquer.

Les coudes sur les cuisses, il se frotta les yeux en se demandant comment ses parents pouvaient ne pas être fiers d'elle et ne pas lui être reconnaissants des sacrifices qu'elle faisait ? Pourtant, il ne doutait pas de l'amour de Lawrence et Cherise envers leur fille. Mais cet amour avait des conditions. Des conditions qui asphyxiaient leur relation aussi sûrement que les mauvaises herbes étouffaient les fleurs.

Un son assourdi lui parvint depuis la chambre. Il tourna la tête, les sourcils froncés et écouta. Plusieurs secondes s'écoulèrent et, juste quand ses muscles se détendirent et qu'il retourna à son ordinateur, le son recommença. Il le reconnut.

Il se leva et entra précipitamment dans la chambre, puis dans la salle de bains, où il la trouva en train de vomir dans les toilettes.

Il s'agenouilla près d'elle et murmura son nom en dessinant des cercles apaisants sur son dos. Il se sentait impuissant. Dès qu'elle lui avait parlé de sa grossesse, il avait lu tout ce qu'il pouvait à ce sujet, surtout sur le premier trimestre. Il savait donc que les nausées matinales étaient normales pour la plupart des femmes. Pourtant il détestait la voir souffrir ainsi et ne rien pouvoir faire. Il avait déjà vu des gens vomir : certains petits amis de sa mère, des gens du lycée, en prison ou à l'université. Mais là, c'était différent. Il n'avait jamais eu envie d'échanger sa place avec ces gens pour prendre leur souffrance.

Il alla chercher une serviette dans l'armoire à linge et la passa sous le robinet. Puis il la plia plusieurs fois et la posa sur sa nuque comme sa mère le faisait pour lui quand il était malade.

— Tu n'as pas à…

Le dos arqué, elle fut coupée par un autre haut-le-cœur. Une fois la crise passée, elle se mit à trembler.

— Si, dit-il en se plaçant derrière elle et en la couvrant de son corps.

Il aurait voulu lui prêter sa force, même si c'était impossible. Mais au moins elle pouvait voir qu'il était là.

— Je ne partirai pas, bébé, alors n'insiste pas, dit-il en lui embrassant le haut de la tête.

— Je ne veux pas que tu me voies comme ça.

Il s'esclaffa.

— J'ai consulté des vidéos d'accouchement et je peux te dire que j'assisterai à bien pire dans sept mois. Ce n'est rien, ça.

Elle tendit la main derrière elle et le gifla faiblement.

— C'est malin de me dire ça. Et ne me rappelle pas que… Oh ! mon Dieu.

Ils restèrent encore dix minutes dans la salle de bains, et quand ils en sortirent enfin, Mycah était épuisée, mais vêtue d'une chemise de nuit propre. Achille la conduisit au salon et l'installa sur le canapé. Il fouilla dans sa cuisine et revint bientôt avec une tasse fumante de thé à la menthe et une tranche de pain grillée.

— Ce n'est pas grand-chose, mais ça calmera ton estomac, dit-il en posant le tout sur la table basse. Et d'après ce que j'ai lu, les deux sont bons pour aider à soulager les nausées matinales.

— Merci, murmura-t-elle en prenant le thé et en le sirotant. Ça ne me surprend pas.

— Quoi donc ? demanda-t-il en déplaçant son ordinateur et ses manuels pour lui faire plus de place.

— Que tu te sois documenté à ce sujet et que tu aies regardé des vidéos, dit-elle en l'étudiant par-dessus sa tasse. Je ne pense pas avoir déjà rencontré un cerveau plus affamé que le tien.

— Dit comme ça, ça semble… dérangeant.

Elle lui adressa un petit sourire ironique.

— C'était un compliment. Tu es avide d'informations. C'est ce qui te rend si brillant, et intimidant aussi. Les gens regardent tes cheveux, tes tatouages et ta stature, et te sous-estiment à tort. Par exemple, le dîner chez mes parents. J'ignorais tout ça au sujet de mes ancêtres. Non pas que j'en aie honte. Je trouve ça très bien même. Pourtant, je ne le savais pas. Mais toi si.

— Surprise ?

Il avait conscience d'être sur la défensive, et le regrettait même. Mais des années à entendre la même rengaine – tu es intelligent pour un pauvre/métis/ex-taulard – étaient difficiles à effacer.

— Eux peut-être, admit-elle doucement. Mais pas moi.

Ils se fixèrent un long moment en silence.

— Mange, dit-il finalement en indiquant l'assiette et le toast intact. Tu dois tapisser ton estomac.

— Encore des choses que tu as lues ? le taquina-t-elle avec toujours ce petit sourire.

Néanmoins elle prit le pain et le grignota.

— Sur quoi travailles-tu si tard ? demanda-t-elle en penchant la tête vers son ordinateur portable. C'est un projet que tu as rapporté du bureau pour terminer à la maison ?

Achille regarda son ordinateur. Il se tenait au bord d'un précipice : celui de la confiance. Personne n'avait connaissance de ce jeu vidéo, pas même Cain et Kenan.

Il observa Mycah, qui fronça lentement les sourcils face à son silence. Son cœur se mit à tambouriner avec force, au point de résonner dans sa tête.

C'était important, car elle était importante. Il avait beau le nier, il avait Mycah dans la peau. Elle avait le pouvoir de le blesser comme personne d'autre, pas même ses frères. Pour exposer cette part vulnérable de lui – ce projet qui représentait sa passion, ses espoirs et ses rêves –, il devait lui faire confiance et se dire qu'elle ne le rejetterait pas.

Il toucha la souris, donnant vie à l'écran et, après quelques tapotements supplémentaires, il ouvrit le fichier avec le jeu vidéo. Pendant plusieurs instants, il observa l'image numérique d'une terre ravagée, d'un château au loin et d'une forêt aux yeux rouges et malveillants. Au premier plan, un adolescent noir vêtu d'un T-shirt blanc et d'un jean bleu clair avec une longue épée scintillante à la main. Après une profonde inspiration, il tourna l'ordinateur vers elle. Elle regarda tour à tour l'écran et lui, les yeux écarquillés.

— Qu'est-ce que c'est ? demanda-t-elle.

— C'est à moi.

Encore une fois, ce ton défensif. Il reformula :

— Un jeu vidéo sur lequel je travaille depuis un an. C'est un jeu d'action-aventure fantasy en monde ouvert.

Elle souffla un petit rire et contempla à nouveau l'écran.

— Je n'ai aucune idée de ce que ça veut dire. Sauf pour la fantasy. Pour le reste, je suis perdue.

— Le monde ouvert signifie que les joueurs peuvent explorer le jeu et choisir comment aborder le monde et ses défis. Les jeux d'action-aventure combinent les meilleurs éléments des deux types de jeux. Les jeux uniquement d'aventure présentent des défis que les joueurs doivent résoudre avec peu ou pas d'action. Et les jeux d'action se concentrent sur les interactions entre les joueurs qui testent leurs réflexes.

— Angelique serait en pâmoison devant toi, dit Mycah en souriant. Il faut vraiment que je te la présente.

Une bannière de chaleur se déploya en lui, même si une voix l'avertit qu'elle avait probablement dit ça sans réfléchir. Le présenter à sa sœur signifiait parler à ses parents du bébé et annoncer qu'il était le père.

Elle a trop honte de toi pour faire ça.

Elle avait réclamé plusieurs mois pour se préparer à cela. Ce rappel éteignit la bouffée de chaleur.

— Pourquoi ce monde ? demanda-t-elle. Pourquoi avoir choisi ce décor en particulier ?

Il hésita avant de répondre :

— Je ne suis pas sûr de ce que tu sais de mon passé…

— Seulement ce que les médias ont rapporté.

— J'ai grandi dans un quartier difficile de Seattle appelé White Center. À l'époque, le crime, les gangs et la drogue régnaient sur cette zone. Ma mère travaillait la plupart des nuits et quand, à mes onze ans, ma grand-mère est décédée, je restais souvent seul dans l'appartement. C'était la routine d'entendre les trafiquants de drogue, les bagarres ou les coups de feu dans la ruelle derrière notre immeuble. J'étais tellement blasé que j'allumais simplement la télé pour ne rien entendre. Personne n'appelait la police.

Les souvenirs endormis depuis longtemps se réveillèrent : sa peur d'être seul à la maison sans sa mère, sa grand-mère qui lui manquait.

— Avec tout ce qui m'entourait, ma mère a toujours veillé à ce que je ne sois jamais mêlé à la drogue ou aux gangs. Même quand elle rentrait épuisée et les yeux larmoyants à 5 heures du matin après avoir travaillé de nuit, elle me réveillait et me préparait mon petit déjeuner, m'accompagnait jusqu'à l'arrêt de bus, m'y retrouvait après l'école, m'aidait à faire mes devoirs, préparait le dîner, puis allait travailler. Quand elle a remarqué que j'avais des aptitudes pour l'informatique, elle a fait plus d'heures et m'a inscrit à des cours d'informatique de niveau universitaire, parce que je n'étais pas assez stimulé au lycée. Elle me poussait toujours en avant. J'ai obtenu mon bac en étant dans les premiers de ma classe grâce à elle. J'ai été accepté à l'université grâce à elle… Mais je l'ai abandonnée en allant en prison.

Il se tut et regarda l'expression de choc s'afficher sur le visage de Mycah. Il attendit que le dégoût suive, ou du moins le malaise, quand elle réaliserait qu'elle était tombée enceinte du voyou décrit par ses parents et les médias.

Mais le dégoût ne vint pas. La compassion si.

Il dut lutter contre sa réaction de défense instinctive qui consistait à remonter sa garde et à rejeter ce qu'il percevait comme de la pitié.

Puis elle le toucha. Elle posa sa petite main sur la sienne et ses murs se fissurèrent et s'effondrèrent.

— Raconte-moi, dit-elle.

Et il le fit. Il lui raconta l'histoire qu'il n'avait jamais partagée avec personne alors qu'elle tenait sa main, son regard et son cœur.

— Ma mère… Comme, je l'ai dit, m'a tout donné. Tout. Je ne lui ai donc jamais reproché le peu de plaisir qu'elle s'octroyait, même si les hommes qu'elle choisissait étaient à problèmes. C'était comme si elle avait un radar pour les ivrognes au chômage. La plupart étaient des abrutis inoffensifs, mais le dernier…

Son corps se tendit légèrement en se remémorant cette nuit, dix ans auparavant, dans leur appartement de White Center. Sa mère et son petit ami étaient rentrés après une soirée au bar. Tous deux avaient bu et se disputaient. Le ton était monté.

— Achille, regarde-moi, dit-elle en lui prenant la joue.

Il ouvrit les yeux. Il n'avait pas réalisé qu'il les avait fermés.

— Garde ces beaux yeux sur moi. Continue.

Il hocha la tête et serra la main de Mycah contre sa cuisse.

— Un soir, ma mère était avec son nouveau petit ami. Matt.

Sa bouche se tordit en prononçant le nom, comme si une fine pellicule de crasse s'était posée sur sa langue.

— Ils sortaient ensemble depuis deux semaines mais il était différent des autres. Il n'y avait rien d'inoffensif chez lui. Il était dur, méchant…

Achille marqua une pause, puis reprit :

— Ils étaient un peu ivres et se disputaient. J'étais dans ma chambre et j'essayais de les ignorer. Elle n'aurait pas apprécié que je m'en mêle de toute façon. Mais ensuite je l'ai entendue crier de douleur. Je me suis précipité dans le salon et j'ai vu qu'il l'avait jetée au sol et qu'il la frappait. Je… j'ai perdu la tête. Je l'ai frappé sans m'arrêter. J'ai découvert plus tard que les voisins nous avaient entendus et avaient appelé la police. Je me souviens ensuite d'avoir été menotté et envoyé en prison.

Il libéra sa main et fixa ses doigts, comme s'il pouvait encore voir ses jointures meurtries et tachées par le sang de Matt. Comme s'il pouvait encore ressentir la douleur de frapper un homme inconscient.

— Cette agression m'a valu deux ans de prison. Seuls le témoignage de ma mère, mon casier judiciaire vierge et le casier pas si vierge de Matt m'ont évité d'écoper d'une peine plus lourde. Mais pendant ma détention, j'ai vu des hommes – des garçons en réalité – comme moi qui avaient commis des erreurs et qui se retrouvaient là à la suite d'une mauvaise décision. Certains étaient à leur place là-bas, c'est indéniable. Mais d'autres n'avaient même pas la capacité d'entrevoir une vie différente. C'est là que j'ai commencé à rêver de ce jeu, et l'idée m'est restée après ma sortie de prison et des années plus tard après avoir commencé à travailler. Mais quelle histoire pouvais-je raconter ? Et qu'est-ce que je voulais faire comprendre aux jeunes comme moi ou à ceux avec qui j'avais été enfermé ?

Il prit son ordinateur, cliqua sur quelques touches et afficha une autre image du jeu. On y voyait le même adolescent qui franchissait un portail. D'un côté, le monde de l'image précédente, et de l'autre, un paysage urbain normal : un enfant d'un monde qui entre dans un monde inconnu.

— Tu m'as demandé pourquoi un cadre fantasy ? Pense à tous les films ou livres de ce genre. Au début, les personnages ne connaissent pas encore leur but. Le plus important pour chacun est de trouver sa voie et sa raison d'être. Parce que c'est là que nous commençons à comprendre pourquoi nous sommes ici. Nous entrevoyons de l'espoir.

Il secoua la tête avant de poursuivre.

— Je ne dis pas que ce jeu apportera des réponses aux enfants mais, d'après les recherches, les jeux vidéo stimulent le cerveau et peuvent en modifier certaines zones. Donc, si au lieu d'un jeu qui rajoute à ce qu'ils voient tous les jours – la criminalité, la violence, l'avilissement de leur communauté et de leurs semblables –, je leur proposais un jeu qui éveille leur cerveau ? Qui crée un état d'esprit différent et une motivation pour les élever au-dessus de cette réalité qu'ils connaissent déjà ? Qui suscite une vision d'eux en héros, en guerriers, en rois ou en reines, où ils créent des liens et se battent en équipe pour un but commun, et non l'un contre l'autre ? Je veux créer un jeu où ils peuvent échapper aux horreurs du quotidien et entrevoir quelque chose de différent, quelque chose de plus grand, et qu'ils s'en imprègnent, pour réaliser qu'ils ont du potentiel.

Alors que le dernier mot résonnait entre eux, il regrettait déjà de s'être autant exposé.

— Je suis tellement impressionnée, déclara Mycah.

Elle prit une profonde inspiration et s'essuya les yeux.

— Laisse-moi une minute. C'est à cause de ces fichues hormones liées à la grossesse.

Achille lâcha un petit rire, et baissa doucement ses mains. Elle garda d'abord les yeux fermés, mais finit par les rouvrir, le regard brillant.

— Je suis sérieuse, dit-elle en lui caressant les cheveux. Comment s'appelait ta mère ?

— Natia Lee.

— Natia Lee, souffla-t-elle. Je ne l'ai jamais rencontrée, mais je sais qu'elle était très fière du garçon qu'elle a élevé. Et je suis certaine qu'elle aurait été extrêmement fière de l'homme que tu es devenu.

Achille la fixa sans rien dire.

— Tu es une belle personne, continua-t-elle. Tu as une âme si belle, et tant pis pour ceux qui ne le voient pas ou qui refusent de le voir.

— Mycah.

Il saisit ses hanches. Afin de la repousser ou de la rapprocher ? Il l'ignorait.

— Non, dit-elle en résistant. Je n'ai pas terminé. Tu es tellement brillant. J'espère que notre bébé héritera de ton intelligence.

Elle déposa un baiser sur son front avant de demander :

— Est-ce que le jeu est terminé ? L'as-tu montré à quelqu'un ? En as-tu parlé à tes frères ?

— Il est presque terminé, et non. Cain est trop méticuleux

pour ne pas connaître mon passé. Mais je ne leur ai rien dit : ni pour le jeu ni pour mon passé en prison.

— Achille, dit-elle en soupirant. Ils seraient tes plus grands supporters si tu voulais seulement les laisser entrer dans ta vie. Et je suis d'accord avec toi : Cain est probablement au courant de ton passé. Ce qui veut dire qu'il s'en fiche et qu'il t'a quand même accepté. Fais-leur une place dans ton existence.

La peur grava un chemin en lui. Malgré sa volonté de les tenir à distance, les deux hommes étaient devenus trop importants à ses yeux pour qu'il supporte leur rejet. Mais était-ce possible qu'ils… L'espoir se mit à briller sous le doute.

— La personne que tu laisseras entrer aura bien de la chance, dit-elle. À côté des tests que tu fais passer, ton jeu vidéo est un jeu d'enfant.

Son ton mélancolique n'échappa pas à Achille. Il posa sa main sur sa nuque et l'attira vers lui, jusqu'à ce que leurs lèvres se touchent et que leurs souffles se mêlent.

— Est-ce que tu aimerais entrer, Mycah ?

Les yeux moka de la jeune femme se remplirent d'incertitude. Ses lèvres s'ouvrirent et remuèrent sans qu'aucun son en sorte. Malgré la douleur fulgurante qui traversa sa poitrine, Achille sourit contre sa bouche.

— Ou mieux, dit-il en l'attirant sur ses genoux pour qu'elle le chevauche. Est-ce que tu me veux en toi ?

Elle eut un instant d'hésitation avant de hocher la tête. Achille remonta le bas de sa chemise de nuit, révélant ses belles jambes à son regard avide. Il posa une main entre ses cuisses écartées et remonta jusqu'à ses replis intimes. En quelques secondes, il fut entouré par sa chaleur humide. Elle chevaucha sa main, agrippant ses épaules, et enfonça ses ongles dans sa peau…

— Libère-moi, ordonna-t-il. Prends ce que tu veux.

Cette fois elle n'hésita pas. Elle libéra son sexe et le plaça à l'entrée de son intimité. Leurs regards se verrouillèrent, une question silencieuse dans les yeux de Mycah, tout comme dans les siens. C'était la première fois qu'ils faisaient l'amour depuis qu'elle lui avait annoncé sa grossesse. Le mal, pour ainsi dire, était fait. Tout ce qu'il désirait en ce moment, c'était sentir son sexe étroit et chaud autour de lui. Mais ça devait être sa décision aussi.

Elle acquiesça et cette réponse lui suffit. Avec un gémissement qui émana du plus profond de lui, il s'enfonça en elle et monta droit au ciel.

- 14 -

— Si vous voulez plus de détails, vous pouvez consulter la présentation que je vous ai envoyée par mail mais, pour faire court…

Achille posa sa tablette sur la table basse et se pencha en avant, face à Cain et Kenan :

— Jacobi est un solide investissement. L'entreprise offre au client la possibilité de gérer à la fois ses sauvegardes et ses restaurations. Elle dispose d'une équipe d'assistance, ce qui libère le client d'un poste ainsi que du temps de formation. L'acheteur peut donc se concentrer sur d'autres questions.

— Je vois ça, dit Cain en balayant l'écran de sa propre tablette. Je transmettrai ce document aux services marketing et juridique, mais je me range de ton avis. Je te fais confiance. Kenan ?

— J'y ai jeté un coup d'œil avant la réunion, déclara son jeune frère en se versant du café. C'est toi, l'expert, mais tu as quand même réussi à rendre tout cela compréhensible pour un non-initié. Rien que le temps économisé fait que ce projet est rentable. Je te suis.

— C'est réglé, alors, déclara Cain en posa la tablette et en prenant sa tasse de café. Merci, Achille, tu m'as rendu un grand service.

— De rien. Ce n'était pas grand-chose.

Achille était stupéfait. Un sentiment chaleureux qu'il ne

sut identifier tout de suite l'envahit. Probablement parce qu'il n'en avait encore jamais fait l'expérience.

Un sentiment d'acceptation et de confiance.

Ces deux hommes, qui partageaient son ADN mais qui étaient aussi différents de lui que le coton de la soie, faisaient totalement confiance à son jugement.

— Une dernière chose, Achille, dit Cain après un instant d'hésitation. Puisque tu as déjà fait les recherches et que tu comprends tout ça mieux que Kenan et moi, te sens-tu capable de présenter l'idée lors de la prochaine réunion du comité ?

Sans lui laisser le temps de répondre, il posa sa tasse et ajouta :

— Ne te sens pas forcé, mais je pense que tu es la personne la plus qualifiée pour ça.

— Je le ferai.

Cain et Kenan parurent tout aussi stupéfaits qu'Achille. Il n'avait pas prévu d'accepter, mais cela lui avait paru naturel.

« Ils seraient tes plus grands supporters si tu voulais seulement les laisser entrer dans ta vie. »

— Dans ce cas, c'est parfait, rétorqua Cain en souriant.

— Si vous n'avez rien de prévu et que vous avez un instant à m'accorder, j'aimerais vous montrer quelque chose.

— Je suis libre, répondit Kenan.

Cain l'étudia un long moment de son regard incisif.

— Même si ça n'avait pas été le cas, j'aurais annulé.

Une autre bouffée de cette fichue chaleur l'envahit. La gorge serrée, Achille hocha la tête et se leva pour récupérer sa sacoche d'ordinateur.

Quarante-cinq minutes plus tard, il était installé derrière le bureau de Cain, son programme lancé et il avait tout expliqué sur le jeu vidéo – le contexte, le public cible, l'éventuelle commercialisation… et l'origine de l'idée.

Alors qu'il révélait son séjour en prison, Cain et Kenan le laissèrent aller jusqu'au bout sans l'interrompre.

Et aucun n'eut l'air choqué.

— Vous étiez au courant, déclara platement Achille, ni fâché ni content.

Il ignorait ce qu'il ressentait.

— Évidemment, répondit Cain, qui était assis sur le bureau, les bras croisés sur son torse. J'ai fait faire une enquête sur vous deux par le détective privé de la société, juste après la lecture du testament.

— Et mon père a fait faire une enquête sur vous deux pour me reprocher d'abandonner Rhodes Realty pour des gens comme vous, déclara Kenan avec un sourire vide. Vous êtes de vrais dépravés d'ailleurs. Ce qui explique pourquoi je me sens à ma place ici.

— Je suis un ancien dépravé, le corrigea Cain avec nonchalance. L'amour m'a changé.

Achille haussa les épaules.

— Trois repas par jour et une paillasse m'ont changé aussi.

— Super, ironisa Kenan avec un air faussement dégoûté. Quel genre de frères êtes-vous pour me laisser être le seul dépravé ?

Il reprit son sérieux et se tourna vers Achille :

— C'est à cause de ce séjour en prison que tu gardais tes distances avec nous ?

C'était typique de Kenan d'entrer sans ambages dans le vif du sujet. Achille se dirigea vers la grande vitre du bureau ; un bureau digne d'un président-directeur général, poste pour lequel son frère avait été préparé et pour lequel il était né. Comment est-ce qu'Achille pouvait faire comprendre cela à un homme destiné à être roi depuis le berceau ?

Il fallait pourtant qu'il essaye, car le temps des secrets, du silence et de l'exclusion était révolu.

Il finit par se tourner vers eux, et croisa leurs regards identiques au sien.

— Quand j'ai reçu cette lettre m'annonçant la mort de Barron, honnêtement, j'ignore pourquoi j'ai accepté ce billet d'avion. Je n'avais pas pensé à mon soi-disant père depuis des années. Je me fichais de lui…

— Arrête de te mentir, l'interrompit doucement Kenan. Tu es venu pour la même raison que moi. Parce que toute ta vie tu as senti qu'il te manquait quelque chose, et tu espérais pouvoir enfin le trouver.

Achille voulut objecter et affirmer que sa mère et sa grand-mère lui avaient toujours suffi, mais il en fut incapable. Parce que les paroles de Kenan étaient vraies. C'étaient la curiosité et l'espoir qui l'avaient poussé à monter dans cet avion et à venir à Boston.

— OK, je te l'accorde. Et je vais même te dire que j'ai réussi à trouver ce qui m'avait manqué toute ma vie : des frères. Mais tu as raison. J'ai essayé de garder mes distances et de ne pas m'attacher à vous, parce qu'à la fin de cette année, je quitterai Boston. Je…

Et alors qu'il examinait le luxueux bureau avec ses peintures, ses meubles qui criaient richesse et pouvoir, une petite voix en lui se demanda si c'était toujours vrai. Avec le bébé, tout avait changé.

— Ma place n'est pas ici, que ce soit à Boston ou à Farrell International. Vous êtes tous les deux nés dans ce monde et vous savez comment vous y fondre. Vous en connaissez les codes et les règles. Pas moi. J'aime les ordinateurs, l'informatique, les logiciels et la conception. C'est là que je me sens le plus heureux, pas quand je négocie des contrats, assiste à des réceptions ou apprends à ne pas offenser quelqu'un avec ma façon de parler ou d'être. Ce n'est pas mon monde.

— Ce sont des foutaises, grogna Cain en se dirigeant vers lui. L'homme qui a enduré l'enfance que tu as vécue, qui a survécu à la prison et qui s'est ensuite bâti une brillante carrière, qui a créé ce jeu vidéo afin que d'autres jeunes comme lui puissent se sentir courageux et héroïques… cet homme ne fuirait pas des parasites qui n'ont rien de mieux à faire que de choisir le linge de table de leur prochain dîner, ou de commérer sur les gens qui changent le monde.

Cain se plaça devant le visage d'Achille, les sourcils foncés et le regard brûlant.

— Je sais ce que c'est que de repousser les autres, de rester seul et de se convaincre que c'est ce qu'on veut. Qu'on est mieux ainsi. Je ne te laisserai pas faire ça. Je me battrai pour toi. Kenan, Devon et moi, nous nous battrons pour toi. Tu as de la famille maintenant. Tu n'iras nulle part. Je traverserai le pays s'il le faut pour camper devant ce satané chalet jusqu'à ce que tu rentres à la maison. Parce que c'est ta maison ici maintenant. Tu peux aller faire un tour dans les montagnes pour t'aérer quelques jours ou quelques semaines, mais tu reviendras. Tu nous reviendras toujours, nom de Dieu.

Achille resta immobile, figé par la tension et les yeux rivés sur Cain, qui le foudroyait du regard. Kenan se tenait à quelques mètres d'eux et les observait avec attention, probablement pour savoir lequel il devrait retenir en premier.

Finalement, Achille prit une profonde inspiration et hocha la tête.

— D'accord.

— D'accord ? répéta Cain, étonné.

— D'accord ? renchérit Kenan.

— Oui.

Achille expira et sentit un poids se retirer de sa poitrine. Un poids si lourd qu'il ne comprenait pas comment il avait pu respirer toutes ces années.

— Je resterai.

Un sourire se dessina lentement sur le visage de Cain.

— C'est parfait.

— Juste par curiosité, qu'est-ce qui t'a fait changer d'avis ? demanda Kenan. Le « nous nous battrons pour toi » ou le « nom de Dieu » ? Les deux arguments étaient tout aussi convaincants.

— Tu ne rates donc jamais une occasion de te taire ? gronda Cain avant de se retourner vers Achille. Encore une chose : ton jeu vidéo. Je ne sais pas quels sont tes projets en ce qui concerne la distribution, mais j'aimerais qu'on en discute. Parce que je veux que ça soit Farrell qui le fasse. Et pas seulement le tien, mais d'autres également. En fait, j'aimerais que tu fasses des recherches sur l'acquisition ou la création d'une entreprise spécialisée dans la conception de jeux avec la vision que tu nous as décrite. Et je veux que tu la diriges.

Achille se tourna vers son ordinateur. Le jeu sur lequel il travaillait depuis un an était dans sa tête depuis près de dix ans. Et à présent il pourrait contribuer à donner vie à d'autres jeux de ce genre et à les mettre à disposition de millions d'enfants.

— J'accepte.

Cain lui tapa sur l'épaule avant de l'étreindre.

— Bienvenue à la maison, lui murmura-t-il à l'oreille.

— Est-ce que ça veut dire que tu vas enfin quitter le sous-sol et prendre un bureau à cet étage ? demanda Kenan.

Achille émit un reniflement avant de rire. La sensation lui parut agréable.

— Allez, montre-moi encore ce jeu. Quand est-ce

qu'on pourra le tester ? Est-ce que je peux faire partie des bêtas testeurs ? demanda Cain en se frottant les mains.

Un carillon résonna, suivi d'un fort bourdonnement. Kenan sortit son téléphone de sa poche en fronçant les sourcils.

— Désolé, je dois regarder ça. C'est mon alerte programmée au cas où notre nom apparaîtrait dans la…

Il fit glisser son pouce sur l'écran et le tapota plusieurs fois, puis son froncement de sourcils s'accentua tandis qu'il lisait. Il leva alors la tête et fixa Cain bouche bée.

— Oh ! merde.

— Quoi ? aboya Cain. Que se passe-t-il ?

— Les rubriques mondaines et la presse à scandale : le *Boston Noise* et le *Brahmin Post* publient un article disant que Devon a rompu avec toi parce que tu l'as trompée.

— Quoi ?

— Ce n'est pas tout, murmura Kenan. Ils disent que Devon a découvert que tu as mis une autre femme enceinte. Mycah Hill.

— Tu plaisantes, j'espère ? tonna Cain en lui arrachant le téléphone des mains. Où est-ce qu'ils sont partis chercher ça ?

Achille se figea sous le choc. Il ignorait comment la grossesse avait été découverte, mais il avait une petite idée sur la personne qui avait fait fuiter l'information.

Il avait promis à Mycah de ne rien dire à Cain et à Kenan au sujet du bébé, mais à présent que cela mettait la relation de Cain et Devon en péril, ainsi que la réputation de Cain, il n'avait pas le choix.

— Cain, Kenan.

Il requit l'attention de ses frères avant d'ajouter :

— J'ai quelque chose à vous dire.

- 15 -

Achille fixait les portes de l'ascenseur de son penthouse en attendant qu'elles s'ouvrent. L'agent de sécurité avait appelé quelques minutes auparavant, l'informant que Mycah était là et qu'elle demandait à monter. Il comptait sur sa visite depuis la parution des articles, trois heures plus tôt.

Ses frères avaient mieux pris la nouvelle de sa paternité qu'il ne l'avait imaginé. Ils avaient même été heureux pour lui et l'avaient embrassé, mais ils n'avaient pas compris pourquoi cette grossesse avait été attribuée à Cain. Achille ne leur avait pas révélé ses soupçons, car il ne pouvait le faire avant de s'entretenir avec Mycah. Il avait cependant promis d'arranger les choses, ce qui impliquait de convaincre Mycah qu'ils ne pouvaient plus garder le secret.

Tu sauras enfin si elle a honte de toi.

Il ferma brièvement les yeux tandis que le tintement de l'ascenseur retentit dans l'appartement. Il allait savoir s'il était le vilain petit secret de la femme dont il était tombé amoureux. Il allait découvrir s'il revivait une histoire semblable à celle qu'il s'était promis de ne plus jamais répéter, et s'il avait à nouveau donné son cœur à une femme qui le trouvait insuffisant.

Les portes s'ouvrirent, et Mycah se précipita hors de l'ascenseur. Bien que tendu et préparé aux minutes qui allaient suivre, il s'imprégna de ce moment : l'explosion sensuelle de boucles qui retombaient sur ses épaules et encadraient son joli visage, le long manteau de laine crème qui s'ouvrait sur une robe fourreau violet foncé. La couleur lui rappela sa tenue le soir de leur première rencontre et il essaya de ne pas le prendre pour un présage, car il ignorait si c'était bon ou mauvais signe.

— Achille, dit-elle, le visage triste et l'air inquiète.

Elle le serra contre elle et leva la tête pour regarder son visage.

— Je suis vraiment désolée. Si tu savais à quel point.

— Pourquoi t'excuses-tu ?

Elle fronça les sourcils. À cause de sa question ou de son ton plat ? Il l'ignorait, mais elle le serra davantage.

— Ne fais pas comme si nous ne savons pas qui se cache derrière ça, déclara-t-elle d'une voix sinistre. Qui d'autre que mes parents ? Je ne sais pas comment ils ont su pour la grossesse, mais ce sont eux. Depuis que je suis chez Farrell, ils ne cessent de me demander de me rapprocher de Cain. C'est peut-être leur façon tordue de nous forcer à sortir ensemble ?

— Si c'est vrai, alors tu ne devrais pas t'excuser pour eux. Ce sont leurs actes, et ils doivent les assumer. Pas toi.

Quand donc cessera-t-elle d'agir ainsi ? La colère monta en lui, mais il se maîtrisa. Ce n'était pas son combat à lui. Il s'en serait volontiers chargé, mais ce n'était pas possible.

— Mais il est vrai que leurs actes nous mettent dans une situation délicate, poursuivit-il. Et nous avons maintenant des choix à faire.

Elle recula, les bras le long des flancs. Il faillit lui demander de revenir dans ses bras, qu'elle le laisse absorber sa chaleur et la toucher au moment où il larguerait cette bombe, car le lien physique semblait être la seule chose entre eux – du moins en ce qui la concernait.

— Que veux-tu dire ? demanda-t-elle en étudiant son visage. Que s'est-il passé d'autre ?

— J'étais avec Cain et Kenan quand l'histoire a éclaté. J'ai dû leur parler de nous et de la grossesse.

Elle expira doucement, puis croisa des bras protecteurs sur son ventre avant de se diriger vers la fenêtre. Il la suivit d'un pas plus lent.

— D'accord, dit-elle après quelques minutes. Je m'y attendais un peu. D'autant plus que Cain et Devon sont directement touchés par cette histoire. Je suis tellement désolée qu'ils aient été entraînés dans ce gâchis.

— Un gâchis ?

Elle se tourna avec une expression de frustration peinte sur le visage.

— Tu sais ce que je veux dire.

— Oui. Et tu as raison, c'est un gâchis de notre part. Parce que nous avons manqué d'honnêteté : avec nos familles, nos collègues, l'un vis-à-vis de l'autre et même de nous-mêmes.

— Où veux-tu en venir, Achille ? chuchota-t-elle avec un soupçon de panique dans la voix.

— Je dis qu'on ne peut construire l'avenir que sur la vérité. Il faut arrêter les mensonges et les secrets, parce qu'ils finissent toujours par blesser les autres.

— Du temps, rétorqua-t-elle d'un ton clairement paniqué. Tu m'as promis du temps pour trouver un moyen de révéler…

— C'était avant qu'on s'en prenne à mon frère, gronda-t-il alors qu'un sentiment de colère et de possessivité montait en lui.

À l'idée que les gens pensent que son bébé était de Cain, qu'ils s'imaginent que son frère l'avait touchée et avait vu à quoi elle ressemblait dans le plaisir… Bon sang. Il passa une main sur son visage.

— Mycah, tu ne peux plus cacher ta grossesse. C'est impossible. Nous devons mettre fin à cette rumeur. Pour

Cain et pour Devon ainsi que pour la réputation de l'entreprise.

— Je sais, j'y ai pensé, dit-elle précipitamment. Je vais faire une déclaration pour confirmer la grossesse et réfuter ce mensonge sur la paternité de Cain.

— Et quand ils te demanderont qui est le père ? Parce qu'ils poseront la question, argua-t-il, le corps tendu.

— Je leur dirai que ça ne regarde que le père et moi, et que nous souhaitons que notre vie reste privée.

Douleur, colère, chagrin, regret… Tous ces sentiments se pressèrent dans sa poitrine tels des indésirables réclamant de la place.

— Tu sais que ne pas leur donner de réponse précise ne fera qu'attiser le feu au lieu de l'éteindre, n'est-ce pas ? demanda-t-il, surpris de paraître aussi calme quand une tempête faisait rage en lui.

— Pas si nous le gérons correctement…, rétorqua-t-elle en secouant la tête.

— As-tu si honte d'admettre que je suis le père de ton bébé ?

Elle releva brusquement le menton sous le coup de l'accusation. Les yeux écarquillés, elle entrouvrit les lèvres et battit des cils comme si elle ne comprenait pas la question.

— Achille, murmura-t-elle finalement en faisant un pas vers lui. Ce n'est pas vrai. Je ne pourrai jamais…

— Avoir honte de moi ? termina-t-il en haussant un sourcil. Sois plus convaincante, Mycah. Tu oublies que j'ai déjà donné. Je connais parfaitement la chanson.

— Je ne suis pas elle, protesta-t-elle en serrant les poings. Je ne suis pas elle !

— Je le sais. Je le sais depuis longtemps. Mais ça ne veut pas dire que l'histoire ne se répète pas.

— Tu es injuste. Les raisons que je t'ai données sont

toujours valables, et encore plus depuis que ma grossesse a été révélée. Je ne suis pas sûre de ma position chez Farrell. Est-ce que Cain peut se permettre de me garder avec une rumeur pareille ? Et qu'en est-il de ma réputation professionnelle ? Maintenant plus que jamais, je dois garder le contrôle des informations afin de ne pas détruire des années de travail acharné et de ne pas ruiner mon image auprès de mes collègues. Et même si je n'ai pas couché avec Cain, j'ai couché avec un des dirigeants de l'entreprise. Tout ce que je te demande, c'est du temps, Achille. Tu ne peux pas changer d'avis dès que c'est plus pratique.

— Plus pratique ?

Il hésita à s'approcher car respirer son odeur et la toucher serait une erreur. Mais au diable tout cela. Il s'avança jusqu'à ce que leurs poitrines et leurs cuisses se touchent. Elle pencha la tête en arrière et soutint son regard. Il brûlait de passer ses doigts sur ses sourcils élégants, ses pommettes saillantes, sa bouche tremblante et sensuelle. Mais même lui avait ses limites.

— Tu n'es pas seule, Mycah. Je suis tout près de toi. Je veux être avec toi. Comme tu me l'as si bien dit pour mes frères : laisse-moi entrer. Laisse-moi, bébé.

Ne pouvant plus se retenir, il lui caressa les cheveux avant d'ajouter :

— Il n'y a rien de pratique là-dedans.

— Tu trouves ? demanda-t-elle doucement, le regard lourd de chagrin. Et que se passera-t-il si un jour tu décides que je ne te suffis plus ? Que je t'ai déçu ? Il ne me restera alors plus que mon bébé et ma carrière. As-tu oublié que tu comptes quitter Boston ? J'élèverai donc cet enfant seule. Ma carrière, c'est la seule chose sur laquelle j'ai un contrôle total. Je l'ai déjà sacrifiée pour un homme, et j'ai failli perdre tout ce pour quoi j'avais durement travaillé. J'ai presque perdu toute confiance en moi. Je ne veux pas revivre ça.

Achille laissa tomber sa main et recula d'un pas. Il faillit trébucher alors que la douleur et le chagrin faisaient un trou dans sa poitrine et son cœur. Pour lui, pour elle.

Pour ce qu'ils auraient pu être.

— Tu as si peu confiance en moi… en toi-même.

Un sentiment de découragement s'abattit sur lui. Il aurait voulu la toucher, lui faire comprendre que si seulement elle acceptait de se battre pour lui… de l'aimer.

Il ferma brièvement les yeux et pressa son poing contre son torse, à l'endroit où il avait mal. En la voyant suivre son mouvement des yeux, il s'arrêta et retourna près de la vitre pour regarder sans rien voir cette vue pour laquelle tant de gens étaient prêts à payer des millions.

Lui aurait tout donné pour se réveiller chaque jour aux côtés de Mycah.

— Je suis étonné que tu ne puisses pas te voir telle que je te vois. Telle que tout le monde te voit. Tu es chez Farrell depuis quelques semaines et tu as déjà le respect de tous tes collègues. Je ne minimise pas tes inquiétudes, mais tu ne réalises pas avec quelle férocité les gens seraient prêts à se battre pour toi, car ils te respectent pour ton éthique de travail, ton parcours et ta personnalité. Tu ne fais pas que changer les procédures et la culture d'une entreprise, Mycah, tu changes les gens. Tu m'as changé.

Il se tourna vers elle car, masochiste comme il était, il avait besoin de la regarder dans les yeux pour cela.

— En arrivant à Boston j'étais seul, renfermé, méfiant, amer et en colère. Je ne pensais qu'à retourner à Tacoma. Je ne suis pas ce qu'on peut appeler quelqu'un de sociable, mais j'ai de la famille maintenant : des frères en qui j'ai confiance et qui me font confiance, et dont je veux me rapprocher. Non seulement ils m'acceptent mais ils veulent me soutenir. Ils aiment mon jeu. Cain veut même s'occuper du financement et de la distribution.

— Achille, c'est merveilleux, souffla-t-elle tandis qu'un éclair de joie brillait dans son regard. Je suis tellement heureuse pour toi.

— C'est grâce à toi. Parce que tu m'as encouragé à leur faire confiance. J'abandonne le passé, les blessures et la colère. Aujourd'hui j'ai dit à Cain que je resterais à Boston.

En voyant l'expression de choc de Mycah, Achille émit un petit sourire sans joie.

— Je l'ai peut-être annoncé aujourd'hui, mais j'avais pris la décision au moment où tu m'as parlé de ta grossesse. Je ne voulais pas être un père à temps partiel. L'idée me rendait malade, car ça signifiait quitter la femme dont j'étais tombé amoureux.

— Achille, murmura-t-elle.

Il la coupa et poursuivit.

— Ce n'est pas pour toi, bébé. C'est pour moi. Je t'aime. Je suis peut-être injuste de t'imposer ça, mais je ne te demande pas d'en faire quoi que ce soit. Je me suis contenté d'une demi-relation secrète une fois, et je ne recommencerai pas. Je veux tout car je suis prêt à t'offrir tout ce que j'ai et tout ce que je suis : un mari, un ami, un protecteur, un amant et un père pour notre bébé. Je mérite plus que des miettes de toi.

Il détourna alors les yeux, car voir l'expression affligée de Mycah le rendait malade.

— Achille, tu ne comprends pas. Accorde-moi…

Elle tendit une main vers lui, mais quand il se contenta de la fixer, elle baissa lentement le bras.

C'était une question de survie. Si elle posait cette main sur lui, il n'aurait peut-être pas la force de leur faire à tous deux la faveur de rompre avant qu'ils se fassent du mal.

Ils devaient avant tout se comporter comme des parents pour ce bébé.

— Et puis quoi, Mycah ? Un autre mois ? Une autre excuse ? Je ne peux pas, dit-il en glissant les mains dans ses poches. Tiens-moi au courant de ton prochain rendez-vous chez le médecin, s'il te plaît. Nous devrons probablement être plus prudents compte tenu de toute cette publicité, mais je ne serai pas exclu. Je veux faire partie de la grossesse.

Elle enroula ses bras autour d'elle et, après un moment, hocha la tête. Puis, après un autre long moment, elle se retourna et marcha en direction de l'ascenseur, y entra et le quitta.

Combien de temps resta-t-il à regarder par la fenêtre ? Il l'ignorait. Mais quand il remua enfin, la douleur et le chagrin ne s'étaient pas atténués. Seulement cette fois, il n'avait pas à y faire face seul.

Sortant son téléphone de sa poche, il appela ses frères.

- 16 -

Mycah leva les yeux de son écran d'ordinateur en entendant frapper à la porte ouverte de son bureau. Elle força un sourire sur ses lèvres et, l'estomac serré, elle fit signe à Kenan Rhodes d'entrer.

Kenan lui rendit son sourire en refermant la porte derrière lui, et Mycah sentit son estomac se nouer un peu plus.

En cas de licenciement, c'était probablement le plus charmeur des trois qu'ils enverraient lui annoncer la nouvelle.

Elle aurait dû être stressée, mais lorsqu'elle croisa le regard bleu-gris de Kenan, elle ne pensa plus qu'à un autre homme avec ces mêmes yeux. Un homme qu'elle n'avait pas vu depuis deux jours et deux nuits interminables. Un homme qu'elle n'arrivait pas à chasser de ses pensées et qui était entré dans sa vie avec la violence d'un orage d'été pour la changer de manière irréversible.

Il avait prétendu à tort qu'elle l'avait changé, alors que c'était lui, la vraie tempête.

Mais c'était terminé à présent, et elle était seule. Encore une fois. Un frisson lui parcourut le dos. Était-ce par choix ? Peut-être, même si ça n'en avait pas l'air. Elle avait juste essayé de se protéger et de protéger sa carrière. Était-ce si égoïste ?

Te protéger ? Ou te cacher derrière ta carrière ?

Elle maudit silencieusement cette voix agaçante qui refusait de se taire depuis deux jours.

— Je passais voir comment tu vas.

Kenan pencha la tête vers la chaise des visiteurs, demandant silencieusement la permission de s'asseoir. Quand elle acquiesça, il s'y écroula.

— Tu as été parfaite durant la conférence de presse.

Elle grimaça à la mention de la courte conférence de presse organisée par le service des relations publiques, dans la matinée. Mycah avait fait une brève déclaration et avait refusé toute question.

— Merci. C'est un triste jour quand une femme doit faire une déclaration publique sur l'état de son ventre, dit-elle avant de laisser échapper un son qui exprimait à la fois le dégoût et le soulagement. Je suis heureuse que ce soit terminé. En tout cas, cette partie-là. Comment vont Cain et Devon ?

Kenan leva les yeux au ciel et afficha un sourire narquois.

— À mon grand désarroi, ils ont opté pour davantage de grandes démonstrations d'affection en public afin de rejeter les rumeurs d'infidélité.

Il se tut et son visage se fit sérieux.

— Ils s'en sortiront. Ils ont l'habitude d'être scrutés par la presse et le public. Comment vas-tu ? Dans un esprit de totale transparence, sache que Cain et moi avons passé la soirée avec Achille.

Une douleur profonde s'éveilla dans sa poitrine, et elle détourna les yeux, incapable de soutenir son regard plus longtemps.

— Comment va-t-il ?

— Pas bien, répondit-il sans ambages.

Elle ramena aussitôt son attention vers lui.

— Mais ça va aller, ajouta-t-il.

— Je suppose que toi et Cain m'en voulez. Je ne peux pas vous en blâmer.

— Et pour quelle raison ? D'avoir donné à Achille

une raison de rester ici à Boston ? demanda Kenan. Cain pense peut-être que c'est grâce à son discours d'homme des cavernes, mais je sais que c'est toi. Toi et le bébé, ainsi que son amour pour toi. Tu as ramené mon frère à la vie. Je ne pourrais jamais t'en vouloir pour ça.

— Je lui ai brisé le cœur, murmura-t-elle.

— C'est vrai.

— Arrête donc, Kenan, dit-elle en se penchant en avant, le cœur tambourinant.

À quoi jouait-il ? Une part d'elle avait besoin qu'il lui en veuille.

— Il a dû vous dire pourquoi je ne voulais pas encore révéler qu'il était le père du bébé. Ou du moins, pourquoi il pense que je ne veux pas le révéler.

— Je comprends qu'il puisse penser cela. Je comprends aussi tes raisons, répondit Kenan en s'adossant au dossier du fauteuil et en se caressant le menton. Est-ce que tu regardes le football, Mycah ?

Elle fronça les sourcils, confuse face à ce changement de sujet.

— Si je dis non, est-ce que tu me vireras ?

— Peut-être. Probablement même. Sais-tu que près de soixante-dix pour cent des joueurs de la NFL sont noirs, alors que moins de dix pour cent des entraîneurs le sont ? Et que quand l'un de ces entraîneurs est licencié, il a peu de chances de trouver un poste équivalent ? Alors que si un entraîneur blanc est licencié, il aura deux ou trois propositions dans différentes équipes de la ligue.

Il baissa le bras, le regard intense. Pour la première fois depuis qu'elle le connaissait, elle entrevoyait une autre facette de lui.

— La société dans laquelle nous vivons n'est pas conçue pour que les minorités gagnent. Quand nous créons nos propres opportunités et que nous les perdons pour une raison quelconque, le système ne fait rien pour nous remettre en selle. C'est différent pour l'homme blanc – et dans une certaine mesure, pour la femme blanche – parce qu'il peut échouer et avoir une deuxième et une troisième chance, aller plus haut, faire encore plus. Mais pas nous. Nous ne serons pas les premiers à être réembauchés et les chances d'atteindre à nouveau le sommet au sein de la même entreprise seront plus minces. Est-il donc étonnant que nous soyons dans une lutte permanente pour ne pas échouer ? Alors oui, Mycah, je te comprends.

Il marqua une pause avant de continuer.

— Je comprends que tu protèges si farouchement ta carrière. Tu es une femme noire qui a beaucoup à perdre. Mais s'il n'était question que de cela, je ne viendrais même pas t'importuner, car en tant qu'homme noir vivant dans la même société, je serais la dernière personne à te barrer la route.

Son soulagement d'être comprise fut refroidi à ses mots énigmatiques.

— Que veux-tu dire par « s'il n'était question que de cela » ?

— Je le pense quand je dis que nous venons du même monde, Mycah, expliqua-t-il avec douceur. Nos familles sont… très similaires.

Une émotion passa dans ses yeux, et disparut avant qu'elle ait pu la déchiffrer.

— Il y a autre chose qu'Achille ne peut pas vraiment comprendre mais que je comprends : tes responsabilités envers eux. Et je suis peut-être hypocrite de te dire ça, mais tu ne peux pas vivre ta vie pour eux ou pour une approbation qui ne sera jamais sans condition. Parce qu'il y aura toujours des conditions : des conditions irréalisables et des objectifs impossibles à atteindre. Et un jour, tu te réveilleras et tu réaliseras que, pendant qu'ils vivaient leur vie, la tienne a filé et qu'il ne te reste plus que le reflet des rêves des autres.

— Oui, dit-elle, la gorge serrée par la tristesse et la douleur avant de fermer brièvement les yeux. Oui.

C'était tout ce qu'elle était capable de répondre, mais c'était suffisant.

Achille croyait qu'elle avait honte de lui, et que c'était pour cette raison qu'elle redoutait d'annoncer sa grossesse à ses parents. Mais rien n'aurait pu être plus éloigné de la vérité. Elle n'aurait pas pu être plus fière de l'avoir comme père pour son bébé, et elle ne désirait aucun autre homme que lui. La honte ne venait que d'elle, car dès qu'elle annoncerait la nouvelle à ses parents, ils chercheraient à en tirer profit. Elle avait donc eu envie de garder ce bébé entre eux, juste un peu plus longtemps.

Mais ses parents avaient quand même réussi à tout gâcher.

Soudain, telle une lampe s'allumant dans son cœur et chassant les ténèbres, la vérité éclata en elle. Non, elle ne pouvait pas tout leur mettre sur le dos car, en fin de compte, c'étaient ses propres choix. Le moment était venu d'accepter la vérité et de l'assumer.

Oui, elle avait travaillé dur pour construire une carrière dont elle pouvait être fière, et qui lui permettait de subvenir aux besoins de sa famille. Mais elle les avait également utilisés comme un moyen de protéger son cœur contre d'autres blessures. Même si ses parents n'avaient jamais dit les mots, et que ses employeurs n'avaient jamais émis la moindre critique à son sujet, elle avait toujours travaillé deux fois plus pour être deux fois meilleure. Elle s'efforçait constamment d'atteindre un but qui resterait éternellement une carotte dorée pendue au bout d'un bâton.

Mais Achille… Elle émit un petit rire qui se termina en un doux sanglot. Achille ne lui avait pas demandé d'être quelqu'un d'autre qu'elle-même. En aucun cas, il ne lui avait demandé de se rabaisser afin qu'il puisse se valoriser. Il l'avait aimée pour elle-même, pour ses défauts et tout le reste. Mais elle avait laissé ses peurs se mettre en travers d'eux et l'empêcher de revendiquer cet homme, même si elle le voulait désespérément.

Car elle l'aimait. Elle l'aimait tellement, mais elle vivait dans la peur du rejet et de la désapprobation.

Mais c'était terminé. Elle était prête à affronter les conséquences de vivre dans la lumière et la vérité, et si pour cela elle devait supporter des chuchotements de la part de ses collègues, accepter que sa réputation soit ternie, ou que sa famille la rejette, elle le ferait.

Elle allait réclamer la vie qu'elle désirait et la vivre. Et si l'amour de sa vie voulait encore d'elle, elle le revendiquerait.

— Alors, tu es prête à te lancer ? demanda Kenan.

Elle avait presque oublié sa présence.

— Et comment, répondit-elle en souriant.

— Bien, dit-il en tapant dans ses mains et en les frottant avec un sourire joyeux. T'ai-je déjà raconté comment, à moi tout seul, j'ai sauvé la relation de Cain et Devon ? C'est une histoire vraie.

- 17 -

Mycah gravit les marches de la demeure familiale, peut-être pour la dernière fois de sa vie. Elle était suffisamment en colère pour que l'idée de ne plus jamais revenir ne la dérange pas, mais, au fond d'elle, l'amour qu'elle portait à ses parents lui faisait espérer que les choses s'arrangeraient.

Elle utilisa sa clé pour entrer, puis la retira de son porte-clés et la posa sur le manteau de la cheminée. C'était étrange de ne plus l'avoir, mais ce n'était que le premier des nombreux changements dans sa vie. Elle s'avança dans la maison et inspira profondément pour calmer ses nerfs.

Je peux le faire. Je suis en train de le faire.

Parce qu'il le fallait. Il n'y avait pas de retour en arrière possible.

Une fois devant le petit salon familial, elle s'arrêta. Comme elle s'y attendait, ses parents étaient là : son père assis sur le canapé en train de lire un de ces romans policiers qu'il affectionnait, tandis que sa mère était installée derrière le bureau ancien. Il était 15 heures, et Angelique ne rentrerait pas avant une heure ou deux, selon qu'elle ait ou non une activité extrascolaire. Parfait, car ce n'était pas une conversation que sa sœur avait besoin d'entendre.

— Maman, papa, les salua Mycah en entrant dans la pièce.

— Quelle surprise, répondit son père en souriant.

— Mais une bonne surprise, renchérit Cherise en se levant de sa chaise pour serrer sa fille dans ses bras.

— Vraiment ? demanda Mycah. Vous deviez bien vous douter que je finirais par passer.

— Je ne vois pas de quoi tu parles, répondit Cherise en s'asseyant sur le canapé auprès de Lawrence. Pourquoi ne pas t'asseoir, que je puisse…

— Non, ce ne sera pas nécessaire. Je ne resterai pas longtemps et ce n'est pas une visite de courtoisie.

— Mycah, tu n'as pas à interrompre ta mère, déclara Lawrence. Nous ne t'avons pas élevée de la sorte.

— Je déteste vous décevoir, mais ça sera comme ça à partir de maintenant, alors autant vous y habituer, rétorqua Mycah en les regardant avec froideur. Lequel de vous deux a fait ça ? Qui a informé les médias que j'étais enceinte ?

Ils n'eurent même pas la bonne grâce de paraître gênés. Au contraire, sa mère sembla même agacée. Pour quelle raison ? se demanda Mycah. Parce qu'elle osait les importuner avec ça ?

Comme si elle n'avait pas le droit d'être en colère.

— Tu ne vas quand même pas en faire toute une histoire ! rétorqua Cherise avec un geste dédaigneux de la main. Ça ne vient pas de l'un de nous. En déjeunant avec Margaret Dansing, j'ai simplement mentionné que tu attendais un bébé. Je ne suis pas responsable de ce qu'elle a fait de l'information.

— Margaret Dansing ? Celle qui t'a dit m'avoir vue avec Cain ? Celle dont la fille est chroniqueuse au *Brahmin Post* ?

Mycah bouillonnait, mais elle se reprit en se rappelant qu'il s'agissait de sa mère. Elle ne pouvait pas lui manquer de respect même si la réciproque n'était pas du tout vraie.

— Comment l'as-tu su ?

— Au cabinet du Dr Luther. L'infirmière m'a félicitée d'être grand-mère. Sais-tu à quel point j'ai été embarrassée de devoir faire semblant d'être au courant ? demanda Cherise en fronçant les sourcils. Vraiment, Mycah, j'aurais dû être la première personne au courant.

— Pour ce que tu as fait de cette information ! rétorqua Mycah sèchement. Comment as-tu pu, maman ? As-tu pensé aux dégâts que tu causerais : à moi et à Cain et Devon ? À Achille ? Tu savais que l'enfant n'était pas de Cain, mais tu voulais que les gens le croient. C'est la seule chose qui compte pour toi.

— Je n'ai jamais dit de qui il était, dit Cherise calmement. J'ai laissé Margaret tirer ses propres conclusions. Et comme elle venait de te voir en compagnie de Cain…

Elle haussa une épaule délicate avant de continuer :

— Mais effectivement, n'importe qui vaut mieux que cet homme. À quoi pensais-tu, Mycah ?

— Pas à vous en tout cas.

— Manifestement, rétorqua Lawrence. Ce qui est fait est fait. Maintenant tu peux garder ton petit boulot parce que Cain ne pourra pas licencier la mère de son enfant sans scandaliser l'opinion publique. C'est mieux ainsi, si tu veux mon avis.

— C'est mieux ainsi ?

Mycah les regarda, ébahie, avant de lâcher un rire incrédule. Elle les protégeait depuis tout ce temps alors qu'ils n'avaient pas hésité à sacrifier son bonheur et son avenir pour leurs propres intérêts.

— Mieux pour qui ? Pour vous ? Tout ce qui vous intéresse, c'est qu'on vous associe au « bon » Farrell. Et je te rappelle que mon « petit boulot » vous entretient. Mais c'est terminé, ça s'arrête ici.

— De quoi est-ce que tu parles ? demanda Cherise en se penchant pour prendre un magazine sur la table basse. Tu en fais tout un drame, mais comme je te l'ai dit, tu verras finalement que nous ne cherchons que le meilleur pour toi. Tu finiras par comprendre.

— Oh ! je comprends beaucoup de choses à présent. Mes yeux sont grands ouverts.

Elle fouilla dans son sac à main et en sortit un chèque déjà rédigé.

— Ce chèque devrait suffire à couvrir vos factures pendant trois mois, dit-elle en le posant sur la table basse. Je le dépenserais judicieusement à votre place, car c'est le dernier versement que vous recevrez de ma part. J'en ai assez de vous soutenir.

— Qu'est-ce que tu racontes, jeune fille ? s'exclama son père en bondissant du canapé et en faisant tomber son livre par terre.

— Tu as parfaitement entendu. J'en ai assez. Je continuerai à payer les frais de scolarité d'Angel parce qu'elle ne mérite pas d'être pénalisée, mais je ferai le versement directement à l'école. Quant à vous deux, je vous suggère de vous rendre au bureau de Hill-Harper ou de réduire vos dépenses et d'apprendre à gérer un budget. Je ne vous laisserai plus m'utiliser : cette relation est toxique, que ce soit émotionnellement ou financièrement. C'est terminé.

Elle marcha vers la sortie en ignorant leurs appels indignés mais, à la dernière seconde, elle se retourna.

— Une dernière chose. Achille Farrell va faire partie de ma vie, et pas seulement en tant que père de mon bébé, mais, s'il veut encore de moi, en tant que mari. Si vous ne pouvez pas l'accepter, cette décision vous coupera de votre petit-enfant car je refuse que vous dénigriez son père. Si vous ne pouvez pas le respecter, alors vous ne ferez pas partie de ma famille. Ça m'attriste mais, là encore, c'est à vous de voir.

Puis elle partit sans un regard en arrière, les yeux tournés vers l'avant.

Car seul l'avenir l'attendait.

- 18 -

— Est-ce que c'était vraiment nécessaire ?

Achille scruta l'immense bureau aux baies vitrées, le coin salon avec le canapé marron et les chaises assorties, le tapis et la table basse. Des étagères noires entouraient une large télévision à écran plat sur un mur, et on voyait également un bureau incurvé en verre de si grande taille que la rangée d'ordinateurs posée dessus ne réussissait même pas à en remplir la surface. Il lui restait encore beaucoup d'espace pour y poser ce qu'il voudrait, car oui, c'était son bureau : à l'étage exécutif.

Il avait enfin fait le pas.

Mais ce n'étaient pas les meubles, les ordinateurs et la vue imprenable qui provoquaient en lui cet air renfrogné face à Kenan et Cain.

Non, cet honneur revenait aux banderoles, aux ballons, au buffet et aux personnes entassées dans le bureau.

— Oui, c'était nécessaire. Tu es enfin sorti du sous-sol pour être auprès de tes frères. Maintenant, arrête de nous foudroyer du regard. Nous sommes dans un espace interdit de foudroiement, ordonna Kenan en lui passant un verre rempli d'un liquide rouge.

— Sans oublier que tu as embauché deux personnes pour t'aider à travailler sur ton projet. Penses-y. Tu as officiellement tes deux premiers salariés avant même d'avoir trouvé un nom pour ton entreprise, déclara Cain en prenant une gorgée de verre.

— J'ai un nom, annonça Achille. Frères Farrell Incorporated.

Cain et Kenan le fixèrent avant que de lents et larges sourires éclairent leurs visages.

— J'adore, dit Cain.

— C'est un nom parfait, acquiesça Kenan. Je porte un toast à Frères Farrell.

Achille leva son verre à sa bouche lorsqu'un mouvement provenant de la porte attira son attention. Il leva les yeux et se figea.

Mycah.

Ça faisait quatre jours qu'elle avait quitté son appartement, et ça aurait tout aussi bien pu être quatre mois… quatre années.

Ou quatre minutes. Elle lui avait manqué.

Son départ lui avait fait l'effet d'être amputé d'un membre. Il savait qu'elle était partie, mais il sentait sa présence partout dans le salon où ils avaient fait l'amour, dans la chambre où il lui avait raconté son passé, et dans la cuisine où ils avaient mangé.

Comme ils travaillaient à des étages différents, il n'avait pas été difficile de l'éviter. Il n'avait pas assisté à la conférence de presse et ne l'avait pas visionnée non plus. Mycah lui avait envoyé un mail pour l'informer de son prochain rendez-vous chez le médecin dans trois semaines, il allait avoir besoin de tout ce temps pour se préparer à la revoir.

Quatre jours ne suffisaient pas à cela.

Dieu, qu'elle était belle, vêtue d'un de ses tailleurs-pantalons à la fois professionnels et sexy. Que porterait-elle lorsque son ventre commencerait à s'arrondir ? Si seulement il pouvait être avec elle le matin quand elle s'habillait, pour caresser son ventre et guetter les mouvements de leur bébé sous sa main.

Mais elle ne le voulait pas. Du moins pas avec lui. Le rappel lui fit l'effet d'une gifle.

Jetant un coup d'œil autour de lui, il nota les regards lancés vers elle et entendit des chuchotements s'élever. Son cœur se serra en pensant à ses inquiétudes au sujet de sa réputation. La colère monta en lui. Elle lui avait brisé le cœur, mais elle ne méritait pas ça.

— Mycah, dit-il en lui faisant signer d'entrer. Entre et sers-toi à boire et à manger.

Elle parut soulagée et sourit brièvement en entrant dans le bureau. Il aperçut les deux boîtes de cadeaux, l'une de taille moyenne et l'autre plus petite, qu'elle tenait en s'approchant de lui.

— Je suis désolée de passer sans…

— Mycah, tu n'as pas besoin de t'excuser, murmura-t-il. Tout le monde est le bienvenu.

— Ah.

Une émotion qui aurait pu être de la douleur passa dans ses yeux, mais elle lui tendit la plus grande boîte sans lui laisser le temps de s'attarder dessus.

— C'est pour ton bureau, et aussi pour ta nouvelle entreprise.

Posant son verre derrière lui, il lui prit le cadeau des mains. Pendant plusieurs secondes, il se contenta de le tenir, fixant le paquet joliment emballé. Enfin, il souleva le dessus et écarta le papier de soie, révélant une photo encadrée. C'était une image en art conceptuel de son jeu vidéo.

Ému et sans voix, il lâcha la boîte, qui tomba au sol. Ce n'était pas une image qu'il lui avait montrée mais quelque chose de complètement original qu'elle avait dû faire faire. On aurait dit qu'elle lui avait extrait sa vision de la tête : son héros en sweat à capuche, jean et baskets avec un bouclier et une épée, qui se tenait dans une rue du centre-ville. Il était entouré de vieux immeubles, de rues lézardées et d'ombres sombres, et on voyait au loin un château, une forêt dense et un labyrinthe.

Il détourna son regard de l'image encadrée et scruta la femme face à lui.

— Je l'ai commandée après que tu m'as montré ton jeu. Je me suis dit que ça ferait une super pochette pour le jeu. Mais tu n'es pas obligé de l'utiliser. Je voulais juste que tu saches que je m'investis à cent pour cent dans tes rêves et en toi. Et…

Elle se mordilla la lèvre inférieure, et lui tendit la deuxième boîte.

— C'est pour toi aussi.

— Je vais garder ça pour toi, murmura Cain, en prenant le tableau.

À contrecœur, Achille le lui donna et, le cœur battant, accepta le plus petit cadeau. Il n'hésita pas cette fois, et souleva le couvercle puis retira le papier de soie. Alors qu'il regardait le petit objet niché à l'intérieur, le choc et la joie explosèrent dans sa poitrine.

Il souleva la grenouillère jaune et lut à voix haute l'inscription en vert vif :

— Mon papa fait des héros.

Autour d'eux, quelques halètements et davantage de murmures remplirent la pièce avant de tomber dans un silence total. Cela lui était égal. Toute son attention était concentrée sur elle, sur la femme qui venait d'annoncer devant ses frères et un bureau rempli d'employés qu'il était le père de leur bébé.

— Je sais que je t'ai demandé du temps mais, ces derniers jours, j'ai réalisé que le temps peut être notre plus beau cadeau… et notre pire ennemi aussi. Je ne veux pas que tu passes un seul jour de plus à penser que j'ai honte de clamer haut et fort que tu es l'homme qui apprendra à notre enfant ce que c'est que d'être fort, respecté et bon. Tu es celui qui élèvera ce bébé avec moi, qui le guidera et lui montrera ce qu'est la gentillesse. Tu lui montreras ce que c'est que d'être aimé, parce que tu as montré toutes ces choses à sa mère. Je suis désolée de t'avoir laissé en douter. J'ai trop longtemps permis à la peur de diriger ma vie, mais je veux sortir de cette impasse, avec toi. S'il te plaît, pardonne-moi, Achille.

— Il n'y a rien à pardonner.

C'était la vérité, car il lui avait déjà tout pardonné à l'instant où elle avait quitté son appartement.

— Si. Je t'ai blessé. Mais si tu m'offres à nouveau ton cœur, j'en prendrai soin. Ces derniers jours ont été si vides sans toi. Mon travail et ma famille sont importants, mais pas plus que mon amour pour toi ou la vie que je veux construire auprès de toi et notre bébé. Je t'aime. Je t'aime tellement plus que je pensais qu'il était possible d'aimer. J'ai besoin de toi et je serai fière de me tenir à tes côtés et qu'on annonce au monde entier que nous nous appartenons. Si tu me le permets.

Il ne la laissa même pas terminer, et avala son dernier mot. Une fois de plus, il écrasa ces boucles entre ses doigts. Leur texture de soie lui avait presque autant manqué que sa saveur, ainsi que la sensation de la tenir contre lui.

— Je ne t'ai jamais repris mon cœur, bébé, murmura-t-il contre ses lèvres. Il a toujours été à toi.

Elle rit, heureuse et soulagée ; un son cher aux oreilles d'Achille. Il n'avait jamais rien entendu d'aussi précieux et merveilleux. Pas même les applaudissements spontanés autour d'eux, ou Kenan qui disputait les gens en les traitant de voyeurs.

Il inclina la tête en arrière et joignit son rire à celui de Mycah, la poitrine légère et le cœur sans entraves : pour la première fois depuis des années, son cœur était libre car il appartenait à une autre. À Mycah.

— Redis-le-moi, chuchota-t-elle en passant ses doigts dans sa barbe.

Il sourit et posa sa main sur son ventre et leur enfant.

— Je suis à toi. Et mon cœur également.